BASTEI
LÜBBE
TASCHENBUCH

Weitere Titel des Autors:

Am Anfang des Weges

Titel in der Regel auch als Hörbuch und E-Book erhältlich

Über den Autor:

Richard Paul Evans ist der preisgekrönte Autor von bislang zwanzig Romanen, die in mehr als fünfundzwanzig Sprachen übersetzt und zum Teil fürs Fernsehen verfilmt wurden. Die *THE-WALK*-Reihe um den Reisenden Alan Christoffersen hat für Evans eine ganz besondere Bedeutung. Er lebt mit seiner Frau Keri und ihren fünf Kindern in Salt Lake City, Utah.

Richard Paul Evans

BIS ZUM HORIZONT

Roman

Aus dem amerikanischen Englisch von
Veronika Dünninger

BASTEI LÜBBE
TASCHENBUCH

BASTEI LÜBBE TASCHENBUCH
Band 16 835

1. Auflage: August 2013

Dieser Titel ist auch als E-Book erschienen

MIX
Papier aus verantwortungsvollen Quellen
FSC® C014496

Vollständige Taschenbuchausgabe

Deutsche Erstausgabe

Titel der amerikanischen Originalausgabe: »Miles to Go«
Originalverlag: Simon & Schuster

Titelillustration: © Illustration Johannes Wiebel, punchdesign, München,
unter Verwendung eines Motivs von Shutterstock/Galyna Andrushko
Umschlaggestaltung: Johannes Wiebel, punchdesign, München
Satz: Urban SatzKonzept, Düsseldorf
Gesetzt aus der Adobe Garamond
Druck und Verarbeitung: GGP Media GmbH, Pößneck
Printed in Germany
ISBN 978-3-404-16835-4

Sie finden uns im Internet unter
www.luebbe.de
Bitte beachten Sie auch: www.lesejury.de

Der Preis dieses Bandes versteht sich einschließlich
der gesetzlichen Mehrwertsteuer.

Danksagung

Ich danke den folgenden Personen für ihre Unterstützung bei diesem Buch: meiner Tochter Jenna für ihre Weisheit, ihren redaktionellen Rat und ihre Ausdauer auf der Straße. Jenna hatte die Idee, wo diese Geschichte enden sollte. Ich bin stolz auf dich, Schatz.

Laurie Liss einfach dafür, dass du du bist. Dr. Steve Schlozman, der mir in einer sehr schweren Zeit geholfen hat. Jonathan Karp für deine Begeisterung für diese Reihe. Gypsy da Silva, Karen Thompson und Amanda Murray für ihren redaktionellen Rat. Liz Peterson und Chris Evans, die uns geholfen haben, uns in und um Spokane zurechtzufinden. Kailamai Hansen. Kelly Glad, danke dafür, dass du immer eine Antwort parat hast. Pattie Servine von der PR-Abteilung des Sacred Heart Medical Centers. Taylor Swift einfach, weil ich deine Musik wirklich mag. Carl Evans und Detective Corbett Ford von der Polizei von Cottonwood Heights. Tony Bonney.

Und dem Team bei *Windstar*, vor allem Amanda Millar, die die Fahnen dieses Buchs auf Virgin Gorda wunderbar bearbeitet hat.

Meinem Personal: Diane Glad, Barry Evans, Heather McVey, Fran Plat, Lisa Johnson, Lisa McDonald, Sherri Engar, Jed Platt und Doug Smith.

Der Familie: Keri, Jenna und David, Allyson, Abigail, McKenna und Michael.

Und wie immer meinem himmlischen Vater.

Für Karen Christoffersen

An einem Schneeabend am Waldrand haltend

Wem dieser Wald, ich glaub, ich kenne den;
sein Haus, wir haben's doch im Dorf gesehn.
Er sieht wohl kaum, wie langsam sich sein
Wald
füllt an mit Schnee, als wir dort stehn.

Mein kleines Pferd verwundert sich, weshalb,
wo weder Haus noch Stall, ein solcher Halt,
wo nur ein Steg ins Eis des Sees gebaut,
wo's schneit und dunkel wird und kalt.

Es schüttelt klirrend sein Geschirr und
schnaubt,
sagt an, dass es dem Frieden gar nicht traut,
dann Stille, nur des Windes leises Wehn,
und manchmal Schnee von Zweigen staubt.

Die Wälder dunkel sind und tief und schön;
muss fort, bei jemand nach dem Rechten sehn;
zur Nacht wir haben Meilen noch zu gehn,
wir haben Meilen noch zu gehn.

– Robert Frost
(Übersetzung von Dietrich H. Fischer)

Prolog

Die Sonne wird wieder aufgehen.
Ungewiss ist nur, ob wir aufstehen werden,
um sie zu begrüßen.

Alan Christoffersens Tagebuch

Ein paar Monate nachdem ich überfallen, niedergestochen und bewusstlos auf dem Seitenstreifen des Highway 2 im Bundesstaat Washington liegen gelassen wurde, fragte mich eine Freundin, wie es sich anfühlt, mit einem Messer verletzt zu werden. Ich sagte ihr, es täte weh.

Im Ernst, wie soll man Schmerz beschreiben? Manchmal werden wir von Ärzten aufgefordert, unseren Schmerz auf einer Skala von eins bis zehn einzustufen, als ließe sich mit dieser Zahl irgendetwas Zuverlässiges aussagen. Meiner Ansicht nach benötigt man dafür ein objektiveres Bewertungssystem auf der Basis eines Vergleichs, wie zum Beispiel: Würden Sie das, was Sie empfinden, gegen eine Wurzelkanalbehandlung oder gegen eine halbe Geburt eintauschen?

Und womit würden wir emotionalen Schmerz vergleichen – mit körperlichem Schmerz? Emotionaler Schmerz ist gewiss das schlimmere der beiden Übel. Manchmal fügen sich Menschen körperliche Schmerzen zu, um ihren emotionalen Schmerz zu betäuben. Das kann ich gut verstehen. Wenn ich die Wahl hätte, niedergestochen zu werden oder meine Frau, McKale, noch einmal zu verlieren, dann würde ich das Messer vorziehen. Denn wenn das Messer mich tötet, muss ich nicht mehr leiden. Und wenn es mich nicht tötet, wird die Wunde verheilen. So oder so, der Schmerz wird aufhören. Aber ganz gleich, was ich tue, meine McKale kommt niemals wieder. Und ich kann mir nicht vorstellen, dass der Schmerz in meinem Herzen je aufhören wird.

Dennoch gibt es Hoffnung – nicht darauf, dass ich McKale je vergessen werde oder auch nur begreifen werde, warum ich sie verlieren musste, aber darauf, dass ich akzeptieren kann, dass es so ist, und irgendwie weiterleben werde. Wie ein Freund kürzlich zu mir sagte: Egal, was ich tue, McKale wird immer ein Teil von mir sein. Die Frage ist nur, was für ein Teil – eine Quelle der Dankbarkeit oder eine Quelle der Verbitterung? Eines Tages werde ich mich entscheiden müssen. Eines Tages wird die Sonne wieder aufgehen. Ungewiss ist nur, ob ich aufstehen werde, um sie zu begrüßen.

In der Zwischenzeit hoffe ich vor allem auf *Hoffnung*. Das Gehen hilft. Ich wünschte, ich wäre schon wieder unterwegs. Denn ich würde lieber irgendwo anders sein als dort, wo ich gerade bin.

Erstes Kapitel

Wir planen unser Leben in langen, ununterbrochenen Abschnitten, die unsere Träume so durchziehen, wie Autobahnen die Punkte von Großstädten auf einer Straßenkarte verbinden. Aber letztendlich lernen wir, dass das Leben auf den Nebenstraßen und Umwegen gelebt wird.

Alan Christoffersens Tagebuch

Mein Name ist Alan Christoffersen, und dies ist das zweite Tagebuch meines Wegs. Ich schreibe diese Zeilen in einem Krankenhauszimmer im Bundesstaat Washington, in Spokane. Ich weiß nicht, wie es kommt, dass Sie mein Buch in den Händen halten. Ehrlich gesagt, weiß ich nicht einmal, ob Sie die Absicht haben, es zu lesen. Aber falls Sie es tun: Willkommen auf meiner Reise!

Sie wissen nicht viel über mich. Ich bin zweiunddreißig Jahre alt, ein ehemaliger Werbemanager, und vor sechzehn Tagen habe ich mein Zuhause verlassen und bin in Bridal Trails, Seattle, losgegangen. Ich habe alles zurückgelassen, was offen gestanden nicht viel war, als ich mich auf den Weg gemacht habe. Ich gehe zu Fuß nach Key West, Florida – das sind etwa 3500 Meilen.

Bevor meine Welt zusammenbrach, war ich, wie es einer meiner Kunden ausdrückte, »ein Aushängeschild des amerikanischen Traums« – ein glücklich verheirateter, erfolgreicher Werbemanager mit einer hinreißenden Frau (McKale), einer florierenden Werbeagentur mit einer Wand voller Preise und Auszeichnungen und einem Zwei-Millionen-Dollar-Haus mit einer Pferdekoppel und zwei Luxusschlitten in der Garage.

Dann stellte das Universum die Weichen für mich um, und in nur fünf Wochen verlor ich alles. Mein Abstieg begann, als sich McKale bei einem Reitunfall das Genick brach. Vier Wochen später starb sie an den Folgen. Während ich mich im Krankenhaus um sie kümmerte, warb mein Partner, Kyle Craig, all meine Kunden ab, und ich war finanziell ruiniert. Mein Haus wurde unter Zwangsvollstreckung gestellt, und meine Autos gingen wieder an die Leasingfirma zurück.

Nachdem ich meine Frau, meine Firma, mein Haus und meine Autos verloren hatte, packte ich ein, was ich zum Überleben brauchte, und machte mich auf den Weg nach Key West.

Ich versuche nicht, irgendwelche Rekorde aufzustellen oder in die Zeitung zu kommen. Ich bin gewiss nicht der Erste, der diesen Kontinent zu Fuß durchquert; dafür bin ich mindestens ein Jahrhundert zu spät dran. Tatsächlich wurde der erste Versuch vor über zweihundert Jahren von einem Amerikaner namens John Ledyard unternommen, der den Plan fasste, Sibirien zu Fuß zu durchqueren, mit einem russischen Pelzhandelsschiff über den Ozean ins heutige Alaska zu fahren und dann die restliche Strecke zu Fuß bis nach Washington, D.C., zu gehen, wo Thomas Jefferson ihn herzlich begrüßen würde. So sehen die Pläne von Menschen aus. Ledyard kam nur bis Sibirien, wo die russische Zarin, Katharina die Große, ihn festnehmen und nach Polen zurückbringen ließ.

Seitdem haben mindestens ein paar Tausend Pioniere, Goldgräber und Bergsteiger den Kontinent durchquert, und das ohne luftgepolsterte Wanderstiefel, gepflasterte Straßen und – kaum zu glauben – ohne einen einzigen McDonald's.

Selbst in unserer Zeit gibt es eine beachtliche Liste von Leuten, die das Land zu Fuß durchquert haben, darunter eine neunundachtzigjährige Frau, die von Kalifornien nach Washington, D. C., ging, und ein Mann aus New Jersey, der in genau sechzig Tagen von New Brunswick nach San Francisco *lief*.

Fast all diese Reisenden traten auf ihrem Weg für eine bestimmte Sache ein, für politische Reformen oder gegen das Übergewicht von Kindern. Ich nicht. Die einzige Fackel, die ich trage, ist die meiner Frau.

Man könnte vermuten, dass ich mein Ziel wegen des milden Klimas, der strahlend weißen Strände und des topasblauen Wassers ausgewählt habe, aber das wäre ein Irrtum: Key West war einfach der Ort auf der Landkarte, der von meinem Ausgangspunkt am weitesten entfernt war.

Ich sollte einschränkend ergänzen, dass Key West das Ziel ist, das ich *anpeile*. Nach meiner Erfahrung führen uns Reisen selten zu den Orten, zu denen wir unterwegs zu sein glauben. Schon John Steinbeck schrieb: »Wir unternehmen nicht eine Reise, eine Reise unternimmt uns.« Es ist ein Unterschied, ob man eine Landkarte liest oder ob man auf der Straße unterwegs ist, so wie es einen großen Unterschied macht, ob man eine Speisekarte liest oder eine Mahlzeit zu sich nimmt. So verhält es sich auch mit dem Leben. Wie heißt es so schön: »Leben ist das, was uns passiert, während wir andere Pläne schmieden.« Das stimmt. Selbst auf meinen Umwegen habe ich Umwege gemacht.

Mein letzter Umweg hat mich mit einer Gehirnerschütterung und drei Messerwunden im Bauch in die Notaufnahme des Sacred Heart Medical Centers geführt, nachdem ich drei Meilen vor Spokane von einer Gang überfallen worden war. Das ist der Punkt, an dem Sie zu mir stoßen.

Für diejenigen von Ihnen, die meinen Weg vom ersten Schritt an (oder noch davor) mitverfolgt haben: Ich habe Sie gewarnt, dass die Lektüre meiner Geschichte nicht einfach sein würde. Ich nehme an, das war keine Überraschung für Sie; niemandes Geschichte ist einfach. Niemand geht ohne Schmerz durchs Leben – davon bin ich überzeugt. Der Preis der Freude ist Traurigkeit. Der Preis des Habens ist Verlust. Man kann darüber jammern und klagen und das Opfer spielen – und viele tun das –, aber so ist es eben. Ich hatte viel Zeit, um darüber nachzudenken. Das ist einer der Vorteile des Gehens.

In meinem ersten Tagebuch habe ich Sie auch gewarnt, dass Sie vielleicht nicht glauben werden oder nicht bereit sein werden für all das, was ich Ihnen mitzuteilen habe. Mit diesem Buch verhält es sich nicht anders. Entscheiden Sie selbst, was Sie glauben wollen und was nicht. Es spielt keine Rolle.

Seit ich meinen Weg begonnen habe, habe ich erst 318 Meilen zurückgelegt. Das sind weniger als zehn Prozent der Strecke nach Key West. Aber schon jetzt habe ich tief greifende Erfahrungen gemacht; ich habe unterwegs Menschen getroffen, von denen ich glaube, dass ich sie treffen sollte, und ich bin sicher, dass ich noch mehr solcher Menschen treffen werde.

Dies ist eine Geschichte der Gegensätze, von Leben und Sterben, Hoffnung und Verzweiflung, Schmerz und Heilung – und von dem unsicheren, schmalen Grat zwischen beiden Extremen, auf dem die meisten von uns wandeln.

Ich weiß nicht, ob ich vor meiner Vergangenheit davonlaufe

oder ob ich meiner Zukunft entgegengehe – die Zeit und die Meilen werden es zeigen. Von beidem habe ich reichlich, denn wie schon der Dichter Robert Frost sagte: Ich habe »Meilen noch zu gehn«.

Ich freue mich darauf, das, was ich lerne, mit Ihnen zu teilen. Willkommen auf meinem Weg.

Zweites Kapitel

Früher hatte ich einen Terminkalender, und meine Stunden und Minuten waren genauestens verplant. Heute könnte ich nicht einmal mehr sagen, welchen Tag des Monats wir haben.

Alan Christoffersens Tagebuch

Meine zweite Nacht im Krankenhaus war hart. Ich hatte hohes Fieber und schwitzte stark, und mitten in der Nacht begann ich zu husten. Bei jeder Kontraktion fühlte es ich an, als würde mir noch eine Klinge in den Magen gerammt. Die Schwester sah nach meinen Verbänden, dann sagte sie mir, ich solle nicht husten, was nicht allzu hilfreich war. Trotz des Schlafmittels, das ich bekam, lag ich fast die ganze Nacht einfach nur da, einsam und leidend. Ich sehnte mich eindeutig mehr nach McKale als nach dem Leben. Natürlich, wenn sie noch bei mir wäre, dann wäre ich gar nicht erst in diesen Schlamassel hineingeraten. Irgendwann wurde ich von Erschöpfung übermannt, und gegen vier oder fünf Uhr morgens schlief ich schließlich ein.

Am nächsten Morgen wachte ich auf, weil eine junge Krankenschwester um mein Bett herumlief, die Anzeige auf den Monitoren betrachtete und irgendetwas auf einem Klemmbrett notierte. Seit meiner Einlieferung ins Krankenhaus hatte mich eine Schar von Schwestern und Ärzten umschwärmt, doch in meinem Fieberwahn hatte ich sie kaum wahrgenommen. Sie waren nur hin und wieder kurz in meinem Bewusstsein aufgeblitzt, wie Tänzer in einem Musikvideo. Ich konnte mich an keinen von ihnen erinnern. Das hier war die erste Schwester, die ich bewusst wahrnahm. Sie war klein und zierlich und kaum größer als eine Stehlampe. Ich sah ihr ein paar Minuten zu, dann sagte ich: »Guten Morgen.«

Sie sah von ihrem Klemmbrett auf. »Guten Tag.«

»Wie viel Uhr ist es?«, fragte ich. Es war eine etwas merkwürdige Frage, da ich nicht einmal wusste, welchen Tag oder welche Woche wir hatten. Die letzten beiden Wochen waren ineinandergelaufen wie Eier in einem Mixer.

»Es ist fast halb eins«, sagte sie. Dann fügte sie hinzu: »Heute ist Freitag.«

Freitag. Ich hatte Seattle an einem Freitag verlassen. Ich war erst vierzehn Tage unterwegs. Vierzehn Tage und eine Ewigkeit.

»Wie heißen Sie?«

»Ich bin Norma«, sagte sie. »Haben Sie Hunger?«

»Wie wär's mit einem Eier-McMuffin?«, sagte ich.

Sie grinste. »Nur wenn Sie einen finden können, der aus Wackelpudding gemacht ist. Wie wär's mit etwas Pudding? Der Karamellpudding ist essbar.«

»Karamellpudding zum Frühstück?«

»Zum Mittagessen«, berichtigte sie mich, bevor sie erklärte: »Später werden wir Sie zur Computertomografie bringen.«

»Wann kann ich den Katheter abnehmen?«

»Wenn Sie allein auf die Toilette gehen können – was wir versuchen werden, sobald wir die Befunde von Ihrem CT-Scan haben. Leiden Sie unter Platzangst?«

»Nein.«

»Manchmal bekommen die Leute im Scanner Platzangst. Ich kann Ihnen etwas gegen die Angst geben, eine Valiumtablette.«

»Ich brauche nichts«, sagte ich. Der Scan war mir egal; ich wollte nur den Katheter loswerden. In dem benebelten Zustand, in dem ich die letzten achtundvierzig Stunden verbracht hatte, hatte ich den Katheter, wie ich mich undeutlich erinnern konnte, einmal herausgezogen und eine Riesensauerei angerichtet.

Ich hatte zwei gute Gründe, weshalb ich ihn loswerden wollte. Erstens, weil er wehtat. In diesen Teil des männlichen Körpers soll man einfach nichts hineinstecken. Zweitens, weil eine Infektion durch einen Katheter meine Frau das Leben gekostet hatte. Je früher ich dieses Ding loswurde, desto besser.

Ein Krankenpfleger, ein stämmiger, sommersprossiger junger Mann in einem leuchtend violetten Krankenhauskittel, kam gegen zwei Uhr nachmittags, um mich abzuholen. Er machte die Drähte und Schläuche von meinem Körper los, dann rollte er mein Bett den Linoleumflur hinunter zur Radiologie. Ich wusste nicht, dass es mein zweiter Besuch dort war, bis die Assistentin, die die Apparate bediente, sagte: »Willkommen zurück.«

»War ich schon einmal hier?«

»Beim ersten Mal waren Sie bewusstlos«, erwiderte sie.

Der Scan war langweilig, verblüffend laut und dauerte etwa eine Stunde. Als ich fertig war, rollte mich der Pfleger zurück in mein Zimmer, und ich schlief wieder ein. Als ich aufwachte, war Engel wieder da.

Drittes Kapitel

Irgendwann in der Zeit zwischen der Messerattacke und meinem Aufwachen im Krankenhaus hatte ich ein Erlebnis, das nicht leicht zu beschreiben ist. Nennen Sie es einen Traum oder eine Vision, aber McKale kam zu mir. Sie sagte mir, meine Zeit zu sterben sei noch nicht gekommen, denn es gebe noch Leute, die ich treffen sollte. Als ich sie fragte, wen, antwortete sie: »Engel.«
Wer ist diese Frau?

Alan Christoffersens Tagebuch

Als ich im Krankenhaus wieder aufwachte, saß eine fremde Frau auf einem Stuhl neben meinem Krankenhausbett. Sie war etwa in meinem Alter und trug Jeans und ein eng anliegendes T-Shirt. Ich fragte sie, wer sie sei. Sie sagte mir, wir hätten uns ein paar Tage zuvor in der Nähe der kleinen Stadt Waterville kennengelernt. Ihr Wagen war mit einem Platten am Straßenrand liegen geblieben.

Ich erinnerte mich an die Begegnung. Sie hatte versucht, den Reifen selbst zu wechseln, die Radmuttern jedoch über den Straßenrand in eine tiefe Schlucht rollen lassen. Damit war sie endgültig aufgeschmissen gewesen. Ich hatte je eine Radmutter von den anderen Reifen abgenommen und ihren Ersatzreifen angeschraubt.

Sie hatte mir angeboten, mich nach Spokane mitzunehmen, was ich ausgeschlagen hatte. Kurz bevor sie weggefahren war, hatte sie mir ihre Visitenkarte gegeben, die die einzige Kontaktinformation war, die die Polizei bei mir fand, denn mein Handy hatte ich schon am ersten Tag meiner Reise weggeworfen. Man rief sie an, und sie kam, unerklärlicherweise. Ihr Name war Annie, aber sie sagte, ich solle sie Engel nennen. »So nennen mich meine Freunde«, erklärte sie.

Sie war bei mir, als die Ärztin mir sagte, dass ich zur Genesung noch ein paar Wochen häusliche Ruhe benötigen würde.

»Ich bin obdachlos«, sagte ich.

Ein betretenes Schweigen folgte. Dann sagte Engel: »Er kann mit zu mir kommen.«

Seitdem hatte sie mich jeden Tag besucht. Sie kam stets abends und blieb immer ungefähr eine Stunde. Unsere Unterhaltung verlief so stockend wie die zweier Teenager bei einem Blind Date. Ich hatte nichts dagegen, dass sie kam – ich war einsam und freute mich über die Gesellschaft –, ich wusste nur nicht, *warum* sie kam.

Heute Abend kam sie später als sonst. (Heimsuchungen eines Engels, nannte sie ihre Besuche übrigens.) Als ich aufwachte, war sie in ein Taschenbuch vertieft, eine Liebesgeschichte unter Amischen. Während ich sie ansah, begann ein Lied in meinem Kopf zu spielen.

I'm on top of the world looking down on creation …

Ironischerweise war es ein fröhliches Lied, und es spielte immer weiter, so nervtötend beharrlich wie eine zerkratzte Vinylschallplatte. Es handelte sich um einen Siebzigerjahre-Song –

ein Stück aus meiner Kindheit. Die *Carpenters*. Meine Mutter liebte die Carpenters. Sie redete von Richard und Karen Carpenter, als wären sie Verwandte.

Selbst als sie mit Krebs im Sterben lag, spielte sie ständig ihre Platten. *Vor allem* als sie im Sterben lag. Sie sagte, die Musik der Carpenters würde sie bei Laune halten. Als Kind kannte ich die Texte all ihrer Lieder auswendig. Ich konnte sie noch immer mitsingen. »Close to You«, »Rainy Days and Mondays«, »Hurting Each Other«. Ich weiß noch, wie ich das Logo der Carpenters mit Durchschlagpapier nachzeichnete und dann zu verbessern versuchte. Es war vermutlich mein erster Versuch in Sachen Werbegrafik.

Meine Mutter spielte ihre Alben auf dem Plattenspieler unserer Zenith-Stereokonsole mit Walnussfurnier (ein riesiges Ungetüm, das fast die ganze Längswand unseres Wohnzimmers einnahm), und ihre Musik erfüllte unser Zuhause. Sie vermittelte mir immer ein Gefühl von Frieden, da ich wusste, dass diese Musik meine Mutter glücklich machte.

Engel war noch immer in ihr Buch vertieft, als ich auf einmal begriff, warum mir das Lied in den Sinn gekommen war. Sie sah aus wie Karen Carpenter. Nun, nicht ganz. Sie war blond und vermutlich ein bisschen hübscher, aber sie sah ihr ähnlich genug, dass ein zweiter Blick gerechtfertigt war. Ich fragte mich, ob sie singen konnte. Während ich über die Ähnlichkeit nachgrübelte, sah Engel plötzlich auf. Sie lächelte, als sie bemerkte, dass ich sie ansah. »Hi.«

Mein Mund war wie ausgedörrt, und ich glitt mit der Zunge über meine Lippen, bevor ich sprach. »Hi.«

»Wie geht es Ihnen?«

»Ein bisschen besser als gestern. Wie lange sind Sie schon hier?«

»Etwa eine Stunde.« Schweigen. Dann sagte sie: »Sie haben im Schlaf geredet.«

»Habe ich irgendetwas Tiefgründiges gesagt?«

»Ich glaube, Sie haben nach jemandem gerufen ... McKay oder McKale?«

Ich zuckte zusammen, sagte aber nichts dazu.

»Ich habe mit der Krankenschwester gesprochen. Sie hat gesagt, wenn mit Ihrem Scan alles in Ordnung ist, können Sie in ein paar Tagen nach Hause gehen. Vielleicht sogar schon am Montag.« Ihr Mund zuckte leicht. »Halloween. Unheimlich.«

»Das wäre schön«, sagte ich.

Einen Augenblick später sagte sie: »Mein Angebot steht noch immer. Sie können gern bei mir wohnen. Ich habe schon ein bisschen umgeräumt ...« Dann fügte sie zögernd hinzu: »Für alle Fälle.«

»Das ist sehr freundlich von Ihnen«, sagte ich, ohne mich festzulegen.

Sie sah mich ängstlich an. Fast eine Minute verstrich, bis sie fragte: »Was halten Sie davon?«

Was hielt ich davon? In den letzten Tagen hatte ich immer wieder über die wenigen Optionen nachgedacht, die ich hatte. Die einzige Freundin, die mir nach dem Zusammenbruch meiner Welt noch geblieben war, war Falene, meine ehemalige Assistentin. Sie lebte in Seattle. Aber trotz unserer Freundschaft konnte ich nicht dorthin zurück.

Die einzige andere Option war mein Vater in Los Angeles. Ich wusste, wenn ich nach Kalifornien ging, dann würde ich nie wieder zurückkommen. Und ich *musste* zurückkommen. Ich musste meinen Weg zu Ende gehen.

Zum ersten Mal, seit ich mein Zuhause verlassen hatte,

wurde mir bewusst, dass meine Wanderschaft mehr als nur eine körperliche Selbstverpflichtung war; sie war auch eine spirituelle – so wie die Walkabouts der australischen Aborigines oder der Spirit Walk der amerikanischen Ureinwohner. Irgendetwas, das ich nicht ganz verstand, trieb mich weiter.

Und aus irgendeinem Grund war diese Frau ein Teil meiner Reise. Es gab einen bestimmten Grund, weshalb sie meinen Weg gekreuzt hatte und an meinem Bett saß. Ich hatte nur keine Ahnung, was für ein Grund das war.

Einen Augenblick später sagte ich: »Wenn es nicht zu viele Umstände macht.«

Ihre Lippen verzogen sich zu einem leichten Lächeln, und sie nickte. »Es macht überhaupt keine Umstände.«

Viertes Kapitel

Manchmal hat Mutter Natur PMS.

Alan Christoffersens Tagebuch

Auf einmal wurde mir das Datum bewusst – der 28. Oktober: McKales und mein Hochzeitstag.

Der Tag unserer Hochzeit war kein Tag, von dem irgendjemand träumen würde, es sei denn, man lässt auch Albträume gelten. So ziemlich alles, was schiefgehen konnte, ging schief. Aber so ist es vermutlich, wenn keine Mütter beteiligt sind, Mutter Natur dagegen schon.

Wir hatten eine kleine Feier im Botanischen Garten von Arcadia geplant. Er lag nur ein paar Meilen von unserem Zuhause entfernt in der Nähe der Rennbahn im Santa Anita Park. Auf der Ostseite des Baumgartens befand sich ein wunderschöner Rosengarten mit einer weinumrankten Gartenlaube. Ihr rückwärtiger Teil ragte über einen Teich mit Koifischen und Seerosenblättern hinaus. Die Kulisse war traumhaft. Das Wetter war es weniger. Am Vorabend unserer Hochzeit begann es gegen acht Uhr zu regnen, und es hörte bis etwa zwei Stunden vor unserer Feier nicht mehr auf. *Alles* war aufgeweicht. Der Rasen war so vollgesogen wie ein Tiefseeschwamm, und das Wasser sammelte sich an seinen Rändern zu kleinen Bächen und Strömen.

Wir hätten ein großes Zelt mieten sollen, um uns gegen die Launen des Wetters abzusichern, aber unsere Hochzeitsplanerin, Diane, McKales Cousine, war sich ihres Glücks so sicher, dass sie zur Sicherheit nur einen kleinen, etwa sechs mal sechs Meter großen Baldachin bestellt hatte. »Auf meinen Partys regnet es nie«, erklärte sie stolz.

Als der Regen aufgehört hatte, huschten Diana und ihre Helferinnen durch den Garten, stellten Stühle auf, verstreuten Rosenblütenblätter, banden Schleifen, befestigten Lichterketten und stellten eine Reihe riesiger Stoffschirme auf, nur für den Fall, dass der Regen wieder einsetzen sollte.

Als schmückenden Hintergrund für die Gartenlaube hängte Diane blinkende weiße Lichterketten auf und schleppte zwei meterhohe, säulenartige weiße Podeste an, auf denen große Keramikvasen standen.

Während allmählich alles Gestalt annahm, nahmen die Mitglieder des Streichquartetts ihre Plätze neben der Gartenlaube ein und begannen, Pachelbels Kanon in D-Dur zu spielen.

Es schien, als hätte Mutter Natur den besten Augenblick abgewartet, um erneut zuzuschlagen, denn als eben die letzten Handgriffe erledigt waren – und Diane durchaus zufrieden mit sich zu sein schien –, brach ein Scherwind los. Eine einzige kräftige Böe sorgte dafür, dass die Schirme umgestülpt wurden und das Weite suchten (ich sah, wie einer der Gäste einem Schirm über den Parkplatz nachjagte), die Vasen von ihren Podesten fielen und zerschellten und die Rosenblütenblätter, die man so sorgfältig ausgestreut hatte, einfach weggepustet wurden.

Die Szene hätte amüsant sein können, wenn es nicht unsere Hochzeit gewesen wäre. Unsere vom Pech verfolgten Gäste liefen panisch durch den Garten und hielten ihre Hüte, Kleidungsstücke oder Partner fest. Es herrschte das reinste Chaos.

Sobald die ganze Hochzeitsausstattung gründlich ruiniert war, legte sich der Wind, als würde Mutter Natur einen Moment innehalten, um ihr Werk zu betrachten. Dann setzte der Regen mit aller Wucht wieder ein.

Der Pfarrer, Reverend Handy, ein Freund von McKales Vater, war von einer anderen Hochzeit gekommen und wegen des Wetters im Verkehr stecken geblieben, sodass er erst eine Viertelstunde vor dem festgesetzten Termin am Schauplatz des Geschehens eintraf. Ich sah seine fassungslose Miene, als er die Trümmer unseres Festes erblickte. Es sah aus wie in einem dieser Nachrichtenclips, die aus einem Wohnwagenpark gesendet werden, nachdem ein Tornado darüber hinweggefegt ist – völlige und absolute Zerstörung.

Um zwölf Uhr mittags nahm ich meinen Platz unter der triefenden Gartenlaube ein und wartete auf meine Braut, hinter mir eine kleine Gruppe von Überlebenden, die sich unter einem wogenden Meer von Schirmen versammelt hatten.

Und dann kam sie, eskortiert von ihrem Vater und einer verzweifelten Diane, die völlig durchnässt war und einen Schirm über die Braut hielt. McKale war meine Sonne, sie strahlte in einem schulterfreien elfenbeinfarbenen Kleid. Als sie näher kam, sahen wir uns in die Augen, und das Chaos löste sich auf. Ich steckte ihr den Ring an den Finger und hoffte, dass sie die Verwüstung nicht als schlechtes Omen für unsere Ehe ansah.

Nachdem wir zu Mann und Frau erklärt worden waren, ergriffen die meisten unserer Gäste die Flucht. Die wenigen noch verbliebenen drängten sich unter einem triefenden Baldachin zusammen und warteten auf das Anschneiden der Torte.

McKale war schweigsam, während wir in die Flitterwochen

davonfuhren, nur das rhythmische Geräusch der Scheibenwischer füllte die Lücke, die durch unser Schweigen entstand. Als wir allein in unserem Hotelzimmer waren, sagte ich: »Es tut mir leid, dass alles so gekommen ist.« Ich rechnete damit, dass sie in Tränen ausbrechen würde, aber das tat sie nicht. Stattdessen sah sie hinunter auf ihren Diamantring und nahm meine Hand. »Ich hätte dich auch mit einem Plastikring auf einer Müllkippe während eines Hurrikans geheiratet. Die Show war für die anderen. Ich wollte nur dich. Das ist der schönste Tag in meinem Leben.«

Da wusste ich, dass wir für immer zusammenbleiben würden.

Engel war an meiner Seite, als mir bewusst wurde, dass McKales Ehering nicht mehr da war. Ich betastete panisch meine Brust und meinen Hals. Ich muss ausgesehen haben, als wäre ich im Begriff, einen Herzinfarkt oder Schlaganfall zu erleiden, denn Engel sah mich erschrocken an. »Was ist los?«, fragte sie. »Soll ich eine Schwester rufen?«

»Sie haben ihn mir weggenommen«, sagte ich.

»Sie haben *was* weggenommen?«

»Den Ehering meiner Frau. Ich habe ihn an einem Kettchen um den Hals getragen.«

Sie sah fast ebenso verzweifelt aus, wie ich mich fühlte. »Ich werde die Schwester fragen, ob sie etwas darüber weiß.« Sie drückte auf den Rufknopf, und binnen weniger Momente stand eine Schwester, die ich nie zuvor gesehen hatte, im Türrahmen.

»Brauchen Sie irgendetwas?«

Engel sagte: »Alan vermisst ein Schmuckstück.«

»Na ja, normalerweise nehmen wir allen Schmuck in der Notaufnahme ab.« Sie wandte sich an mich. »Was vermissen Sie denn?«

»Einen Diamantring an einem Goldkettchen«, sagte ich.

»Vermutlich ist er in Ihrem Schließfach. Ich kann für Sie nachsehen.«

Ich ließ den Kopf wieder aufs Kissen sinken. »Wie heißen Sie?«, fragte ich.

»Alice.«

»Alice«, sagte ich, »wissen Sie zufällig, wo meine ganzen anderen Sachen sind? Ich hatte einen Rucksack dabei, als ich überfallen wurde.«

»Nein. Aber ich kann die Polizisten fragen. Sie sind gleich am Ende des Flurs.«

»Warum sind sie da?«

»Sie bewachen einen der Männer, die Sie überfallen haben.«

Das hatte ich ganz vergessen. Meine Ärztin hatte mir gesagt, dass einer der jungen Männer, die mich angegriffen hatten, ebenfalls im Krankenhaus läge. Nicht dass ich vorhatte, ihm eine Genesungskarte zu schicken, aber es war gut, das zu wissen.

Alice sagte: »Die Polizei hat darum gebeten, mit Ihnen sprechen zu dürfen, sobald Sie sich dazu imstande fühlen.«

»Ich bin dazu imstande«, beeilte ich mich zu sagen. Ich hatte meine eigenen Gründe, weshalb ich mit der Polizei sprechen wollte – ich hatte Fragen zu jener Nacht.

Keine fünf Minuten nachdem sie gegangen war, betraten zwei uniformierte Polizeibeamte mein Zimmer. Ein paar Schritte vor meinem Bett blieben sie stehen. Der vordere der beiden, ein kleiner, schlanker Mann, ergriff das Wort: »Mr. Christoffersen, ich bin Officer Eskelson. Das hier ist mein Partner, Lieutenant Foulger. Können wir mit Ihnen sprechen?«

Ich warf einen Blick auf den anderen Polizisten, der hinter ihm stand. »Ja.«

Eskelson wandte sich zu Engel um. »Ist das Ihre Frau?«

»Nein«, sagte sie. »Ich bin nur eine Bekannte.«

»Möchten Sie, dass sie bei der Vernehmung anwesend ist?«

»Ich kann auch gehen«, sagte Engel.

»Sie kann gern bleiben«, sagte ich.

Engel blieb sitzen. Officer Eskelson trat an mein Bett. »Wie fühlen Sie sich?«

»Abgesehen von der Gehirnerschütterung und den drei Messerstichen?«, fragte ich.

»Entschuldigung. Ich werde es kurz machen.« Er hielt einen Notizblock und einen Stift hoch. »Ich möchte gern, dass Sie mir mit Ihren eigenen Worten die Nacht des Überfalls schildern.«

Ich habe noch nie verstanden, warum die Leute »mit Ihren eigenen Worten« sagten. *Wessen Worte sollte ich denn sonst benutzen?*

»Ich kam gegen Mitternacht in Airway Heights an und fragte im Hilton nach einem Zimmer. Aber sie hatten keines frei, daher musste ich weiter nach Spokane. Ich war etwa eine Meile weit gelaufen, als ich Rapmusik hörte und ein Wagen neben mir langsamer wurde, ein gelber Impala mit schwarzen Rennwagenstreifen.

In dem Wagen saßen ein paar übel aussehende junge Burschen. Ich nahm an, dass es sich um Gangmitglieder handelte. Sie fingen an, mich laut zu beschimpfen. Ich habe sie einfach ignoriert, aber dann stellten sie sich mit dem Wagen vor mir quer und stiegen aus.«

»Würden Sie diese Jugendlichen wiedererkennen?«

»Sie meinen, bei einer polizeilichen Gegenüberstellung?«

Er nickte.

»Ich weiß nicht. Ein paar von ihnen schon. Ich dachte, Sie hätten sie in Gewahrsam genommen.«

»Das haben wir auch«, sagte Foulger.

Eskelson fragte: »Was geschah, nachdem sie sich mit dem Wagen quergestellt hatten?«

»Sie sagten, ich solle ihnen meinen Rucksack geben. Ich habe versucht, es ihnen auszureden. Da sagte der Typ, der mich mit dem Messer verletzt hat, dass sie ihn sich nehmen würden, nachdem sie mich zusammengeschlagen hätten.«

»Hat er das so gesagt, Sie ›zusammenschlagen‹?«

»Ich glaube, seine genauen Worte waren: ›Wir machen dich fertig.‹ Er sagte, sie wollten ›jemandem den Arsch versohlen‹.«

Er schrieb etwas in seinen Notizblock. »Und was geschah dann?«

»Dann ist er auf mich losgegangen.«

»Der Junge, der Sie niedergestochen hat?«

Ich nickte. »Ich habe ihn geschlagen, und er ist zu Boden gegangen. Dann hat mir einer der anderen Typen irgendetwas auf den Kopf geschlagen. Es hat sich wie ein Rohr oder ein Knüppel angefühlt.«

»Es war ein Baseballschläger.« Lieutenant Foulger räusperte sich. »Ein Louisville-Slugger.«

»Er hat mich fast bewusstlos geschlagen. Ich sah Sterne, aber irgendwie schaffte ich es, mich auf den Beinen zu halten. Dann lief auf einmal alles aus dem Ruder, und sie gingen alle gleichzeitig auf mich los. Irgendjemand schlug mich zu Boden, und alle traten auf mich ein. Der große Typ trampelte mir immer wieder auf den Kopf. Und dann hörte alles auf. Ich sah hoch, und der kleine Bursche zückte ein Messer und fragte mich, ob ich sterben wolle.«

Eskelson zückte sein Handy und zeigte mir das Foto eines jungen Mannes. Es war im Krankenhaus gemacht worden. »Ist das der Bursche?«

Ich sah mir das Bild genau an. Der junge Mann auf dem Foto sah völlig anders aus als der großspurige, messerschwingende Schlägertyp, dem ich begegnet war. Eine Hälfte seines Gesichts war von Mullverbänden verdeckt, und ein Sauerstoffschlauch ragte aus seiner Nase. Er wirkte klein und zerbrechlich.

»Das sieht nach ihm aus.«

Eskelson kritzelte etwas in seinen Notizblock. »Waren ›Willst du sterben?‹ seine genauen Worte?«

»Da bin ich mir ziemlich sicher.«

Er machte sich eine weitere Notiz. »Und wie ging es dann weiter?«

»An die Messerattacke kann ich mich nicht erinnern. Irgendjemand hat mir ins Gesicht getreten. Das Nächste, woran ich mich dann erinnere, ist, dass mich die Sanitäter auf eine Tragbahre gelegt haben.« Ich fuhr mir mit einer Hand durchs Haar. »Können Sie mir sagen, warum ich noch am Leben bin?«

»Glück«, sagte Eskelson, während er seinen Block beiseitelegte. »Oder Gott wollte Sie nicht tot sehen. Während des Überfalls kam ein Truck vorbei. Die Insassen in dem Truck sahen, was los war. Zu Ihrem Glück waren sie nicht nur willens, sondern auch mutig genug, um einzuschreiten.«

»Und sie hatten Schrotflinten«, ergänzte Foulger.

»Die Männer kamen von der Entenjagd«, sagte Eskelson.

»Sie haben auf die Hupe gedrückt und sind dann über den Mittelstreifen genau auf den Tatort zugefahren.«

Foulger schaltete sich wieder ein. »Als sie aus ihrem Truck stiegen, ging Marcus Franck, der Junge mit dem Messer, auf einen der Männer los, daher hat er auf ihn geschossen.«

»Wie geht es ihm?«, fragte ich. »Dem Jungen.«

»Nicht gut.« Officer Foulger kniff die Lippen zusammen. »Ein Schuss aus einer zwanzigkalibrigen Schrotflinte aus sieben, acht Metern Entfernung – da ist nicht mehr viel von ihm übrig. Er wird vermutlich nicht durchkommen.«

»Die Schwester sagte, Sie würden ihn bewachen.«

»Der geht nirgendwohin«, sagte Foulger. »Wir machen uns eher Sorgen darum, wer ihn besuchen könnte.«

Officer Eskelson fuhr fort: »Die Jäger haben dem Rest der Gang befohlen, sich auf den Boden zu legen, und den Notruf verständigt. Sie, Mr. Christoffersen, haben schwer geblutet. Einer der Jäger leistete erste Hilfe, bis die Sanitäter kamen. Die Männer haben Ihnen das Leben gerettet.«

»Wie heißen sie?«, fragte ich.

»Da es unter Umständen ein Todesopfer geben könnte, muss ich ihre Namen vertraulich behandeln. Aber ich kann ihnen sagen, dass Sie gern mit ihnen reden würden. Ich habe sie über Ihren Zustand und den des Jungen auf dem Laufenden gehalten.«

»Ich verstehe.«

»Die Ärztin sagte uns, dass Sie nur noch ein paar Tage hierbleiben müssen. Wo können wir Sie danach erreichen?«, fragte Eskelson.

»Bei mir zu Hause«, schaltete sich Engel ein. »Er wird bei mir wohnen, bis er sich erholt hat.« Sie gab ihnen ihre Telefonnummer.

Eskelson sagte zu Engel: »Sie kommen mir bekannt vor.«

»Ich arbeite in der Telefonzentrale der Polizei von Spokane.«

»Ich dachte mir doch, dass ich Sie kenne«, sagte Foulger.

»Die Schwester sagte, Sie wüssten vielleicht, wo mein Rucksack ist«, sagte ich.

»Er ist auf dem Revier. Wir können ihn heute Abend vorbeibringen.«

»Danke. Werden Sie mir Bescheid geben, wie es dem Jungen geht?«

»Kein Problem. Mindestens einer von uns wird die nächsten ein, zwei Tage hier sein. Wenn Sie irgendetwas brauchen oder Ihnen noch irgendetwas Wichtiges zu dem Überfall einfällt, melden Sie sich einfach.«

»Gute Besserung«, sagte Foulger.

»Danke.«

Nachdem sie gegangen waren, trat Engel an mein Bett »Alles okay mit Ihnen?«

»Ja. Sie sind also bei der Polizei?«

»Eigentlich nicht. Ich arbeite in der Telefonzentrale.«

»Hatten Sie Dienst, als ich überfallen wurde?«

»Nein. Das war jemand von der Nachtschicht.« Sie tätschelte meinen Arm. »Ich sollte jetzt besser gehen. Es ist schon spät. Aber morgen ist Samstag, das heißt, ich werde gleich morgen Früh wiederkommen.« Sie wandte sich zum Gehen, doch dann blieb sie stehen und drehte sich noch einmal um. »Ich kannte bislang nicht die ganze Geschichte. Wissen Sie, es ist ein Wunder, dass Sie noch am Leben sind.«

Ich strich mit einer Hand vorsichtig über meinen Bauch. »Ich nehm's an.«

»Es bringt einen zum Nachdenken«, meinte sie grüblerisch. Dann sagte sie »Gute Nacht« und verließ das Zimmer.

Fünftes Kapitel

> *Heute habe ich versucht, zu laufen. Ich kam mir so unbeholfen vor wie ein Baby, das seine ersten Schritte tut. Vermutlich sah ich auch so ähnlich aus.*
>
> Alan Christoffersens Tagebuch

Irgendwann in der Nacht brachte mir die Polizei meinen Rucksack wieder. Als ich aufwachte, sah ich ihn in einer Ecke des Zimmers stehen. Ich bat die Dienst habende Schwester, darin nach meinem Tagebuch und einem Stift zu suchen.

Engel kam ein paar Stunden später. Sie trug einen Jogginganzug und hatte sich die Haare nach hinten gebunden. Im morgendlichen Licht bemerkte ich zum ersten Mal die tiefen Narben, die von ihrem Haaransatz über ihre rechte Gesichtshälfte hinunter zu ihrem Kiefer verliefen. Ich fragte mich, wieso ich sie bis jetzt noch nie bemerkt hatte.

»Guten Morgen«, sagte sie. »Wie geht es Ihnen?«

»Etwas besser. Heute darf ich vielleicht aufstehen und ein paar Schritte gehen.«

»Ein großer Tag.« Sie sah interessiert auf das in Leder gebundene Buch, das neben mir lag. »Was ist das denn?«

»Mein Tagebuch. Ich habe beschlossen, meine Reise zu dokumentieren.«

»Wirklich? Komme ich auch darin vor?«

»Natürlich.«

»Ich wünschte, ich hätte auch Tagebuch geführt«, sagte sie. »Auf der Highschool hatte ich eine Freundin, die eines geführt hat. Sie hat immer Lügen hineingeschrieben.«

»Sie hat in ihrem Tagebuch gelogen?«

»Sie sagte, so könne sie, wenn sie alt sei und sich an nichts mehr erinnern könne, ihr Tagebuch lesen und denken, sie hätte ein tolles Leben gehabt.«

Ich grinste. »Darin liegt eine gewisse Logik.«

»Ich nehm's an.«

»Ich habe früher Texte für eine Werbeagentur verfasst. Das heißt, ich bin nicht vermutlich so viel anders als Ihre Freundin.«

Das interessierte sie. »Wirklich? Ich wollte schon immer schreiben.«

»Was denn?«

»Ich wollte Drehbücher schreiben. Ich habe sogar schon mit einem begonnen.«

»Worum geht es darin?«

»Um eine Frau, die von ihrem Ehemann und ihren Freunden verraten wird, daher täuscht sie ihren eigenen Tod vor und nimmt eine neue Identität an.«

»Das hört sich ja spannend an.«

»Die erste Hälfte habe ich schon fertig. Mir fällt nur kein guter Anfang ein. Irgendetwas Fesselndes, wissen Sie?«

»Fesseln ist mein Spezialgebiet. Das ist die Welt des Werbetypen: Ich habe dreißig Sekunden, um dich zu erobern. Wie wär's damit: ›Obwohl die Polizei den ganzen Nachmittag in meinem Garten gegraben hatte, hatte sie keine einzige Leiche gefunden.‹«

Sie lachte. »Das klingt auf jeden Fall fesselnd. Aber was ist, wenn meine Figur gar keine Leichen im Garten hat?«

»Jeder hat Leichen«, sagte ich.

Ich bemerkte ein leichtes Zucken in ihrem Gesicht.

Eine halbe Stunde später kam Norma ins Zimmer. Sie hatte einen langen weißen Riemen mit einer silbernen Schnalle in der Hand. »Nun, Mr. Alan, ich habe eine gute und eine gute Neuigkeit für Sie. Welche wollen Sie zuerst hören?«

»Ich lasse mich überraschen.«

»Erstens, ich habe gehört, Sie haben danach gesucht.« Sie reichte mir das Kettchen mit McKales Ring.

Ich griff ungeduldig danach. »Vielen Dank.«

Während ich mir das Kettchen um den Hals legte, sagte sie: »Die andere gute Neuigkeit ist: Sie haben den CT-Scan bestanden.«

»Bekomme ich dafür ein Diplom?«

»Sie bekommen etwas noch Besseres. Sie dürfen ein paar Schritte gehen.« Dann fügte sie hinzu: »Falls Sie können.«

»Was soll das heißen, *falls?* Ich bin in den letzten zwei Wochen über dreihundert Meilen gegangen.«

Norma stemmte die Hände in die Hüften. »In Anbetracht Ihrer Verletzungen wird es vielleicht nicht ganz so leicht sein, wie Sie glauben. Sie haben Schlimmes durchgemacht. Es ist ungefähr so, als hätten Sie gleich mehrere scheußliche Kaiserschnitte gehabt. Ihr erstes Ziel sollte daher etwas Erreichbares sein, zum Beispiel ein Gang zur Toilette.«

»Gefolgt von einer Ehrenrunde durchs Krankenhaus«, bemerkte ich.

»Wir werden sehen.« Sie legte den langen weißen Riemen auf mein Bett.

»Was ist das denn?«, fragte ich.

»Das ist ein Gehgurt. Für den Fall, dass Sie stürzen.«

Ich grinste bei der Vorstellung, dass sie mich dann halten wollte, da sie ungefähr halb so groß war wie ich. »Sie wollen verhindern, dass ich stürze?«

»Ich bin stärker, als Sie glauben. Also, können Sie sich aufsetzen?«

Ich fand die Frage witzig. »Natürlich.« Ich stützte mich mit den Ellenbogen aufs Bett und stemmte die Brust hoch. Durch meinen Unterleib schoss ein Schmerz, der mir den Atem raubte. Ich wurde blass. »Oh.«

Norma sah mich an, als wolle sie sagen: »Ich hab's Ihnen ja gesagt.«

»Das hat ein bisschen weher getan, als ich dachte«, sagte ich.

»Können Sie die Beine über die Bettkante schwingen?«, fragte Norma.

Während ich meinen Körper verlagerte, wurde mir bewusst, wie abhängig meine Beine von meinen Bauchmuskeln waren. Das Gehen würde nicht so leicht sein, wie ich gedacht hatte. Eine einzige schicksalhafte Nacht hatte meine Ziele völlig verändert: Aus Key West war die Badezimmertür geworden. Ich brauchte ein paar Minuten, bis ich die Beine über die Bettkante baumeln lassen konnte.

»Gut. Jetzt bleiben Sie einen Augenblick so.« Norma holte ein Paar Pantoffeln aus meinem Schrank und brachte sie mir. Sie kniete sich hin und streifte sie über meine Füße. Dann klemmte sie meinen Katheter ab, legte mir den Gehgurt um die Taille und befestigte ihn. »Sind Sie bereit?«

Ich nickte. »Ja.«

»Jetzt rutschen Sie langsam vor und verlagern Sie Ihr Gewicht auf die Fußballen.«

Ich schob mich näher an die Bettkante heran, während ich

mir den Krankenhauskittel über die Oberschenkel zog. Als ich mit den Füßen den Boden berührte, beugte ich mich langsam vor. Ein unvorstellbarer Schmerz schoss durch meinen Körper. »Ah.« Ich holte noch einmal tief Luft. Ich war wirklich verblüfft, wie heftig der Schmerz war. Die Toilette schien auf einmal meilenweit entfernt zu sein.

»Doch noch nicht bereit für die Ehrenrunde?«, sagte Norma.

Ich holte einmal tief Luft. »Das ... tut weh.«

»Wollen Sie weitermachen?«

»Ja.«

»Wir werden heute Morgen nur ein paar Schritte versuchen. Babyschritte.« Sie sah Engel an. »Könnten Sie mir behilflich sein?«

Engel stand auf. »Was soll ich tun?«

»Helfen Sie mir, ihn zu stützen.« Sie wandte sich zu mir um. »Wir werden Ihnen helfen, aufzustehen.«

Beide legten eine Hand hinter meinen Rücken, während ich die Arme um ihre Schultern schlang. »Sind Sie bereit?«

»Ja.«

»Los geht's.«

Ich rutschte bis zur Bettkante vor. Meine Augen tränten vor Schmerz, und ich stöhnte leise auf.

»Immer schön langsam«, sagte Norma. »Wir haben es nicht eilig.«

»Ich schon«, sagte ich. Ich biss die Zähne zusammen, dann beugte ich mich vor, bis ich stand. Beide Frauen nahmen ihre Hände fort, blieben aber in der Nähe.

»Wie fühlen Sie sich?«, fragte Norma.

»Als hätte man mich in zwei Teile geschnitten und wieder zusammengeklebt.«

»Das kommt ungefähr hin.«

Ich tat einen kleinen Schritt mit dem rechten Fuß. Um genau zu sein, war es eher ein Schlurfen als ein Schritt, ich schaffte etwa fünfzehn Zentimeter. Ich hielt kurz inne, dann zog ich den linken Fuß bis zu meinem rechten nach. *Das ist schlimm*, dachte ich.

»So ist es gut«, sagte Norma. »Sie haben's geschafft. Und jetzt versuchen Sie es gleich noch einmal.«

Ich schlurfte wieder vorwärts. Ich kam mir vor wie ein alter Mann. Auf halbem Weg zur Toilette begann ich, mich zu fragen, wie ich es wieder zurück zum Bett schaffen sollte. »Ich glaube, ich gehe besser wieder zurück.«

»Versuchen Sie, sich umzudrehen«, sagte Norma.

Ich schlurfte im Kreis, bis ich das Bett wieder im Auge hatte. Noch vor drei Tagen hatte ich meine Wege in Meilen gemessen. Jetzt zählte ich Schritte. Achtzehn Schritte, und ich war erschöpft. Ich ging zurück zum Bett, drehte mich um, setzte mich auf die Bettkante und ließ meinen Oberkörper nach hinten sinken. Zum Glück hob Norma meine Beine auf die Matratze.

»Das war gute Arbeit«, sagte Norma. »Für den Anfang war das sehr gut.«

»Das war alles andere als gut«, sagte ich.

»Und ob es das war«, erwiderte sie. »Sie sind nur schwerer verletzt, als Sie dachten.«

Bis zu diesem Moment hatte ich die Augen vor meinem Zustand verschlossen. Ich hatte mir – der warnenden Worte meiner Ärztin zum Trotz – gesagt, dass ich mir einfach meinen Rucksack schnappen und das Krankenhaus verlassen würde. Tatsächlich würde ich noch eine ganze Weile brauchen, um mich zu erholen. Der Gedanke rief mir McKales Wochen in der Reha-Abteilung des Krankenhauses schmerzlich in Erinnerung.

»Ich weiß, es sieht nicht so schlimm aus, aber Ihre Bauchmuskeln wurden durchtrennt. Es wird noch eine ganze Weile dauern, bis Sie wieder der Alte sind.«

In diesem Augenblick packte mich Wut auf alles, was mich ausgebremst hatte: auf meinen Körper, auf das Hilton, das kein freies Zimmer gehabt hatte, auf die Gang und vor allem auf den Jungen mit dem Messer, der auch irgendwo auf dieser Etage dieses Krankenhauses lag. In einem Krankenhausbett dahinzusiechen, hatte nicht zu meinem Plan gehört. *Hatte ich denn nicht schon genug gelitten?*

Noch schlimmer wurde alles dadurch, dass ich schon jetzt die Jahreszeiten gegen mich hatte. Ich hatte vorgehabt, Idaho, Montana und dann Wyoming zu durchqueren und mit etwas Glück die Berge hinter mir zu lassen, bevor die schwersten Schneefälle einsetzten und die Highways gesperrt wurden. Diese Hoffnung war jetzt dahin. Bis ich wieder gehen konnte, würden die Straßen unpassierbar sein. Ob es mir gefiel oder nicht, ich saß bis zum Frühjahr hier fest.

Nachdem Norma das Zimmer verlassen hatte, schob Engel ihren Stuhl etwas näher zu mir heran. »Alles okay mit Ihnen?«

»Was glauben Sie denn?«, fuhr ich sie an. »Das Gehen war das Einzige, was ich noch hatte. Und jetzt sitze ich bis zum Frühjahr an diesem gottverlassenen Ort fest.«

Sie sah mich an. Ihr Blick verriet, dass ich sie verletzt hatte. »Es tut mir leid.«

Ich seufzte. »Nein, *mir* tut es leid. Es ist nicht Ihre Schuld. Ich bin nur so wütend.«

Nach ein paar Minuten Schweigen sagte sie: »Vielleicht sollte ich jetzt besser einkaufen gehen. Brauchen Sie irgendetwas?«

Ich konnte nicht glauben, wie freundlich sie zu mir war, obwohl ich sie eben angebrüllt hatte. »Pop-Tarts«, sagte ich.

»Pop-Tarts?«

»Erdbeer-Pop-Tarts.«

»Also gut, Pop-Tarts. Ich bringe Ihnen heute Abend welche mit.«

»Sie kommen heute Abend wieder?«

»Wenn es Ihnen recht ist.«

»Ich weiß nicht, warum Sie das tun.«

»Ich sehe Sie gern«, sagte sie. »Spielen Sie Karten?«

»Texas Hold'em, Hearts und Gin Rummy.«

»Ich werde ein Kartenspiel mitbringen.« Sie stand auf. »Bis heute Abend.«

»Engel, es tut mir wirklich leid.«

»Schon gut. Es ginge mir genauso.« Sie berührte meinen Arm, dann ging sie zur Tür hinaus. Nachdem Engel gegangen war, lag ich im Bett und dachte über sie nach. Sie war wirklich nett.

Etwas später an diesem Nachmittag kam Norma wieder. »Ich habe Ihnen etwas mitgebracht.« Sie hielt mir ein Blatt Papier hin.

> Affectus, qui passio est, desinit esse
> passio simulatque eius claram et
> distinctam formamus ideam.

Ich betrachtete den Text verständnislos. »Ich kann kein Latein.«

»Ehrlich gesagt, ich auch nicht. Es ist ein Zitat des Philosophen Spinoza. Es heißt, und ich gebe es hier etwas freier wieder: ›Das Leiden hört auf, Leiden zu sein, sobald wir uns ein klares Bild davon machen.‹ Mein Vater hat das vor ein paar Jahren zu mir gesagt, als ich eine Totgeburt hatte. Es hat mir geholfen, darüber hinwegzukommen. Ich weiß, dass Sie große Schmerzen leiden und dass Sie frustriert sind. Aber das wird nicht ewig so bleiben, und bevor Sie sich versehen, werden Sie wieder gehen können. Versprochen!«

Ich sah auf das Blatt Papier. »Könnten Sie es für mich aufhängen?«

»Sehr gern. Ich hole nur rasch etwas Tesafilm.« Sie verließ das Zimmer.

Das Leiden hört auf, Leiden zu sein, sobald wir uns ein klares Bild davon machen. Ich fragte mich, ob das der Grund war, weshalb ich einen solchen Drang verspürte, Tagebuch zu führen.

Als sie wiederkam, klebte sie das Blatt Papier an meine Schranktür. »Wie wär's hier?«

»Perfekt.«

»Wollen wir wieder ein paar Schritte gehen?«

»Na klar.«

Ich biss die Zähne zusammen, während ich die Füße zur Bettkante bewegte, und rutschte dann nach vorn. Diesmal kam mir der Schmerz noch schlimmer vor. Norma legte mir den Gehgurt um die Taille.

»Okay, immer schön langsam. Einen Schritt nach dem anderen.«

Ich holte einmal tief Luft, machte einen Schritt und spürte einen stechenden Schmerz. Ich hielt kurz inne und machte dann den nächsten. Dasselbe. Ich tat einen dritten, dann hörte ich auf. »Ich kann das nicht.«

»Es war vielleicht für heute ein bisschen zu viel«, sagte sie sanft. Sie legte meinen Arm um ihre Schulter und half mir langsam zurück. Ich setzte mich und ließ mich nach hinten fallen, und sie hob meine Füße aufs Bett. »Wir werden es morgen wieder versuchen.«

Ich schloss die Augen und seufzte.

»Hey, Sie schaffen das schon. Bevor Sie sich versehen, laufen Sie wieder Marathons.« Sie tätschelte mein Bein. »Meine Schicht ist jetzt zu Ende. Wir sehen uns morgen wieder.«

Nachdem sie gegangen war, versuchte ich, mir ein klares Bild von meinem Leiden zu machen. Es linderte meinen Schmerz nicht.

Engel kam gegen sieben wieder. Sie trug einen langen, marineblauen Wollmantel und hatte eine Plastiktüte dabei, aus der sie zwei Schachteln Pop-Tarts hervorholte. »Ich habe Ihre Pop-Tarts bekommen«, sagte sie. »Ich wusste nicht, ob Sie lieber die glasierten oder die einfachen mögen, daher habe ich beide gekauft.« Sie stellte die Schachteln auf den Tisch neben meinem Bett.

»Danke.« Ich öffnete die Schachtel mit den glasierten Gebäckstücken, nahm eine Packung heraus und riss die Folie mit den Zähnen auf. Ich bot Engel ein Pop-Tart an: »Möchten Sie?«

»Gern.« Sie nahm das Törtchen. Dann bemerkte sie das Zitat, das Norma an die Schranktür geheftet hatte. »Was ist das denn?«

»Das habe ich von Norma bekommen.«

Sie kniff die Augen zusammen, während sie es las. »Emotion, was Leiden heißt, hält inne ... nein, hört auf, Leiden zu sein, wenn eine klare und deutliche Vorstellung davon geformt wird.«

»Sie können Latein?«, fragte ich.

»Ein wenig«, sagte sie. »Ich hatte Latein auf der Highschool.« Mir fiel auf, dass sie keinen Kommentar zu dem Zitat oder seiner Botschaft abgab. Sie legte ihren Mantel ab.

»Ihre Familie muss sich fragen, warum Sie in letzter Zeit so oft außer Haus sind«, sagte ich.

»Es gibt keine Familie«, sagte sie. »Nur mich.«

»Na ja, dann müssen Ihre Freunde sich fragen, was Sie heimlich so treiben.«

Ein sardonisches Grinsen huschte über ihr Gesicht. »Es gibt niemanden, der eine Vermisstenanzeige aufgibt, falls Sie das meinen. Ich bin gewissermaßen eine Einzelgängerin.«

Ich sah sie fragend an. »Ich hätte Sie niemals für eine Einzelgängerin gehalten.«

»Warum nicht?«

»Sie sind ein sehr freundlicher, liebenswürdiger Mensch. Das passt nicht zusammen.«

»Dasselbe könnte ich von Ihnen sagen.«

»So etwas kommt vor.«

»Genau«, erwiderte sie, »so etwas kommt vor.« Sie sah mich an. »Ich habe über diesen Ring nachgedacht, nach dem Sie gesucht haben. Haben Sie Ihre Frau geliebt?«

»Ja.«

»Es tut mir leid.«

»Mir auch.«

Sie legte mir eine Hand auf den Arm. »Ich weiß, es ist eine dumme Frage, aber kann ich irgendetwas für Sie tun?«

»Ich wünschte, das könnten Sie.« Einen Augenblick später fragte ich: »Waren Sie je verheiratet?«

Sie zögerte. »Nein.«

»Sind Sie aus Spokane?«

»Ich bin hier geboren. Aber meine Familie ist nach Minnesota gezogen, als ich acht war. Vor ein paar Monaten wurde mir hier ein Job angeboten, und ich habe beschlossen, wieder hierher zu ziehen.«

»Und wie ist die Arbeit in der Polizeizentrale?«

Sie zuckte mit den Schultern. »Es ist nicht langweilig, aber es ist deprimierend. Es kommt mir vor, als ob ich den ganzen Tag immer nur die schlechteste Seite der Menschheit sehe.«

»So habe ich das noch nie betrachtet. Aus welcher Ecke Minnesotas kommen Sie denn?«

»Aus Wayzata, einer Stadt am Minnetonka-See.«

»Ich war noch nie in Minnesota. Ich habe gehört, es soll wunderschön sein.«

»Es ist kalt«, sagte sie knapp. »Sehr kalt.«

Nach ihrer Miene zu urteilen, sprach sie nicht nur vom Wetter.

Sechstes Kapitel

Auf dem College habe ich einmal einen Kurs in Sozialpsychologie belegt. Ich dachte, das würde für eine Karriere in der Werbung hilfreich sein. Psychologen sind in einem Experiment der Geschichte des barmherzigen Samariters auf den Grund gegangen. Was sie herausfanden, sollte uns zum Nachdenken bringen. Entscheidend dabei, wer anhielt, um dem Fremden in Not zu helfen, war nicht Mitleid, Moral oder religiöse Überzeugung. Es waren diejenigen, die die Zeit dafür hatten. Und so frage ich mich, ob ich die Zeit habe, Gutes zu tun. Engel hat sie offenbar.

Alan Christoffersens Tagebuch

Als Norma am nächsten Morgen mit meinem Krankenblatt ins Zimmer kam, las ich die Zeitung und testete unterdessen meine Beine. Ich hob erst das eine, dann das andere Bein hoch und hielt es in der Luft, solange ich konnte. Der Zeitraum ließ sich bedauerlicherweise in Mikrosekunden messen.

»Hi«, sagte sie. Sie sah ein wenig gestresst aus.

Ich legte die Zeitung hin. »Wie geht es Ihnen heute?«, fragte ich.

»Gut. Die 100 000-Dollar-Frage ist: Wie geht es Ihnen?«

»Ich bin noch immer hier.«

»Haben Sie es schon gehört …?« Sie zögerte. »Der Junge ist gestorben.«

»Wer?«

»Der Junge, der Sie mit dem Messer angegriffen hat.«

Ich schüttelte den Kopf. »Nein.« Ich wusste nicht, wie ich auf diese Nachricht reagieren sollte. Ich wusste nicht einmal, was ich empfinden sollte. Rachegefühle, Gerechtigkeit, Mitleid, Traurigkeit? Die Wahrheit war, ich fühlte gar nichts.

Einen Augenblick später sagte sie: »Die Ärztin wird heute Nachmittag nach Ihnen sehen.«

»Erfahre ich dann endlich, wann ich das Krankenhaus verlassen kann?«

»Ich denke schon.« Sie überprüfte einen meiner Monitore, dann fragte sie: »Sind Sie bereit, es noch einmal mit dem Gehen zu versuchen?«

»Na klar«, sagte ich.

»Ich muss noch nach ein paar anderen Patienten sehen, dann komme ich wieder zu Ihnen.« Sie ging hinaus.

Ich lehnte mich zurück und seufzte. Ich fühlte mich nicht besser als zuvor.

Eine halbe Stunde nach dem Frühstück kam Norma wieder in mein Zimmer, den Gehgurt in der Hand. »Los geht's.«

Nachdem sie meinen Katheter abgeklemmt hatte, setzte ich mich auf und schwang die Beine ein bisschen zu schnell über die Bettkante. Ich biss vor Schmerz die Zähne zusammen.

»Augenblick«, sagte Norma. »Bevor Sie es noch einmal versuchen, will ich Sie etwas fragen.«

Ich sah sie erwartungsvoll an. »Ja?«

»Warum wollen Sie gehen? Was ist Ihr Grund Nummer eins?«

»Damit ich diesen«, ich musste mich beherrschen, nicht zu fluchen, »Katheter abnehmen kann.«

Sie sah mich nachdenklich an. »Engel hat mir erzählt, Sie wollen zu Fuß nach Key West gehen. Stimmt das?«

»Ich habe es versucht.«

»Dahinter muss eine Geschichte stecken.«

Ich sah für einen Moment zu Boden. Dann sagte ich: »Im letzten Monat habe ich meine Frau, mein Zuhause und meine Firma verloren.«

Ihre Miene veränderte sich. »Es tut mir so leid. Das habe ich nicht gewusst.« Sie berührte sanft meinen Arm. »Und deswegen haben Sie beschlossen, zu gehen.«

»Das Gehen hat mich am Leben erhalten. Ohne Key West habe ich gar nichts.«

Sie nickte langsam. »Vergessen Sie das nicht. Und jetzt lassen Sie uns ein paar Schritte gehen.«

Wieder setzte ich meine Füße auf den Boden und begann, mein Gewicht zu verlagern. Tatsächlich war der Schmerz nicht ganz so schlimm wie am Tag zuvor. »Ich bin bereit«, sagte ich.

Norma stützte mich, während ich aufstand und mich auf den Schmerz gefasst machte. Ich trat einen Schritt vor. Wieder durchzuckte ein Schmerz meinen Körper, aber irgendwie schien er diesmal nicht ganz so heftig zu sein wie zuvor. *Ich schaffe das*, dachte ich. Ich machte noch einen Schritt, hielt inne, machte dann noch einen. »Ich kann das«, sagte ich.

»Ich weiß, dass Sie es können«, sagte Norma.

Ich ging noch sechs Schritte, dann blieb ich einen Moment stehen. Entweder hatte der Schmerz nachgelassen, oder meine Entschlusskraft war inzwischen groß genug, um es mit ihm aufzunehmen. Ich ging noch ein paar Schritte, dann streckte ich die Hand aus und hielt mich am Türknauf des Badezimmers fest.

Norma lächelte. »Sie haben's geschafft.«

Ich holte einmal tief Luft. »Okay, mal sehen, ob ich es auch wieder zurück schaffe.« Ich drehte mich langsam um und ging dann ohne Unterbrechung zurück zum Bett. Norma klatschte in die Hände.

Als ich wieder gemütlich im Bett lag, fragte ich: »Könnten Sie mir jetzt bitte den Katheter abnehmen?«

»Sehr gern.« Sie schloss meine Zimmertür, dann streifte sie ein Paar Latexhandschuhe über, schob meinen Kittel hoch und entfernte den Katheter.

»Na endlich«, sagte ich.

»Sie haben es sich verdient.«

Während sie ihre Handschuhe abstreifte, fragte ich sie: »Woher wussten Sie, dass Sie mich nur fragen müssen, warum ich wieder gehen will?«

»Nach meiner Erfahrung ist es so: Wenn man sich auf das *Warum* konzentriert, dann erledigt sich das *Wie* von selbst.« Sie kam herüber und berührte meinen Arm. »Ich bin stolz auf Sie. Ich wusste, Sie würden es schaffen. Ich werde vor dem Ende meiner Schicht noch einmal nach Ihnen sehen.« Sie ging zur Tür.

»Norma?«

Sie drehte sich noch einmal um. »Ja?«

»Danke.«

Sie lächelte und ging hinaus.

Den Rest des Vormittags verbrachte ich mit Lesen. Norma kam gegen zwei mit einem Stapel Farbkopien wieder. »Ich habe Ihnen etwas mitgebracht.« Sie reichte mir die Papiere.

Ich blätterte durch Bilder von Stränden und einem Ozean. »Was ist das?«

»Bilder von Key West. Ich habe sie aus dem Internet ausgedruckt.«

»Ich meine, wofür sind sie?«

»Ermahnungen«, sagte sie. »Ich hänge sie für Sie auf, wenn Sie wollen.«

Ich gab sie ihr wieder. »Sehr gerne.«

»Gut. Sind Sie bereit, wieder ein paar Schritte zu gehen?«

»Ja. Zur Toilette, bitte.«

Ich legte die Hände auf die Bettkante und stemmte mich hoch. Ich erreichte die Badezimmertür in etwa derselben Zeit wie das letzte Mal. Ich ging hinein, sperrte die Tür ab und benutzte die Toilette. Ein paar Minuten später kam ich wieder heraus. »Jetzt fühle ich mich wieder wie ein Mensch.«

»Ein kleiner Schritt für den Menschen, ein riesiger Sprung für die Würde.«

Ich lächelte, während ich zurückging. Als ich mein Bett erreichte, sagte sie: »Das war beeindruckend. Gut gemacht.«

»Danke, Coach.« Ich setzte mich wieder aufs Bett.

Sie nahm die Bilder von Key West vom Nachttisch. »Ich hänge die für Sie auf.«

Es waren sechs Bilder insgesamt. Norma begann, sie an der gegenüberliegenden Wand aufzuhängen.

»Und? Haben Sie für heute Abend schon große Pläne?«, fragte ich.

»Mein Mann hat Spätschicht, daher werde ich zu meiner Mutter fahren, um ihr zu helfen, ihren Keller auszuräumen. Sie hat in letzter Zeit diesen Entrümpelungswahn.«

»Das klingt nett. Ich wünschte, ich könnte mithelfen.«

»Da würde ich wetten«, sagte sie mit einem Lachen. »Und was ist mit Ihnen? Irgendwelche aufregenden Pläne? Skateboardfahren? Tennis?«

»Ich habe mir gedacht, ich werde einfach hier herumhängen.«

Sie lächelte. »Gute Idee. Kommt Ihre Freundin heute?«

»Sie meinen Engel?«

Sie nickte.

»Ich denke schon. Sie hat nichts gesagt.«

»Ich habe mich gestern ein bisschen mit ihr unterhalten. Sie ist wirklich eine sehr interessante Person. Wie lange kennen Sie sie schon?«

»Ehrlich gesagt, gar nicht.«

Sie klebte das letzte Bild an die Wand und wandte sich zu mir um. »Wie meinen Sie das?«

»Ich bin ihr erst vor einer guten Woche zufällig begegnet.«

»Das ist ja komisch. Sie redet von Ihnen, als ob Sie ihr bester Freund wären. Wissen Sie, sie hat etwas wirklich Verblüffendes getan. Als ich ihre Saphir-Halskette bewundert habe, hat sie sie einfach abgenommen und mir geschenkt. Ich bin sicher, sie war mindestens tausend Dollar wert.«

»Sie hat Ihnen eine Saphir-Halskette geschenkt?«

»Na ja, sie hat es versucht. Ich habe sie nicht angenommen.«

Ich war mir nicht sicher, was ich davon halten sollte. »Ich werde aus ihr nicht ganz schlau. Ich habe keine Ahnung, wieso sie so gut zu mir ist.«

»Vielleicht ist sie einer dieser selten zu findenden Menschen, die sich aufrichtig um andere sorgen. Oder vielleicht ist sie ein Engel.«

»Ein Engel?«

»Na ja, so heißt sie doch, oder?« Sie tätschelte meinen Arm. »Dr. McDonald wird nach Ihnen sehen, bevor ihre Schicht zu

Ende ist. Also, falls sie Sie entlässt, laufen Sie nicht davon, ohne sich zu verabschieden.«

»Ich glaube nicht, dass ich irgendwohin laufen werde. Viel Spaß bei Ihrer Mutter.«

Sie grinste. »Den werde ich bestimmt haben. Passen Sie auf sich auf. Das war gute Arbeit heute. Sie sind mein Held.«

Nachdem sie gegangen war, dachte ich über unser Gespräch über Engel nach. Es war nicht meine Absicht, ihre Motive infrage zu stellen (oder vielleicht doch?), aber ich wusste wirklich nicht, was sie antrieb. Vielleicht war sie, wie Norma vermutet hatte, einfach nur altruistisch – eine moderne Heilige. Ich kannte solche Leute, nicht viele, aber ein paar. Meine Mutter war so jemand gewesen. Und meine ehemalige Assistentin, Falene, die in dem ganzen Chaos und der Krise, die ich durchgemacht hatte, ohne ersichtlichen Grund fest zu mir gestanden hatte. Trotz der grauenhaften Geschichten, von denen wir in den Zeitungen lesen, gibt es dort draußen noch immer Leute, die sich ganz selbstlos um andere kümmern.

Aber meine Mutter war meine Mutter, und Falene kannte mich. Engel war eine völlig Fremde. Irgendetwas stimmte da nicht.

Dr. McDonald kam erst nach fünf, um nach mir zu sehen. Als sie das Zimmer betrat, warf sie einen Blick auf die Bilder an meiner Wand. »Sieht aus, als ob hier jemand von Key West träumt.« Sie trat an mein Bett. »Entschuldigen Sie, dass ich so spät komme. Ich hatte einen Patienten, dessen Herz beschlossen hat, Urlaub zu nehmen. Ich habe gehört, Sie können schon wieder laufen?«

»Es ist eher ein Schlurfen, aber ich habe es bis zum Badezimmer geschafft.«

»Sehr gut. Ihre CT-Scans lassen keine weiteren Schädigungen erkennen, Ihre restlichen Vitalfunktionen sind gleichbleibend stabil, und Sie scheinen sich ohne Komplikationen zu erholen. Das heißt, ich würde Sie gerne noch vierundzwanzig Stunden dabehalten, und dann können Sie gehen.«

»In Ordnung.«

»Ich habe Ihnen ein Rezept für ein Antibiotikum ausgestellt. Gegen die Schmerzen habe ich Ihnen Morphintabletten verschrieben. Die Dosis beträgt zehn Milligramm, und Sie sind nur als schmerzlindernde Maßnahme gedacht. Das heißt, Sie können sie jederzeit absetzen, wenn Ihnen danach ist. Wir werden Sie in Ihren Verbänden nach Hause schicken und möchten Sie bitten, nächste Woche wieder zu uns zu kommen, um die Fäden ziehen zu lassen. Ich lasse Ihnen die Rezepte hier.« Sie legte sie auf meinen Nachttisch. »Auf dem Flur geht das Gerücht um, dass Sie zu Fuß nach Key West unterwegs sind.«

»Das habe ich vor.«

»Hoffentlich werden Sie keine weiteren Umwege mehr haben.« Sie lächelte. »Viel Glück, Mr. Christoffersen.«

Engel kam etwa zehn Minuten, nachdem die Ärztin gegangen war. Ihre Augen waren gerötet, als hätte sie geweint. »Wie war Ihr Tag?«, fragte sie.

»Nicht schlecht«, sagte ich. »Und Ihrer?«

»Ganz gut«, sagte sie. Sie setzte sich.

»Ich bin allein gegangen«, sagte ich.

»Und ich habe es verpasst.« Sie klang so enttäuscht, wie

eine Mutter, die die ersten Schritte ihres Kindes verpasst hat.

»Es war nicht der Rede wert«, sagte ich. »Die Ärztin war eben hier. Sie hat gesagt, dass ich das Krankenhaus morgen verlassen kann.«

Darüber freute sie sich sichtlich. »Gut. Zu Hause ist alles vorbereitet. Brauchen Sie sonst noch irgendetwas?«

»Die Medikamente, die Dr. McDonald mir verschrieben hat.« Ich deutete auf den Tisch, auf dem die Rezepte lagen.

Engel stand auf, nahm sie und steckte sie ein. »Kein Problem.«

»Meine Brieftasche ist in dem kleinen Reißverschlussfach außen an meinem Rucksack. Da ist eine Kreditkarte drin.«

»Okay«, sagte sie. »Ich werde mich gleich darum kümmern.«

Als sie gegangen war, fiel mir auf, dass sie meine Karte nicht mitgenommen hatte.

Siebtes Kapitel

Es gibt Menschen, die in unser Leben treten und so willkommen sind wie eine kühle Brise im Sommer – und ungefähr genauso lange bleiben.

Alan Christoffersens Tagebuch

Am nächsten Abend warteten Norma und ich ungeduldig auf Engel. Engel hatte vorgehabt, etwas früher von der Arbeit nach Hause zu gehen. Als sie um Viertel vor sechs eintraf, war sie völlig außer Atem. »Entschuldigen Sie die Verspätung«, keuchte sie. »Ich hatte BG-Probleme.«

»BG?«, fragte ich.

»Blutglukose«, sagte Norma. »Sind Sie Diabetikerin?«

»Typ eins. Meine Werte waren heute Nachmittag ein bisschen niedrig.«

»Sie leben nicht allein, oder?«, fragte Norma.

»Doch.«

Norma legte den Kopf auf die Seite. »Das ist wirklich gefährlich. Jetzt bin ich erst recht froh, dass Alan bei Ihnen wohnen wird.«

»Das bin ich auch«, sagte Engel. Sie hielt eine Papiertüte hoch. »Ich war in der Apotheke.« Sie öffnete meinen Rucksack und steckte die Medikamente hinein.

»Ich muss mich nur noch anziehen«, sagte ich.

»Wir lassen Ihnen ein bisschen Privatsphäre«, sagte Norma.

Ein paar Minuten später kehrten die beiden zurück. »Fertig?«, fragte Norma und schob einen Rollstuhl zur Tür herein. Engel folgte ihr.

»Möchten Sie Key West mitnehmen?«, fragte Norma, während sie die Bilder abnahm.

Ich wandte mich an Engel. »Gibt es an den Wänden bei Ihnen zu Hause Platz dafür?«

»Jede Menge.«

»Okay. Dann nehme ich Key West mit.«

»Ich hole schon mal den Wagen«, sagte Engel. Sie nahm meinen Rucksack mit, der fast ein bisschen zu schwer für sie zu sein schien. »Wir treffen uns unten«, sagte sie und ging hinaus.

Ich stand auf, ging zum Rollstuhl und setzte mich.

»Wissen Sie, ich werde Sie vermissen«, sagte ich zu Norma.

»Ich Sie auch. Werden Sie mir eine Karte schicken, wenn Sie in Key West angekommen sind?«

»Ja.«

Norma rollte mich zum Aufzug und drückte auf den Knopf für die Eingangshalle. Einen Augenblick später schob sie mich aus dem Krankenhaus.

Ich erkannte Engels Wagen von unserer ersten Begegnung wieder. Der ältere, silbergraue Chevrolet Malibu rollte in die Ladezone vor dem Eingang des Krankenhauses. Engel parkte, stieg aus und ging um den Wagen, um die Beifahrertür zu öffnen.

Über die Bordsteinkante zu treten, machte mir auf einmal Angst. »Ich schaffe das«, sagte ich eher hoffnungsvoll als wirklich überzeugt. Ich stützte mich auf die Armlehnen des Rollstuhls und stemmte mich hoch. Es war erschreckend, wie sehr jede Bewegung immer noch schmerzte. Ich würde nicht über Nacht wieder in Form kommen. Ich stand einen Augenblick lang da und prüfte mein Gleichgewicht.

»Alles klar?«, fragte Norma.

»Kein Problem.«

»Viel Glück«, sagte sie.

»Danke. Für alles.«

Sie beugte sich vor, und wir umarmten uns. Dann trat ich vorsichtig über die Bordsteinkante und stieg in den Wagen. Ich hob die Füße hinein. Engel beugte sich über mich und schnallte mich an, dann schloss sie die Wagentür.

Norma winkte, dann schnappte sie sich den Rollstuhl und schob ihn zurück ins Krankenhaus. Engel nahm auf dem Fahrersitz Platz und ließ den Wagen an. »Norma ist eine großartige Krankenschwester.«

»Ja, das ist sie«, sagte ich.

»Jetzt bin ich an der Reihe, mich um Sie zu kümmern.« Sie legte den Gang ein, und wir fuhren zu ihr nach Hause.

Achtes Kapitel

Ich fühle mich wie ein Drachen, der in einem Hurrikan gefangen ist.

Alan Christoffersens Tagebuch

Engel wohnte eine Viertelstunde vom Krankenhaus entfernt in einem kleinen Vorort im Osten der Stadt. Als wir unterwegs Bahngleise überquerten, hielt ich mir den Bauch und verzog das Gesicht. Engel warf mir einen mitleidigen Blick zu. »Entschuldigung«, sagte sie. »Wir haben's gleich geschafft.«

Während wir fuhren, flog die Stadtlandschaft wie ein einschläfernder Film an mir vorbei. Mein einziger Gedanke war, wie sehr ich es hasste, in Spokane zu sein. Die Stadt erschien mir ebenso grau wie das Wetter, was allerdings eher eine Reflexion meines Gemütszustandes war. Ich war schon zweimal in Spokane gewesen und hatte meinen Aufenthalt dort jedes Mal genossen, aber diesmal erschien mir die Stadt nicht sehr einladend.

Spokane ist die zweitgrößte Stadt in Washington und ähnelt Seattle in vielerlei Hinsicht – bis auf die Bevölkerung, die Geschäftswelt, die Wirtschaft, das Hafenviertel, die Politik, den Kaffee ... Na ja, tatsächlich ähnelt Spokane Seattle überhaupt nicht.

Ich bin sicher, die Leute, die hier leben, sind ebenso warmherzig, intelligent und kultiviert wie die Menschen in Seattle, vielleicht sogar noch kultivierter, denn man muss ihnen zugutehalten, dass sie die Welt weder mit Grunge-Musik noch mit Sir Mix-a-lot beglückt haben. Es ist einfach anders. Völlig anders.

Wie ich bereits sagte, ich hatte kein Problem mit Spokane an sich, sondern vielmehr damit, dass ich dort *festsaß*. Ich lief noch immer vor Seattle davon, und nur ein paar Meilen vor der Grenze zwischen Washington und Idaho hatte man mir den Boden unter den Füßen weggezogen. Ich wollte diesen Bundesstaat endlich hinter mir lassen.

Engels Wohnung befand sich in einem alten, A-förmigen Gebäude, nur ein paar Meilen nördlich der Gonzaga-Universität in einer von Kiefern gesäumten Straße namens Nora. Das Haus war ein Schindelbau, der in drei Wohnungen aufgeteilt war. Es hatte ein steiles Schrägdach und einem abblätternden gelben Anstrich. Da die meisten anderen Häuser in der Straße aus rotem Ziegelstein errichtet waren, hob es sich deutlich von den anderen ab. Die Fenster waren seltsam schmal und ungleichmäßig, manche waren höher als andere. Das Haus verfügte über einen ansehnlichen Vorgarten, und rundherum wucherten Stechpalmen.

Für ein Universitätsviertel schien die Gegend sehr ruhig zu sein, was vermuten ließ, dass die umliegenden Häuser von Studenten bewohnt waren, die entweder ihr Studium ernst nahmen oder noch verkatert waren von der Party am Vorabend. Ich hoffte auf Ersteres.

Etwa die Hälfte der Häuser war für Halloween geschmückt, und ich sah riesige kunstvoll arrangierte Spinnennetze und andere gruselige Details. Die Dekorationen vor Engels Wohnhaus beschränkten sich auf einen getrockneten Maisstängel, der neben der Eingangstür stand.

Engel lenkte den Wagen an die Bordsteinkante vor ihrem Haus und stellte den Motor ab. »Wir sind da. Ich mache dir die Tür auf.« Sie ging um den Wagen herum und öffnete meine Tür.

Unter Schmerzen verlagerte ich meinen Körper seitlich, aber damit waren meine akrobatischen Fähigkeiten auch schon erschöpft. Ich sah zu ihr hoch. »Kannst du mir behilflich sein?«

»Natürlich. Ich zähle bis drei, und dann ziehe ich«, sagte sie.

»Okay.« Ich setzte die Füße auf die Straße.

»Eins, zwei, drei …« Sie zog mich nach hinten, während ich mich vorbeugte und aufstand. Ein lähmender Schmerz schoss durch meinen Körper und raubte mir den Atem.

»Augenblick noch«, sagte ich.

»Alles okay mit dir?«

»Gleich.« Als der Schmerz nachließ, sagte ich: »Alles okay. Weiter.«

Sie stellte sich neben mich und nahm meinen Arm. »Gehen wir.« Ich trat über die Bordsteinkante auf den vergilbten Rasen. Dort hielt ich einen Moment inne und blickte den Gehsteig hinunter. Irgendwann würde ich diesen Weg entlanggehen, aber im Augenblick erschien es mir schon eine enorme Herausforderung, es auch nur bis zum Haus und dann die Stufen hoch zu Engels Wohnung zu schaffen.

Ich schlurfte über einen Betonweg zu der Treppe, die zu Engels Wohnung hinaufführte und ebenfalls aus Beton gegossen war. Sie war schmal und steil und hatte ein schmiedeeisernes Geländer, aus dem Rost in den Zement sickerte. Ich klammerte mich daran fest und betrachtete skeptisch die erste Stufe.

»Bist du bereit dafür?«, fragte sie.

»Jetzt heißt es, gehen oder kriechen.«

»Lass dir von mir helfen. Leg den Arm um meine Schulter.«

Ich legte den rechten Arm um ihre Schulter und hielt mich mit der linken Hand am Geländer fest. Ich holte einmal tief Luft. »Los geht's.«

Ich schaffte es bis zum Treppenabsatz, wobei sie jeden meiner Schritte mit aufmunternden Worten begleitete.

»Du machst das sehr gut«, sagte sie. »Richtig gut.«

Ich glaube, mit *gut* war gemeint, dass ich nicht hinfiel.

Engels Wohnung lag im ersten Stock ganz am Ende des Flurs. Sie nahm den Schlüssel aus ihrer Handtasche, sperrte die Tür auf und hielt sie mir dann auf. »Willkommen in meiner bescheidenen Hütte«, sagte sie.

Das Erste, was mir auffiel, war ein köstlicher Essensgeruch, und ich fragte mich, wie das sein konnte, wo sie doch den ganzen Tag arbeiten gewesen war. »Irgendetwas riecht hier sehr gut.«

»Das Abendessen steht auf dem Herd«, erwiderte sie.

Das Wohnzimmer war größer, als ich erwartet hatte. Es besaß ein riesiges Panoramafenster, das auf den Hintergarten hinausging. Vor einem Fernseher in einem Holzfurnierschrank stand eine Couch mit einem rechteckigen Couchtisch. Das Zimmer wirkte aufgeräumt und nüchtern und schien nur mit dem Nötigsten ausgestattet.

Irgendetwas an dem Zimmer war anders. Irgendetwas fehlte, ohne dass ich sagen konnte, was.

Am Ende der Diele war eine kleine Küche mit einem winzigen Resopaltisch. In der Küche herrschte Chaos.

In der Diele, zwischen dem Wohnzimmer und der Küche, befanden sich drei Türen. »Das hier ist dein Zimmer.« Sie drückte eine Tür auf und ging hinein. Ich folgte ihr. Ein extragroßes Himmelbett stand ganz in der Ecke, sodass es zwei Wände berührte und vorn und an der Seite noch etwa ein Meter Platz war. Außerdem gab es einen kleinen Kleiderschrank und eine Kommode.

»Ich hoffe, es ist okay.«

»Es ist mehr als okay«, sagte ich.

»Nach dem Essen können wir deine Bilder von Key West aufhängen.« Sie ging zurück in die Diele. »Mein Zimmer ist gleich hier gegenüber. Mach's dir einfach gemütlich. Ich koche uns was Schönes zur Feier deiner Entlassung aus dem Krankenhaus. Ich hoffe, du magst italienisches Essen.«

»Ich liebe italienisches Essen.«

»Es gibt Hühnchen Cacciatore mit gegrillten Gemüse-Ravioli.«

»Du bist ja eine richtige Köchin.«

»Ich koche sehr gern«, räumte sie ein. »Aber da ich allein lebe, koche ich nur selten. Ich brauche noch etwa eine halbe Stunde. Möchtest du so lange vielleicht etwas lesen oder fernsehen?«

»Irgendetwas Geistloses.«

»Also fernsehen. Wo ist denn die Fernbedienung?«

Ich schlurfte ins Wohnzimmer und setzte mich aufs Sofa, das tiefer und weicher war, als ich erwartet hatte. Ich sank in die Kissen ein wie in Treibsand. Ich wusste, dass ich ohne Hilfe nicht wieder aufstehen können würde.

Engel fand die Fernbedienung neben dem Fernseher auf dem Boden und brachte sie mir. »Ich muss noch deinen Rucksack aus dem Auto holen.« Sie ging zur Tür hinaus, ließ sie leicht angelehnt und kam ein paar Minuten später mit meinem Rucksack über der Schulter wieder zurück. Sie keuchte ein bisschen. »Ich stelle ihn einfach in dein Zimmer.«

»Grazie.«

»Keine Ursache.« Sie stellte den Rucksack in meinem Zimmer ab und verschwand dann in der Küche. Ich ging die Programme durch, bis ich auf einem öffentlichen Sender bei einer *Spartacus*-Wiederholung hängen blieb.

Etwa eine Dreiviertelstunde später kam Engel mich holen. »Das Essen ist fertig«, sagte sie. Sie half mir von der Couch hoch. In der Küche war der Tisch mit Porzellangeschirr gedeckt, und eine flackernde, schmale weiße Kerze stand in der Mitte des Tischs.

»Du hast dir viel Mühe gemacht«, sagte ich.

»Keine Mühe, es gibt etwas zu feiern.«

Sie schob meinen Stuhl zurück, und ich ließ mich vorsichtig darauf sinken. Dann nahm sie mir gegenüber Platz.

»Buon appetito«, sagte sie.

»Gleichfalls«, erwiderte ich. »Kannst du mit Diabetes denn Pasta essen?«

»Die Kohlehydrate sind nicht so gut, aber ich esse einfach nicht so viel.« Sie hielt einen kleinen, zylinderförmigen Gegenstand hoch. »Und ich spritze natürlich nach.«

Die Mahlzeit gehörte mit zum Besten, was ich gegessen hatte, seit ich Seattle verlassen hatte, und das sagte ich ihr auch. Engel schien sich sehr zu freuen, mich so zufrieden zu sehen.

»Es macht Spaß, für jemanden zu kochen, der es zu schätzen weiß.«

»Und wenn du nicht arbeitest oder dich um Pflegebedürftige kümmerst, was tust du dann zu deinem Vergnügen?«

»Vergnügen?«, wiederholte sie, als hätte sie das Wort schon eine ganze Weile nicht mehr gehört. »Na ja, in den letzten Wochen hatte ich nicht allzu viel Freizeit, aber ich habe angefangen, mir die Liste der hundert besten Filme des Amerikanischen Filminstituts vorzunehmen, die ich mir alle ansehen möchte. Ich habe mit der 100 angefangen und arbeite mich langsam zu Nummer eins hoch.«

»Und das ist . . .?«

»Citizen Kane.«

Ich nickte. »Orson Welles. Natürlich.«

»Gestern Abend habe ich mir Nummer 78 angesehen, *Rocky*. Heute Abend steht die 77 auf dem Programm, falls du mir Gesellschaft leisten willst.«

»Ich bin mir ziemlich sicher, dass ich noch nichts vorhabe. Was ist denn die 77?«

»American Graffiti.«

»Es ist mindestens zwanzig Jahre her, seit ich den gesehen habe.«

»Das ist ein Klassiker«, sagte sie. »Aber das könnte man natürlich von so ziemlich jedem Film auf der Liste sagen.«

Engel aß langsam und passte genau auf, wie viel sie aß, während ich genau das Gegenteil tat. Mein Appetit schien sie zu amüsieren. Denn als ich meine Gabel schließlich beiseitelegte, fragte sie: »Kann ich dir noch irgendetwas anbieten? Eine Rinderhälfte vielleicht?«

Ich lachte laut auf. »Nein, ich glaube, fürs Erste bin ich satt.«

Sie grinste. »Dann geh doch schon mal zurück ins Wohnzimmer. Ich spüle nur rasch das Geschirr ab und komme dann nach.«

»Ich kann dir helfen«, sagte ich.

»Du solltest nicht so lange auf den Beinen sein. Außerdem habe ich das in fünf Minuten erledigt.«

»Ich würde mich gern ein wenig nützlich machen.«

»Ich mache dir einen Vorschlag: Sobald du einmal um den Block laufen kannst, kannst du hier arbeiten, bis du umfällst.«

»Das ist ja ein schöner Ansporn«, sagte ich.

»Ich bin eine hervorragende Motivationstrainerin«, erwiderte sie.

Ich schaffte es, allein aufzustehen, auch wenn ich mich dabei auf dem Tisch aufstützen musste. Während Engel das Geschirr spülte, ging ich in mein Zimmer. Meine Verbände juckten ein bisschen, sodass ich einen davon abnahm, um die Wunde zu inspizieren. Sie war leicht gerötet um die Fäden, sah aber nicht infiziert aus. Genau in diesem Augenblick hörte ich die Stimmen von Kindern.

»Süßes oder Saures!«

Ich steckte den Kopf durch die Tür. »Klingt, als ob du Besuch hast.« Zu meiner Verblüffung ging Engel nicht an die Tür.

Ich legte meinen Verband wieder um, dann schlurfte ich aus meinem Zimmer zurück zur Couch. Ein paar Minuten später kam Engel mit einer Schale Mini-Schokoriegel aus der Küche. Sie öffnete rasch die Wohnungstür, stellte die Schale hinaus und schloss die Tür wieder.

»Du weißt aber schon, was jetzt passieren wird, oder?«, sagte ich.

»Was denn?«

»Irgendein Kind wird sich die ganze Schale schnappen.«

»Hab doch ein bisschen Vertrauen«, sagte sie auf dem Weg zurück in die Küche.

»Ich habe Vertrauen«, erwiderte ich. »Denn genau das hätte ich als Kind getan.«

»Ich bin gleich fertig«, sagte sie, ohne auf meine Bemerkung einzugehen. »Ich muss nur noch ein bisschen Popcorn machen. Ohne Popcorn ist es einfach kein Kino.«

Ein paar Minuten später kam sie mit einem Beutel Mikrowellen-Popcorn wieder. Sie legte eine DVD in ihren DVD-Player ein. »Wenn ich ein bisschen vorausschauender gewesen wäre, dann hätte ich für heute Abend Nummer 18 ausgeliehen.«

»Was ist denn die 18?«

»Alfred Hitchcock. *Psycho.*« Sie schaltete die Stehlampe aus, schnappte sich eines der Kissen von der Couch und machte es sich dann vor dem Sofa auf dem Boden bequem.

»Warum sitzt du dort unten?«

»Ich sitze gern auf dem Boden. Du kannst die Couch für dich haben.«

Ich legte mich auf die Seite und drückte auf den Knopf, um den Film zu starten.

Es war schon nach elf, als der Film zu Ende war. Engel stand auf und schaltete das Licht an. »Was für ein toller Film!«, sagte sie.

»Ich hatte ganz vergessen, dass Richard Dreyfuss darin mitspielt«, sagte ich. »Ein sehr junger Richard Dreyfuss.«

»Und Suzanne Somers und Cindy Williams. Dieser Film hat ein Dutzend Sitcoms nach sich gezogen.«

»Was steht als Nächstes auf der Liste?«, fragte ich.

»Ich glaube *Lichter der Großstadt*.«

»Nie davon gehört.«

»Das ist ein alter Charlie-Chaplin-Film.«

»Ein Charlie-Chaplin-Film«, sagte ich und war erfreut, dass einer seiner Filme auf der Liste stand.

»Er gilt als einer der letzten großen Stummfilme. Und ich kann dir sagen, es war nicht leicht, ihn aufzutreiben. Ich habe ihn online bestellt, aber er ist noch nicht gekommen.« Sie ging zur Wohnungstür und öffnete sie, dann bückte sie sich, um die Schale hereinzuholen. Es lagen noch immer ein paar Schokoriegel darin. »Du hattest unrecht. Es gibt noch Hoffnung für die nächste Generation. Nimm ein Milky Way.« Sie warf mir einen Mini-Riegel zu.

»Das ist der neueste Trick«, sagte ich.

»Was?«

»Sie verkleinern den Riegel auf einen Bruchteil seiner ursprünglichen Größe, und dann nennen sie es ›Spaßgröße‹. Ein kleinerer Riegel macht aber überhaupt keinen Spaß. Es ist einfach nur ein mieser Trick.«

»Genau wie das Leben«, sagte sie.

Ich nickte. »Genau wie das Leben.«

Sie kam zu mir zurück. »Ich helfe dir hoch.« Sie nahm mich bei den Händen und lehnte sich nach hinten, um mich von der Couch hochzuziehen.

Ich stöhnte, während ich mich hochstemmte. »Das Aufstehen ist immer am schwersten.«

»Kann ich dir vor dem Schlafengehen noch irgendetwas bringen?«

»Nein, es ist alles bestens. Was wirst du tun, wenn du die hundert Filme alle gesehen hast?«

Sie sah mich mit einem seltsamen Gesichtsausdruck an. »Dann bin ich fertig.« Die Art, wie sie es sagte, kam mir irgendwie merkwürdig vor.

Sie lächelte. »Ich werde vermutlich schon auf der Arbeit sein, wenn du morgen Früh aufstehst. Ich lasse das Frühstück einfach für dich stehen. Vergiss nicht, vor dem Essen deine Schmerztabletten zu nehmen, und denk an die Frischhaltefolie. Ich lege sie dir ins Bad.«

»Frischhaltefolie?«

»Hast du schon vergessen, dass deine Verbände nicht nass werden dürfen. Norma hat gesagt, dass du mindestens eine Woche nicht baden darfst, und wenn du duschst, sollst du deine Verbände mit Zellophan umwickeln.«

Ich nickte und war beeindruckt, dass sie es sich gemerkt hatte.

»Sie sagte, dass es am besten ist, wenn du dir die Frischhaltefolie einfach ein paarmal um den Körper wickelst. Es macht nichts, wenn die Verbände ein bisschen feucht werden.«

»Du bist eine sehr gute Krankenschwester.«

»Ich tue mein Bestes.«

Ich schlurfte zu meinem Zimmer, und Engel folgte mir. Als ich meine Tür erreichte, wandte ich mich zu ihr um. »Danke für alles. Du bist mehr als eine gute Krankenschwester, du bist ein guter Mensch.«

Als sie mich ansah, lag in ihren Augen ein Glanz, den ich nicht zu deuten wusste. »Ich wünschte, du hättest recht«, sagte sie und verschwand in ihrem Zimmer.

Neuntes Kapitel

Heute habe ich es bis zu dem Fußweg vor dem Haus geschafft. Ich weiß nicht, ob ich glücklich über meine Leistung sein sollte – oder deprimiert darüber, dass ich es als eine ansehe.

Alan Christoffersens Tagebuch

Engel war bereits aus dem Haus, als ich am nächsten Morgen aufwachte. Sie hatte eine Nachricht für mich auf dem Küchentisch hinterlassen.

Frühstück im Ofen zum Warmhalten. O-Saft im Kühlschrank. Herd bitte ausschalten. Bin gegen fünf zu Hause.
Schönen Tag, Engel ☺

Ich ging zum Herd, beugte mich mit etwas Mühe vor und öffnete die Tür. Im Ofen stand eine quadratische Pfanne mit einem gebackenen Omelett – eine Frittata. Die Umstände hätte sie sich nicht machen müssen, ich wäre mit einer Schale Wheaties genauso glücklich gewesen.

Ich schaltete den Herd aus, schnappte mir den Topflappen, den sie auf dem Küchentresen liegen gelassen hatte, und nahm die Pfanne aus dem Ofen. Engel hatte bereits den Tisch für mich gedeckt. Ich tat die Frittata auf meinen Teller und stellte die Pfanne auf dem Herd ab. Ich nahm meine Schmerzmittel mit etwas Orangensaft (den sie bereits in ein Glas geschenkt hatte) und setzte mich zum Essen. Das Eier-Ding schmeckte köstlich.

Nach dem Frühstück ging ich ins Bad, um zu duschen. Eine Rolle Frischhaltefolie lag neben dem Waschbecken. Ich zog mich aus, wickelte mir das Zellophan zweimal um den Oberkörper und drehte das Wasser auf.

Ich prüfte die Wassertemperatur, dann stellte ich mich unter die Dusche. Es war meine erste Dusche seit Tagen. Ich schloss die Augen und ließ das warme Wasser meinen Körper umspülen. Ich stand minutenlang so da.

Es war nicht leicht, mich abzutrocknen, und um mich anschließend anzuziehen brauchte ich fast eine Viertelstunde. Ich hatte bereits festgestellt, dass es mir nahezu unmöglich war, meine Schuhe zuzubinden, daher zog ich die Schnürsenkel heraus, warf die Schuhe auf den Boden und schlüpfte einfach mit den Füßen hinein. Als ich endlich vollständig angezogen war, ging ich zur Wohnungstür. Ich hatte keinen Schlüssel für die Wohnung, daher ließ ich die Tür einen Spalt weit offen, bevor ich mich auf den Weg ins Freie machte. Als ich die Eingangstür des Gebäudes öffnete, lag die Straße still da. Außer ein paar zerquetschten Kürbissen war nichts zu sehen.

Ich hatte meine Reha geplant, als ich am Abend zuvor im Bett lag. Mein erstes *größeres* Ziel war es, es einmal um den Block zu schaffen, bevor der erste Schnee fiel, was lächerlich einfach klingt, mir zu dem Zeitpunkt aber so hochgesteckt erschien wie sonst ein Aufstieg auf den Mount Everest.

Mein erstes *kleineres* Ziel war es, allein die Stufen vor dem Haus hinauf- und hinunterzusteigen, und mein zweites, den ganzen Fußweg hinunterzugehen. Wenn es nicht so wehgetan hätte, dann hätte ich gelacht über die absurden neuen Dimensionen meiner Zukunftsplanung. Noch vor wenigen Wochen hatte ich es mir zum Ziel gesetzt, das Land zu Fuß zu durchqueren. Heute würde ich begeistert sein, wenn ich es bis zum Gehsteig schaffte.

Ich hielt mich an dem kalten, schmiedeeisernen Geländer fest, setzte den rechten Fuß auf die erste Stufe nach unten und zog dann den linken Fuß auf dieselbe Stufe nach. Schritt. Wiederholen. Schritt. Wiederholen. Sechs Stufen. Die meisten Leute zählen keine Stufen (es sei denn, sie sind Zwangsneurotiker), sondern sie springen sie einfach hinauf und hinunter, so schnell sie können. Für mich dagegen war jede Stufe ein Meilenstein.

Ich war langsam, aber ich schaffte es ohne größere Schmerzen bis zur untersten Stufe. Ich fühlte mich gar nicht schlecht, daher beschloss ich, noch nicht aufzugeben, und humpelte den Fußweg hinunter bis zur Straße. Als ich den Gehsteig erreicht hatte, sah ich mir die nähere Umgebung an. Engels Wohnhaus befand sich in der Mitte des Blocks, und es waren in beide Richtungen etwa vier Häuser bis zur nächsten Ecke.

Ich war zufrieden mit meiner Leistung. Mein erstes Ziel hatte ich bereits erreicht. Und ich war froh, wieder im Freien zu sein. Die Bäume hatten die meisten Blätter bereits abgeworfen, und die kühle Luft kündigte den Wetterumschwung an.

In der nächsten Woche würde ich bis zum Ende der Straße gehen, und spätestens am Vierzehnten würde ich versuchen, einmal um den Block zu gehen – es sei denn, es schneite. Dann wäre es zu gefährlich. Ich konnte es mir nicht leisten zu stürzen.

Ich drehte mich um, indem ich langsam ein paar Schritte im Kreis ging, dann blieb ich ungefähr fünf Minuten stehen und sah mir das Haus an, in dem ich jetzt wohnte. Es war weit entfernt von dem Zwei-Millionen-Dollar-Ungetüm, aus dem man mich vertrieben hatte, aber ich war für diese Unterkunft ebenso dankbar wie für Engels Großzügigkeit. Ich fragte mich, wie lange ich hierbleiben würde. Ich holte einmal tief Luft und ging dann langsam zurück.

Die Treppe wieder hochzusteigen, war weitaus schwieriger als der Weg hinunter, und als ich den Treppenabsatz erreicht hatte, hielt ich einen Augenblick inne und wartete, bis die Schmerzen wieder abebbten.

Während ich dort stand, ging eine andere Mieterin, eine junge Frau mit langen braunen Haaren und einem Rucksack über der Schulter, an mir vorbei, wortlos, aber mit einem Lächeln. Ich ging zurück in die Wohnung und legte mich ins Bett, um mich auszuruhen.

Engel kam um kurz vor fünf nach Hause. Ich sah sofort, dass irgendetwas nicht stimmte. Sie machte einen aufgelösten Eindruck.

»Wie war dein Tag?«, fragte ich.

Sie schüttelte den Kopf. »Eine vierköpfige Familie wurde von einem betrunkenen Autofahrer angefahren. Alle wurden getötet bis auf den Vater, der auf der Intensivstation um sein Leben ringt, und den betrunkenen Fahrer, der natürlich ungeschoren davonkam. Um genau zu sein, ist er ungeschoren davon*gerannt*. Er ist zu Fuß vom Tatort geflüchtet.« Sie sah mich mit grauen Augen an. »Warum überleben die Schuldigen, während die Unschuldigen sterben?«

Manchmal sah es tatsächlich so aus. »Ich weiß es nicht.«

»*Wenn* es einen Gott gibt«, sagte sie, »dann hat er einen lausigen Sinn für Gerechtigkeit.«

Am Tag der Beerdigung meiner Frau hatte ich fast dasselbe gedacht, aber ich war überrascht, diese Worte von Engel zu hören – vermutlich deshalb, weil ich nicht erwartet hätte, dass jemand namens Engel über Gott lästerte.

»Heute gibt es Hackbraten«, sagte sie, während sie sich von mir abwandte. »Ich muss ihn nur noch in den Ofen schieben.«

»Sehen wir uns heute Abend wieder einen Film an?«

»Ich weiß nicht«, sagte sie.

Sie wollte offensichtlich nicht reden, daher ließ ich sie allein und ging in mein Zimmer, um zu lesen. Eine halbe Stunde später rief sie mich, und wir setzten uns zusammen an den Tisch. Eine Zeit lang aßen wir schweigend. Auf einmal fragte sie: »Was glaubst du, wie lange du hierbleiben wirst?«

Ich sah von meinem Essen auf. »Hast du schon genug von mir?«

»Natürlich nicht. Ich hab's mich nur gefragt.«

»Selbst wenn ich wieder richtig laufen kann, kann ich Spokane nicht verlassen, bevor die Straßen durch Montana und Wyoming frei sind. Das könnte bis April dauern. Aber ich könnte immer noch irgendwo anders unterkommen.«

»Nein, ich würde mich freuen, wenn du bleibst«, sagte sie und aß dann schweigend weiter. Nach einer Weile fragte sie plötzlich: »Glaubst du an ein Leben nach dem Tod?«

Die Frage gab unserem Gespräch eine ganz neue Richtung. »Ja.«

»Warum?«, fragte sie. »Es gibt keinen Beweis dafür.«

»Du glaubst nicht an ein Leben nach dem Tod?«

»Ich glaube, der Tod ist einfach nur der Tod. Das große Finale. Es gibt kein Leben nach dem Tod, keine Erinnerung. Nichts.«

»Das ist ein deprimierender Gedanke«, sagte ich.

»Für manche wäre es himmlisch«, sagte sie.

»Du meinst, es wäre himmlisch, wenn wir unsere Liebsten niemals wiedersehen würden?«

»Es klingt furchtbar, aber das ist es nicht. Wir würden ja nicht wissen, was wir verloren haben. Einem blind geborenen Mensch fehlt das Augenlicht nicht.«

Ich sah sie an und fragte mich, warum wir dieses Gespräch eigentlich führten.

Als ich keine Antwort gab, sagte sie: »Süßes Vergessen. Darauf hoffe ich zumindest.«

Ich nahm noch ein paar Bissen und sagte dann: »In Davenport bin ich einer Frau begegnet, die behauptet, eine Nahtoderfahrung gemacht zu haben.«

»Diese Leute sind doch verrückt.«

»So kam sie mir nicht vor.«

»Du glaubst also an ein Leben nach dem Tod, wie es die Bibel verspricht, mit Perlentoren und einer Hölle mit einem See aus Feuer?«

»Perlentore und Feuerseen, nein. Aber ich glaube, dass unser Geist und unser Intellekt ebenso weiterleben wie die Beziehungen, die wir zu anderen Menschen gehabt haben.« Ich war selbst leicht verblüfft von der Vehemenz meiner Überzeugung.

Es schien ihr zu missfallen, dass ich ihren Glauben nicht teilte. Plötzlich klang sie streitlustig. »Was für Beweise könntest du oder irgendjemand sonst denn dafür haben, dass jenseits dieses Lebens noch irgendetwas existiert?«

Ich legte meine Gabel hin. »Ich werde mich nicht mit dir streiten. Ehrlich gesagt, war ich mir die meiste Zeit meines Lebens nicht sicher, was ich glauben sollte, bis ...« Ich brach ab, denn ich war nicht sicher, wie viel ich preisgeben wollte.

Sie sah mich gebannt an. »Bis was?«

»Am Tag nach McKales Beerdigung habe ich mit dem Gedanken gespielt, mir das Leben zu nehmen. Kurz bevor ich eine Handvoll Pillen schluckte, hörte ich eine Stimme.«

»Eine Stimme?«

»Ich weiß nicht, wie ich es erklären soll. Ich dachte wirklich, es hätte jemand zu mir gesprochen, und sah mich im Zimmer um. Die Stimme schien aus meinem Inneren und von außen zugleich zu kommen. Ich weiß nur, dass mir das, was sie sagte, nicht wie meine eigenen Gedanken vorkam.

Und dann, nach dem Überfall, kurz bevor die Sanitäter mich wiederbelebten, machte ich noch eine andere Erfahrung. Es war wie eine Art Traum, nur dass ich nicht glaube, dass es einer war. Es war viel klarer. Ich habe McKale gesehen.«

»Deine Frau?«

Ich nickte. »Ich habe mit ihr gesprochen. Und sie hat mir ein paar Dinge gesagt.«

»Was denn für Dinge?«

»Sie hat gesagt, dass es einen Grund gibt, aus dem wir hier auf dieser Erde sind, und dass es Leute gibt, denen ich noch begegnen soll, Leute, deren Lebenswege meinen kreuzen sollen.« Ich sah ihr in die Augen. »Sie hat gesagt, dass ich dir begegnen werde.«

»Mir?«

»Sie hat gesagt, dass ich ›Engel‹ treffen werde. Und als ich im Krankenhaus aufwachte, warst du da.«

Engel konzentrierte sich wieder auf ihr Essen, als bräuchte

sie Zeit, um meine Worte zu verarbeiten. Schließlich sagte sie: »Ich weiß nicht, was ich dazu sagen soll.«

»Ich auch nicht.«

Wir aßen schweigend zu Ende. Ich stand auf, um das Geschirr abzuspülen, aber sie hielt mich davon ab. »Bitte«, sagte sie. »Lass mich das machen.«

Ich ging in mein Zimmer, um zu lesen. Als ich herauskam, um gute Nacht zu sagen, brannte in der Küche und der Diele kein Licht mehr. Sie war bereits zu Bett gegangen.

Zehntes Kapitel

Die Erfahrung hat mich Folgendes gelehrt: Je stärker jemand leugnet, desto weniger sollte man ihm glauben.

Alan Christoffersens Tagebuch

Während ich im Bett lag, dachte ich über unser Gespräch nach. Was ich so seltsam fand, war nicht so sehr Engels Meinung, sondern vielmehr die Wut und die Missbilligung, die meine ausgelöst hatte. Nach meiner Erfahrung sind die Leute, die ihre Meinung am lautesten herausschreien, im Allgemeinen diejenigen, die sich ihres Standpunkts am unsichersten sind. Bis zu diesem Abend war mir diese dunkle Seite ihrer Persönlichkeit noch nie aufgefallen.

Wieder war Engel bereits gegangen, als ich aufwachte. Zum Frühstück aß ich Haferbrei mit braunem Zucker und Walnüssen, dann konzentrierte ich mich wieder auf meine Genesung, und in dem Bewusstsein, dass ich die Stufen bereits bezwungen hatte, verließ ich das Haus mit einem neuen Maß an Selbstvertrauen.

Diesmal lief ich bis zum Gehsteig und dann weiter bis zur Grundstücksgrenze. Ich hätte vermutlich noch weiter gehen können, aber da ich allein war, entschied ich, lieber auf Nummer sicher zu gehen und es nicht zu übertreiben. Trotzdem war ich zufrieden. Wenn das Wetter nicht wäre, dachte ich, könnte ich schon im Januar wieder unterwegs sein.

Ich schlurfte zurück zum Haus und stieg die Treppe hoch. Diesmal hatte ich nicht das Gefühl, dass ich gleich umkippen würde.

Ich hatte mich eben fertig angezogen und überlegte, was ich mit dem Rest des Tages anfangen sollte, als es klingelte. Ich ging zur Tür, um zu öffnen.

Im Türrahmen stand eine Frau. Sie war hübsch angezogen und hatte dunkelrote Haare, die ihr bis auf die Schultern fielen. Sie schien nur wenig älter als ich zu sein und hielt ein Blatt Papier in der Hand.

»Kann ich Ihnen helfen?«, fragte ich.

Sie schien verblüfft. Sie blickte irritiert auf das Blatt Papier und schaute dann wieder mich an. »Entschuldigen Sie, wohnt hier Nicole Mitchell?«

»Nicole?« Ich schüttelte den Kopf. »Hier wohnt niemand, der so heißt.«

Ihr Blick wanderte durch den Korridor zu den anderen Türen. »Es tut mir leid, ich muss mich in der Wohnung geirrt haben. Wissen Sie zufällig, ob sie in diesem Haus wohnt?«

Ich zuckte die Schultern. »Tut mir leid, ich bin neu hier. Ich kenne die anderen Mieter nicht.«

Einen Augenblick lang stand sie nur verwirrt da und schien nicht zu wissen, was sie jetzt tun sollte.

»Sie könnten an die anderen Türen klopfen«, schlug ich vor.

»Danke. Das werde ich versuchen. Entschuldigen Sie bitte die Störung.«

»Keine Ursache.« Ich schloss die Tür.

Engel kam um kurz nach fünf nach Hause. »Wie war's auf der Arbeit?«, fragte ich. Ich hoffte, besser als gestern.

»Es war okay«, sagte sie leise. »Wie war dein Tag?«, fragte sie dann leise.

»Gut«, sagte ich.

Sie nickte. »Ich habe auf dem Nachhauseweg ein Grillhähnchen mitgenommen. Magst du es gefüllt? Ich habe noch Fertigfüllung da.«

»Ich liebe Hähnchen mit Füllung«, sagte ich und war froh, dass sie besser gelaunt war als gestern Abend.

Während sie die Füllung zubereitete, deckte ich den Tisch und schenkte uns Wasser ein. Ein paar Minuten später setzten wir uns zum Essen.

»Tut mir leid, dass ich gestern Abend so schlecht gelaunt war«, sagte sie. »Das passiert manchmal, wenn mein Blutzucker niedrig ist.«

»Kein Problem«, sagte ich.

»Ich möchte nicht, dass du denkst, dass ich dich vertreiben will. Ich bin wirklich froh, dass du hier bist.«

»So habe ich es auch nicht aufgefasst«, sagte ich. »Und ich bin auch froh, dass ich hier bin.«

Sie sah erleichtert aus. »Und? Was hast du heute gemacht?«

»Ich habe mich in mein Tagebuch vertieft«, sagte ich. »Und ich habe mir ›Richterin Judy‹ angesehen. Die Frau ist wirklich knallhart.«

Engel grinste. »Das ist vermutlich der Grund, weshalb sie so beliebt ist. Bist du ein paar Schritte gegangen?«

»Ich habe es bis zum Ende des Vorgartens und zurück geschafft.«

»Glückwunsch. Du machst echte Fortschritte.«

»Ich habe es weit gebracht seit diesem ersten Gang zur Toilette.« Ich löste mit meiner Gabel etwas Fleisch von der Hühnerbrust. »Was ich dich fragen wollte: Wann fällt in Spokane eigentlich der erste Schnee?«

»Ich war seit meiner Kindheit keinen Winter über mehr hier, aber ich glaube, dass es spätestens Mitte November den ersten Schnee gibt.«

»Mein Ziel ist es, es einmal um den Block zu schaffen, bevor der erste Schnee fällt.«

Engel schnitt sich ein Stückchen von der Hühnerbrust ab und sagte, ohne aufzusehen: »Du schaffst das schon. Du machst das alles sehr gut.«

Ich nahm noch einen Bissen. »Hast du eine Nachbarin namens Nicole?«

Engel sah unvermittelt auf. »Warum?«

»Heute Nachmittag war eine Frau hier und suchte nach jemandem namens Nicole.«

»Was für eine Frau denn?«

»Irgendeine Frau eben.«

»Wie sah sie denn aus?«

»Sie war vermutlich nur ein bisschen älter als wir. Sie war hübsch angezogen und hatte lange rote Haare.«

»Was hast du zu ihr gesagt?«

»Ich habe ihr gesagt, dass hier keine Nicole wohnt.«

Engel sah mich einen Moment an, dann wandte sie sich ebenso unvermittelt, wie sie mit dem Essen aufgehört hatte, wieder ihrem Teller zu. »Nein, hier wohnt niemand, der so heißt. Möchtest du noch etwas Füllung?«

Ich sah sie fragend an, dann reichte ich ihr meinen Teller. »Gern.«

Nach dem Abendessen überredete ich Engel, ihr beim Abwasch helfen zu dürfen. Danach machte sie Popcorn, und wir gingen ins Wohnzimmer, um uns den nächsten Film anzusehen. *Lichter der Großstadt* war noch immer nicht eingetroffen, daher sprangen wir vor zu Nummer 75, *Der mit dem Wolf tanzt*, mit Kevin Costner als Regisseur und Hauptdarsteller.

Ich hatte den Film schon einmal gesehen – zweimal sogar, glaube ich –, aber das war über zehn Jahre her.

McKale und ich hatten ihn zusammen gesehen. Ich weiß noch, dass sie am Ende geweint hatte, was kein Wunder war, da sie selbst bei Werbespots für Hallmark-Grußkarten weinte.

Der Film hatte seinerzeit sieben Oscars gewonnen, unter anderem den für den besten Film. Ein Großteil des Films wurde in South Dakota und Wyoming gedreht, zwei der Bundesstaaten, die ich durchqueren würde, sobald ich wieder gehen konnte.

Der mit dem Wolf tanzt ist einer der eher langen Filme auf der Liste der hundert besten Filme. Er dauert fast vier Stunden, und Engel war lange vor dem Ende eingeschlafen. Als der Abspann über den Bildschirm lief, beugte ich mich vor und schüttelte sie sanft. »Hey, der Film ist zu Ende.«

Ihre Augenlider flatterten, dann sah sie zu mir hoch, als müsste sie erst überlegen, wer ich war. Dann blinzelte sie ein paarmal, und ihre Augen weiteten sich. »Oh. Ist der Film aus?«

»Ja.«

Sie rieb sich die Augen. »Wie ist er ausgegangen?«

»Die Indianer haben verloren.«

»Das dachte ich mir schon«, sagte sie, während sie aufstand.

Ich holte einmal tief Luft und stemmte mich dann ohne Hilfe von der Couch hoch. Ich brauchte allerdings noch immer einen Augenblick, um danach wieder zu Atem zu kommen.

»Ich hätte dir helfen können«, sagte Engel schläfrig. Sie konnte sich selbst kaum noch auf den Beinen halten.

»Ich weiß«, sagte ich auf dem Weg zu meinem Zimmer. »Gute Nacht.«

»Gute Nacht, Kevin.«

Ich sah sie an. »Kevin?«

»Alan«, korrigierte sie sich hastig.

Ich grinste. »Tut mir leid, ich bin nicht Costner.«

»Costner?«, fragte sie, und dann nickte sie. »Ach ja, richtig. Gute Nacht.«

Mitten in der Nacht wachte ich auf. In meinem Zimmer war es dunkel, und ich rollte mich herum, um einen Blick auf den Radiowecker auf dem Nachttisch neben meinem Bett zu werfen. 3.07 Uhr. Ich stöhnte und fragte mich, warum ich so früh aufgewacht war. Dann hörte ich es, ein leises, gedämpftes Wimmern. Mein erster Gedanke war, dass draußen irgendwo ein Kater jaulte, bis ich begriff, dass es aus der Wohnung kam.

Ein paar Minuten lag ich still da und lauschte. Es klang wie ein Weinen. Ich stemmte mich hoch, stieg aus dem Bett und öffnete leise meine Zimmertür. Das Geräusch kam aus Engels Zimmer. Ich ging hinüber und legte ein Ohr an ihre Tür.

Engel schluchzte, auch wenn ihr Schluchzen so gedämpft klang, als würde sie sich ein Kissen vors Gesicht halten. Es ging mir ans Herz zu hören, dass sie solchen Kummer hatte. Einen Augenblick lang stand ich einfach nur da. Ich wollte sie trösten, war mir aber nicht sicher, was ich tun sollte. Vielleicht wollte sie meine Hilfe gar nicht.

Nach ein paar Minuten wurde ihr Schluchzen schwächer, bevor es schließlich völlig verstummte. Ich humpelte zurück zu meinem Bett, den Kopf voller Fragen. Je länger ich bei ihr war, desto klarer wurde mir, wie wenig ich sie kannte. Die Wahrheit war, ich kannte sie überhaupt nicht.

Elftes Kapitel

Wir sind alle Monde. Manchmal sind nur unsere dunklen Seiten zu sehen und nicht unser Licht.

Alan Christoffersens Tagebuch

Die nächste Woche verlief ruhig. Ich gewöhnte mich allmählich an meine neue Routine. Irgendwie half mir mein verändertes Umfeld auch, nicht mehr an McKale zu denken, als könnte ich mir vormachen, ich wäre nur auf Geschäftsreise, während sie zu Hause auf mich wartete. Vielleicht lag es auch daran, dass es in meiner neuen Umgebung nichts Vertrautes gab, das mich an sie erinnerte. Wie auch immer, ich war froh über die emotionale Atempause.

Jeden Tag ging ich ein kleines Stück weiter. Und jeden Tag studierte ich nach meiner Rückkehr eingehend meinen Straßenatlas, strich mit einem gelben Marker Straßen und Routen an und verglich sie, um die bestmögliche Strecke zu finden.

Ich entschied, dass ich, sobald mein Körper und das Wetter es zuließen, am Interstate 90 entlang durch Cœur d'Alene, Idaho, nach Osten laufen würde und dann weiter nach Süden zum Yellowstone National Park, den ich auf dem Weg nach Rapid City, South Dakota, durch das Osttor verlassen würde. Meine Route war vermutlich weder der kürzeste noch der leichteste Weg. Aber ich war als Kind in Yellowstone gewesen und wollte den Park einfach wiedersehen.

Aus demselben Grund, aus dem ich den ersten Abschnitt meiner Reise nicht weiter als bis Spokane geplant hatte, plante ich meine Route nicht weiter als bis South Dakota: Mein Vater hatte mir das so beigebracht. Jedes Mal, wenn ich frustriert vor einer schwierigen Aufgabe stand, sagte mein Vater: »Wie isst man einen Elefanten?« Ich sah ihn an, als hätte er den Verstand verloren, und dann sagte er: »Einen Bissen nach dem anderen.« Rapid City, das etwas über 700 Meilen von Spokane entfernt lag, war mein nächster Bissen.

Ich überredete Engel, mich das Kochen übernehmen zu lassen. Verglichen mit Engels waren meine Kochkünste bescheiden, aber ich konnte mich in einer Küche zurechtfinden. In meinem früheren Leben war ich ein besserer Koch gewesen als McKale, die gern behauptete, das Einzige, was sie in einer Küche machen könne, seien Tischreservierungen.

Unser Filmkarussell drehte sich unterdessen munter weiter, und unsere Unterhaltung hätte nicht bunter sein können. Die Liste führte uns von Western über Klassiker zu Science-Fiction. Innerhalb einer Woche sahen wir *Goldrausch, Sturmhöhe, Ben Hur, Forrest Gump* und *French Connection*.

Ich entwickelte allmählich Bedenken gegenüber dem Ranking des Amerikanischen Filminstituts. Schon mit *Forrest Gump* tat ich mich schwer, aber – bei allem gebotenen Respekt vor Dustin Hoffman – *Tootsie?*

Ich erzählte Engel nie, dass ich sie in jener Nacht weinen gehört hatte. Wenn sie darüber reden wollte, was sie so bedrückte, dann würde sie es schon tun. Aber es brachte mich zum Nachdenken über sie und ihre Vergangenheit, über die ich gar nichts wusste, denn sie gab nach wie vor nichts von sich preis.

Abgesehen von ihren gelegentlichen Anfällen von schlechter Laune war sie durchweg freundlich zu mir und sprach aufmunternd über meine Fortschritte. Aber hinter ihrer gastfreundlichen Fassade verbarg sich ein Abgrund aus tiefer Traurigkeit und Einsamkeit – Emotionen, die mir nicht unbekannt waren.

Was mich beunruhigte, war, dass ich spürte, wie sich die Kluft zwischen uns vertiefte, als würde Engel jeden Tag einen Schritt mehr vor mir und der restlichen Welt zurückweichen. Ich hatte keine Ahnung, wie ich diese Kluft überwinden oder ob ich es überhaupt versuchen sollte, aber ich konnte nicht anders, als mir Sorgen um sie zu machen.

Zehn Tage nach meiner Entlassung aus dem Krankenhaus fuhr Engel mich wieder zur Ambulanz des Sacred Heart Medical Centers, weil mir die Fäden gezogen werden sollten. Als wir dort waren, schauten wir auch auf der Intensivstation vorbei, um Norma zu besuchen, aber sie hatte leider ihren freien Tag.

Während meine Wunden verheilten, kehrte auch mein Muskeltonus allmählich wieder, und am Ende meiner zweiten Woche bei Engel konnte ich von der Couch aufstehen oder die Treppe hochsteigen, ohne es in meinem Tagebuch für erwähnenswert zu halten. Ich konnte noch nicht beim Ironman mitmachen, aber fürs Erste war es genug.

Am elften November erreichte ich mein erstes größeres Ziel. Ich ging vor bis zur Ecke unseres Blocks, dann bog ich nach Süden ab und lief weiter bis zum Ende der Straße. Auch wenn Engel und ich auf dem Weg zu ihrem Haus an dieser Ecke vorbeigefahren waren, war es doch etwas anderes, den Ort auf meinen eigenen zwei Beinen zu erreichen.

Eine Montessorischule nahm die andere Hälfte des Blocks ein, und ein paar Dutzend Jungen spielten auf dem Spielfeld hinter der Schule Football.

Ich blieb stehen, um ihnen zuzusehen, und hakte meine Finger in den kalten Maschendrahtzaun. Die Jungen trugen lange, marineblaue Trikots und große weiße Helme, mit denen sie wie Wackelkopffiguren aussahen.

Es war ein erstaunlich befreiendes Gefühl, draußen und so weit weg von Zuhause zu sein, und ich ließ mir auf dem Rückweg Zeit. Einmal um den Block zu laufen, war nicht zu vergleichen mit den zwanzig bis dreißig Meilen, die ich vor dem Überfall jeden Tag zurückgelegt hatte, aber das spielte keine Rolle. In Wyoming und Montana hatte es bereits die ersten Schneefälle gegeben, und der Osteingang zum Yellowstone-Park war für den Verkehr geschlossen worden. Ich würde so bald nirgends hingehen.

Zwölftes Kapitel

Engels Vermieter hat an der Tür geklingelt und nach Nicole gefragt. Was bekomme ich hier nicht mit?

Alan Christoffersens Tagebuch

In Spokane fiel der erste Schnee am Vierzehnten. Es war mehr, als ich erwartet hatte – fast zwölf Zentimeter. Die Gehsteige waren völlig zugeschneit. Die gute Neuigkeit war, dass der Schnee dem Wetterbericht zufolge bis zum Ende der Woche wieder verschwunden sein würde.

Anstatt nach draußen zu gehen, machte ich in der Wohnung ein paar leichte Fitnessübungen. Dann stieß ich im Fernsehen auf eine Aerobicsendung und machte auf der untersten Belastungsstufe mit.

Während des Workouts hörte ich, dass jemand mit einer Schneefräse auf dem Gehsteig zugange war. Ich teilte die Vorhänge und sah hinaus. Ein älterer Mann räumte die Wege. Er trug einen braunen Parka, einen gestrickten Schal und eine Jagdmütze mit Ohrenschützern, die er heruntergeklappt und unter dem Kinn zusammengebunden hatte.

Ich fand, dass er ein bisschen zu alt war, um noch Wege räumen zu müssen, und wenn ich gekonnt hätte, wäre ich hinausgegangen, um ihm zu helfen.

Etwa eine halbe Stunde später – ich hatte eben meine zweite Übung beendet- klingelte es an der Wohnungstür. Als ich öffnete, stand der ältere Herr im Türrahmen, Mütze und Schultern von Schnee bedeckt. »Hallo, ist Nicole da?«

Ich sah ihn verständnislos an. »Nein, hier wohnt Engel Arnell.«

Er furchte die Stirn, dann sagte er: »Oh, ist Engel denn da?«

»Nein, sie ist arbeiten.«

»Ich bin Bill Dodd, mir gehört dieses Haus. Ich muss mir nur rasch die Wohnung ansehen.«

Es war mir nicht ganz geheuer, einen völlig Fremden in Engels Wohnung zu lassen, vor allem nachdem er Engels Namen offensichtlich nicht kannte, aber er sah harmlos aus, und er hatte eben die Wege geräumt. Außerdem roch er nach Old-Spice-Rasierwasser. Jemand, der Old Spice verwendete, konnte kein schlechter Mensch sein.

»Kommen Sie herein.« Ich trat einen Schritt von der Tür zurück. »Ich bin sicher, sie hat nichts dagegen.«

Er schüttelte sich den Schnee von den Schuhen und trat ein. Er brauchte keine zehn Minuten, um sich in der Wohnung umzusehen. Als er sich zum Gehen wandte, fragte er: »Wie heißen Sie?«

»Alan.«

Er streifte einen seiner Fausthandschuhe ab und streckte die Hand aus. »Freut mich, Sie kennenzulernen, Alan.«

Ich gab ihm die Hand. »Ganz meinerseits.«

»Würden Sie Engel bitte ausrichten, dass ich hier war? Und sagen Sie ihr, dass ich mich für die Genesungskarte bedanke. Sie hat mich zum Lachen gebracht.«

»Sehr gern.«

An der Türschwelle blieb er noch einmal stehen. »Engel ist ein tolles Mädchen. Ich lasse sie nur ungern gehen. Es gibt ein paar Leute, die ihre Wohnung gern übernehmen würden, aber falls sie es sich anders überlegt, würde ich mich sehr freuen, wenn sie bleibt. Ich wünschte, ich hätte mehr Mieter wie sie.«

Diese Neuigkeit überraschte mich. »Wann läuft ihr Mietvertrag denn aus?«

»Am ersten Februar. In gut zwei Monaten also.« Er streifte seinen Handschuh wieder über. »Auf Wiedersehen.«

»Wiedersehen.« Ich schloss die Tür. »Das ist ja seltsam«, sagte ich laut. Engel hatte zu mir kein Wort von einem Umzug gesagt.

Am Abend erzählte ich Engel beim Essen von dem Besuch.

»Dein Vermieter war heute hier. Er hat den Gehsteig geräumt.«

»Bill?«

»Ich glaube, so hieß er.«

»Ich liebe Bill. Ich weiß nicht, warum er darauf besteht, die Wege selbst zu räumen. Er ist zweiundachtzig Jahre alt, und er hat jede Menge Geld.« Dann sagte sie grimmig: »Ich glaube, er versucht, einen Herzinfarkt zu bekommen.«

Ich sah von meinem Essen auf. »Du klingst, als ob du das ernst meinst.«

»Ich meine es nur halb im Scherz. Er hat vor zwei Jahren seine Frau verloren. Ich glaube, er will nicht mehr leben.«

»Das kann ich gut verstehen«, sagte ich.

Entweder hatte sie meinen Kommentar nicht gehört, oder sie ignorierte ihn. »Er sammelt elektrische Modelleisenbahnen. Ich war einmal bei ihm zu Hause. Sein ganzer Keller ist eine einzige riesige Gleisanlage. Es ist durchaus eindrucksvoll. Du musst es dir mal ansehen.« Sie beugte sich vor. »Und? Was wollte er?«

»Er lässt dir seinen Dank ausrichten für die Genesungskarte. Und er sagte, er würde dich gern als Mieterin behalten, falls du dir das mit dem Umzug anders überlegst.«

»Oh.«

Ich hoffte, sie würde mehr zu dem Thema Umzug sagen, aber das tat sie nicht. Daher fragte ich: »Willst du umziehen?«

Sie zögerte. »Als ich hierher zog, war ich mir nicht sicher, wie lange ich bleiben würde, daher habe ich nur einen Mietvertrag für sechs Monate unterschrieben. Ich werde ihn morgen in der Mittagspause anrufen.« Sie aß weiter.

»Vielleicht ist es nur ein seltsamer Zufall«, sagte ich, »aber als ich die Tür öffnete, fragte er nicht nach dir, sondern ebenfalls nach Nicole.«

Engel sah nicht auf.

»Ich finde das schon ein bisschen merkwürdig«, fuhr ich fort, »erst kommt diese Frau vorbei und fragt, ob ...«

Sie schnitt mir das Wort ab. »Ich kenne keine Nicole.«

Ich sah sie einen Augenblick lang an, dann wandte ich mich wieder meinem Teller zu.

Als das Schweigen unbehaglich wurde, fragte sie: »Bist du heute ein paar Schritte gegangen?«

»Nein, ich habe vor dem Fernseher Aerobic gemacht.«

»Schwitzen zu Oldies?«

»So ungefähr«, antwortete ich.

»Und? Welcher Film steht heute Abend auf dem Programm?«, fragte sie. Mittlerweile kannte ich mich mit der Liste besser aus als sie.

»Nummer neunundsechzig. *Shane.*«

»Ist das der mit diesem Detective aus Harlem?«

Ich sah sie einen Augenblick lang an, dann lächelte ich.

»Das ist *Shaft*. *Shane* ist ein Western mit Alan Ladd und Jack Palance.«

»Ups, knapp daneben«, sagte sie.

Wir mussten beide lachen. An diesem Abend verlor niemand mehr ein Wort über Bill oder Nicole.

Dreizehntes Kapitel

Der Mensch ist nicht dafür geschaffen, allein zu sein. Selbst in der anstrengenden Gemeinschaft eines Gefängnisses gilt Einzelhaft noch immer als grausame Strafe.

Alan Christoffersens Tagebuch

Am ich am nächsten Morgen beim Frühstück saß, fiel mir auf einmal auf, was an Engels Wohnung nicht stimmte. Es gab keine Fotos. Nicht ein einziges. Keine Schnappschüsse ihrer Mutter, ihres Vaters, von Freunden oder Geschwistern. In der ganzen Wohnung gab es kein Bild eines anderen Menschen.

Tatsächlich gab es überhaupt keinen Hinweis darauf, dass diese Frau in irgendeiner Verbindung zur übrigen Menschheit stand. Das galt auch für das, was sie sagte. In all unseren Gesprächen hatte sie nicht ein einziges Mal Verwandte oder Freunde erwähnt.

Halt, *ein* Bild hatte es doch gegeben. Ich weiß nicht, wieso es mir jetzt wieder einfiel, aber als ich in der Nähe von Waterville angehalten hatte, um ihr zu helfen, hatte am Armaturenbrett das Foto eines kleinen Jungen geklebt.

Was für ein Mensch lebte ein Leben wie Eleanor Rigby und lud dann einen völlig Fremden ein, auf unbestimmte Zeit bei ihm zu wohnen? Oder war genau das der Grund, weshalb sie mich eingeladen hatte – damit sie nicht mehr allein war? Vielleicht. Menschen *brauchen* Menschen. Wo waren sie also in Engels Welt?

Die Fragen in Bezug auf Engel häuften sich langsam. Ihr nächtliches Weinen, unser Gespräch über den Tod und ihre Hoffnung auf Vergessen, der Zufall, dass zwei Leute nach Nicole gefragt hatten – und Engels seltsame Reaktion, als ich es ihr erzählt hatte. *Wer war Engel, und warum war ich hier?*

Meine Intuition sagte mir, dass das, was Engel so zu schaffen machte, irgendetwas mit dieser Nicole zu tun hatte. Aber ich hatte keine Ahnung, wer diese Frau war. Ich kannte nicht einmal ihren Nachnamen. Bedauerlicherweise wusste ich nicht mehr, ob die Frau, die vorbeigekommen war und nach Nicole gefragt hatte, ihn erwähnt hatte. Ich hatte nicht darauf geachtet. Warum auch? Damals war sie für mich nur jemand gewesen, der sich in der Tür geirrt hatte.

Mir kam der Gedanke, dass andere Leute im Haus irgendetwas über sie wissen könnten, daher beschloss ich, mit ihnen zu reden. Die erste Gelegenheit dazu bot sich schon am selben Nachmittag.

Ich hatte mein Gehtraining in der Zwischenzeit auf zweimal täglich gesteigert. Um kurz nach zwei machte ich ein paar Dehnübungen im Eingangsbereich des Hauses, als eine von Engels Nachbarinnen vorbeikam. Es war die junge Frau, der ich begegnet war, als ich das erste Mal allein aus dem Haus gegangen war. Sie betrat das Haus mit gesenktem Kopf und zuckte ein wenig zusammen, als sie mich sah. »Sie haben mich erschreckt.«

»Tut mir leid«, sagte ich.

»Nein, nein, es ist nur so, dass ich hier fast nie jemanden sehe.«

»Ich weiß, was Sie meinen. Es ist richtig still hier. Sind alle Wohnungen vermietet?«

»Man würde es nicht vermuten, aber das sind sie. Bill vermietet an niemanden, der lauter ist als er selbst. Das heißt, wir sind alle leise wie die Kirchenmäuse.«

»Bill, der Vermieter?«

»Ja.«

Ich streckte die Hand aus. »Ich bin Alan Christoffersen.«

Sie schüttelte meine Hand. »Ich bin Christine Wilcox. Freut mich, Sie kennenzulernen. Sie wohnen in Apartment drei?«

Ich nickte. »Ich bin vor ein paar Wochen bei Engel eingezogen. Wohnen Sie schon lange hier?«

»Für meine Verhältnisse ja. Ich wohne seit zwei Jahren hier. Ich studiere an der Gonzaga-Universität.«

»Ich dachte mir schon, dass Sie Studentin sind – wegen des Rucksacks«, bemerkte ich.

»Standarduniform«, erwiderte sie.

»Zwei Jahre«, wiederholte ich. »Dann kennen Sie vermutlich alle Mieter hier?«

»Ja. Aber nicht sehr gut. Hier bleibt im Grunde jeder für sich.«

»Vielleicht könnten Sie mir helfen. Gab es hier je eine Mieterin namens Nicole?«

Sie legte die Stirn in Falten. »Nicole? Nicht, seit ich hier wohne. Warum?«

»Neulich kam eine Frau vorbei, die nach einer Nicole gesucht hat.«

»Ach ja, sie hat eine Nachricht an meiner Tür hinterlassen.

Trotzdem, ich kenne keine Nicole. Aber Sie könnten Bill fragen.«

»Danke. Vielleicht mache ich das. Es hat mich gefreut, Sie kennenzulernen, Christine.«

»Danke, mich hat es auch gefreut. Viel Spaß beim Laufen.« Sie suchte in ihrer Tasche nach ihren Schlüsseln. »Ach, und grüßen Sie Engel von mir. Wir drohen uns immer wieder damit, uns einmal zu besuchen, aber wenn ich bei ihr vorbeischaue, geht sie nie an die Tür. Ich glaube langsam, dass sie mir aus dem Weg geht.« Christine sperrte ihre Tür auf. »Schönen Tag noch.«

»Danke gleichfalls.«

Sie verschwand in ihrer Wohnung. Ich ging zur Haustür hinaus, um mein tägliches Laufpensum in Angriff zu nehmen.

An jenem Abend kochte ich Muschelsuppe. Beim Essen sagte Engel: »Darf ich dich etwas über deine Frau fragen?«

»Na klar.«

»Wie war sie?«

Ich lächelte wehmütig. »Sie war vollkommen. Ich meine, für mich war sie es. Sie war vollkommen, gerade wegen dem, was ihr fehlte. Wir hatten beide in jungen Jahren unsere Mutter verloren, und keiner von uns hatte Geschwister, und so gaben wir uns gegenseitig Halt. Unsere Brüche und Leerstellen passten perfekt zueinander. Ich kann mir nicht vorstellen, je irgendjemanden wieder so zu lieben wie sie.«

»Genauso sollte es sein. Ich denke, so etwas gibt es sehr selten. Warum gehst du nach Key West?«

»Willst du wissen, warum ich nach Key West gehe, oder warum ich gehe?«

»Beides.«

»Ich habe mich für Key West entschieden, weil es weit weg ist. Und ich gehe, weil ich, nachdem ich McKale verloren hatte, auch mein Zuhause, meine Autos und meine Firma verloren habe. Es erschien mir einfach klug, wegzugehen.«

»Manchmal hilft nichts anderes, als wegzulaufen.« Engel nickte, als würde sie es verstehen. »Wie hast du deine Firma verloren?«

»Ich wurde von meinem Partner verraten. Während ich mich um McKale kümmerte, warb er all meine Kunden ab und gründete seine eigene Firma.«

»Das ist abscheulich und gemein.«

»Das fand ich auch.«

»Wie heißt er?«

»Kyle Craig«, sagte ich langsam. »Vertraue nie jemandem mit zwei Vornamen.«

»Hasst du ihn?«

Die Frage brachte mich zum Nachdenken. »Wenn ich es mir recht überlege, vermutlich schon. Aber ehrlich gesagt, denke ich nicht viel an ihn. Wenn ich über ihn nachgrübeln würde, würde er mehr Platz in meinem Leben einnehmen, als ich will.«

»Das ist sehr weise«, sagte sie. Sie aß noch einen Löffel Suppe, dann fragte sie: »Hasst du den Jungen, der dich mit dem Messer angegriffen hat?«

»Er ist tot. Da gibt es niemanden mehr, den ich hassen könnte.«

»Viele Leute hassen Tote.«

»Das stimmt«, sagte ich. Ich lehnte mich zurück und blickte ihr fest in die Augen. »Gibt es jemanden, den du hasst?«

»Da könnte ich dir ein paar Namen nennen.«

»Irgendjemand Bestimmtes?«

Sie antwortete nicht sofort, aber als sie es tat, schwang in ihrer Stimme ein seltsamer Unterton mit. »Mich selbst vermutlich.«

Vierzehntes Kapitel

So schwer mir das Laufen heutzutage auch fällt, ich habe offenbar noch immer kein Problem damit, Ärger über den Weg zu laufen.

Alan Christoffersens Tagebuch

Die nächsten schweren Schneefälle gab es in Spokane am frühen Morgen des siebzehnten November. An jenem Nachmittag ging ich fast ohne Schmerzen zweimal um den Block. Nur einmal wäre ich um ein Haar ausgerutscht.

Als ich zurück zur Wohnung ging, sah ich Bill, den Vermieter, der mir mit seiner Schneefräse auf dem Gehweg entgegenkam. Als ich ihn fast erreicht hatte, blieb ich stehen und hob die Hand zum Gruß. »Hi, Bill.«

Er hielt sich eine Hand ans Ohr.

»Hi!«, brüllte ich.

Er bückte sich und schaltete die Schneefräse aus. Er keuchte vor Anstrengung, und seine Brille war von Schneeflocken bedeckt. Er wischte sie mit dem Handrücken ab. »Was kann ich für Sie tun?«

»Ich bin Alan Christoffersen. Wir haben uns vor ein paar Tagen kennengelernt.«

Er starrte mich konzentriert an, als versuchte er, sich zu erinnern.

»Ich bin ein Freund von Engel. Hat sich Engel wegen des Mietvertrags in der Zwischenzeit bei Ihnen gemeldet?«

Ich konnte sehen, dass er noch immer nicht wusste, wer ich war. »Nein. Noch nicht.«

»Sie sagt, sie habe es vor.«

»Na, dann sagen Sie ihr, sie soll nicht zu lange warten. Es gibt schon einen Interessenten.«

»Mache ich.« Er bückte sich, um seine Fräse wieder anzulassen, als ich sagte: »Darf ich Sie etwas fragen?«

»Das haben Sie doch gerade schon getan.«

Ich ignorierte die Bemerkung. »Als Sie neulich vorbeigeschaut haben, haben Sie nach Nicole gefragt. Wer ist denn Nicole?«

Ein grimmiger Ausdruck huschte über sein Gesicht. »Ich glaube, wenn Engel wollte, dass Sie es wissen, dann würde sie es Ihnen schon selbst sagen.«

»Ich versuche, Engel zu helfen. Ich bin vielleicht ihr engster Freund.«

Er zog die Stirn in Falten. »Wenn Sie ein enger Freund wären, dann wüssten Sie es schon.« Er griff nach unten und zog an der Schnur, um die Fräse anzulassen. Die Maschine sprang beim ersten Ruck laut knatternd an. Ich machte Platz, als der alte Mann in einem Schneewirbel davonstürmte.

An diesem Abend kam Engel etwas später als sonst von der Arbeit nach Hause. Draußen war es bereits dunkel. Es war offensichtlich, dass sie wieder einmal einen schlechten Tag gehabt hatte, da sie kaum ein Wort mit mir wechselte. *Wieder einmal schlecht gelaunt*, dachte ich. Als wir uns zum Essen setzten, fragte ich: »Alles okay mit dir?«

Sie nickte, sagte jedoch nichts.

»Wir sind bei Film Nummer achtundsechzig, *Ein Amerikaner in Paris.*«

Sie gab keine Antwort. Das Einzige, was während unserer

Mahlzeit zu hören war, war das Klirren von Gabeln und Messern. Einmal mehr wurde das Schweigen quälend.

Angesichts der Tatsache, dass sie jeden Blickkontakt mit mir vermied, fragte ich mich, ob ihre Laune vielleicht etwas mit mir zu tun hatte.

Schließlich brach ich das Schweigen. »In einer Woche ist Thanksgiving. Hast du schon irgendetwas vor?«

»Nein.«

»Würdest du gern ausgehen?«

»Ich feiere Thanksgiving nicht«, sagte sie. Wieder Schweigen. Ich gab auf. »Okay, habe ich irgendetwas getan, um dich zu kränken?«

Sie sah langsam auf, als sei sie sich unschlüssig, ob sie mir antworten sollte. Schließlich sagte sie: »Ich habe heute Nachmittag mit meinem Vermieter gesprochen. Er sagte, du hättest mit ihm geredet.«

»Er hat den Gehweg geräumt.«

»Ich wäre dir dankbar, wenn du dich aus meinen persönlichen Angelegenheiten heraushalten würdest.« Sie stand auf und ging in ihr Schlafzimmer. Ich blieb völlig verdutzt sitzen. Nach ein paar Minuten stand ich auf, stellt unsere Teller in die Spüle und ging in mein Zimmer. Ohne ein weiteres Wort gingen wir beide zu Bett.

In dieser Nacht wachte ich wieder von ihrem Weinen auf.

Fünfzehntes Kapitel

Jetzt kann ich klar sehen. Wie konnte ich nur so schwer von Begriff sein?

Alan Christoffersens Tagebuch

Am nächsten Morgen überlegte ich zum ersten Mal seit meiner Ankunft, ob ich bei Engel bleiben wollte. Ich würde meinen Weg noch nicht fortsetzen können, ich war ebenso wenig bereit dafür wie das Wetter, aber ich konnte jederzeit irgendeine andere Bleibe in Spokane finden.

Ich ging das Telefonbuch durch und fand ein Hotel, das einen längeren Aufenthalt anbot. Es lag nur zwei Meilen von Engels Haus entfernt. Engel hatte kein anderes Telefon als ihr Handy, daher konnte ich nicht anrufen und nach einem freien Zimmer fragen, aber ich nahm an, dass ich die zwei Meilen zu Fuß schaffen konnte.

Während ich begann, meinen Aufbruch zu planen, hielt ich auf einmal inne. *Konnte ich Engel wirklich einfach so sitzen lassen nach all dem, was sie für mich getan hatte?* Unmöglich.

Außerdem glaubte ich noch immer an meine Vision, daran, dass es mir bestimmt gewesen war, Engel zu begegnen. Egoistischerweise war ich davon ausgegangen, dass ich von unserer Begegnung profitieren sollte, genau wie von den Begegnungen mit den anderen »Engeln«, denen ich bisher auf meinem Weg begegnet war, aber jetzt begriff ich, dass es diesmal vielleicht umgekehrt war.

Engel schien sich einer Art Abgrund zu nähern, doch ich wusste nicht, wo er sich befand und wie tief er war. Ich wusste aber, dass ich ihre einzige Hoffnung war, da ich der einzige Mensch in ihrem Leben war. Ich entschied, zu bleiben, solange es noch eine Chance gab, ihr zu helfen.

Es hatte seit zwei Tagen nicht mehr geschneit, und die Straßen und Gehwege waren einigermaßen frei, sodass ich beschloss, meinen ersten längeren Ausflug zu machen und mit meinem leeren Rucksack zweieinhalb Meilen weit bis zum Rand des Vororts und wieder zurück zu gehen, eine Strecke von fünf Meilen insgesamt.

Es lief gut, zumindest auf den ersten paar Meilen, dann begannen meine Oberschenkel und Waden zu brennen. Grund war nicht so sehr die Verletzung, sondern eher, dass ich nicht mehr in Form war. Selbst leer kam mir der Rucksack schwerer vor, als ich ihn in Erinnerung hatte. Ich bewegte mich im Schneckentempo vorwärts, und als ich wieder in die Nora Street einbog, war ich froh, zu Hause zu sein. Auf dem Weg ins Haus nahm ich die Post mit. Es war eine Postkarte der Kabelgesellschaft dabei, die den Vermerk ZURÜCK AN ABSENDER trug.

Freundliche Erinnerung von Larcom Cable

Sehr geehrter Kunde,

Ihr Vertrag mit Larcom Cable läuft in nur 90 Tagen aus.

Wir möchten Sie gern als Kunden behalten. Wenn Sie Ihren Vertrag jetzt verlängern, erhalten Sie als Belohnung daher zwei Monate KOSTENLOS Zugang zu Spokanes größtem Unterhaltungsangebot. Außerdem bekommen Sie einen Gutschein für eine KOSTENLOSE große Pizza Ihrer Wahl von PIZZA HUT.

Dieses Angebot ist zeitlich begrenzt. Darum handeln Sie jetzt, und lassen Sie sich dieses Vergnügen nicht entgehen!

Auf den unteren Rand der Karte waren die Worte gekritzelt: *Bitte schließen Sie mein Konto, ich werde es nicht mehr benötigen.*

Ich warf einen Blick auf den Poststempel. Die Karte war erst vor drei Tagen abgeschickt worden.

Auch an diesem Tag kam Engel spät von der Arbeit nach Hause, und ich rechnete wieder mit einem Abend unbehaglichen Schweigens. Aber kaum war sie zur Tür hereingekommen, rief sie meinen Namen. »Alan.«

Ich war in der Küche und ging in die Diele. Sie lächelte zuckersüß, als sie mich sah. »Hi.«

Dieser radikale Stimmungsumschwung überraschte mich. »Hi.«

»Willst du heute Abend ausgehen?«

»Ich habe gekocht.«

»Können wir das nicht einfrieren? Ich würde dich gern einladen.«

»Na schön«, sagte ich etwas verwirrt.

»Wie wär's mit chinesischem Essen? Der Asian Star hat fabelhafte Potsticker, und die Walnuss-Shrimps dort sind lebensverändernd gut.«

»Schon überredet«, sagte ich.

Wir stellten das Essen in den Kühlschrank und fuhren zu dem Restaurant, das in der Nähe der Universität lag und dementsprechend von Studenten bevölkert war. Nachdem die Bedienung unsere Bestellung aufgenommen hatte, sagte Engel: »Ich vermisse es, zu studieren. Ich liebe diese Energie.«

»Wie lange hast du denn studiert?«

»Ich musste mein Studium im dritten Jahr aufgeben, als ich ...« Sie brach mitten im Satz ab und senkte für einen Moment den Blick. Dann sah sie wieder zu mir hoch. Ihr Blick war weich, reuevoll. »Es tut mir leid, dass ich in letzter Zeit so launisch war. Du musst das Gefühl haben, dass du bei einer Verrückten wohnst.«

»Nein«, sagte ich. »Aber ich mache mir Sorgen um dich. Wenn ich irgendetwas für dich tun kann ... Wenn du jemanden zum Reden brauchst, ich bin ein guter Zuhörer.«

»Danke«, sagte sie. Sonst sagte sie allerdings nichts dazu.

Ich räusperte mich. »Nun, ich habe nachgedacht. Ich würde wirklich gern ein Thanksgiving-Dinner kochen.«

»Ich feiere Thanksgiving eigentlich nicht«, sagte sie.

»Ich weiß. Aber vielleicht könntest du eine Ausnahme machen, damit ich mich für all das bedanken kann, was du für mich getan hast.«

»Das musst du nicht. Außerdem muss ich am Donnerstag arbeiten.«

»Dann werden wir eben essen, wenn du zurückkommst.«

Sie antwortete nicht, sondern schwieg und sah aus, als sei sie mit ihren Gedanken plötzlich ganz woanders. Dann blickte sie zu mir hoch und lenkte ein. »Okay«, sagte sie. »Das klingt, als ob es Spaß machen könnte.«

»Dann feiern wir Thanksgiving.«

Nach dem Essen fuhren wir bei der Videothek vorbei, um

uns den nächsten Film auszuleihen, der auf unserer Liste stand. Den Film, der eigentlich dran war, *Der dritte Mann* mit Joseph Cotten und Orson Welles, hatten sie nicht da, aber Nummer sechsundfünfzig war vorrätig: *M*A*S*H.*

Als Kind hatte ich nur selten eine Folge der gleichnamigen Fernsehserie verpasst, die ein Ableger des Kinofilm war, aber das Original mit Donald Sutherland und Elliott Gould hatte ich noch nie gesehen.

Es wunderte mich nicht, dass der Film düsterer und bissiger war als die Fernsehserie. Außerdem hatte er einen antireligiösen Unterton, der ungefähr so dezent war wie ein Mankini.

Etwa in der Mitte des Films gibt es eine Szene, in der Waldowski, der Armeezahnarzt, beschließt, Selbstmord zu begehen.

Wie zu erwarten, machen sich Hawkeye und Trapper John darüber lustig und bieten Waldowski die »schwarze Pille« an, die in Wirklichkeit harmlos ist, von der Waldowski aber glaubt, dass sie zum plötzlichen Tod führt. Auf dem Höhepunkt der Szene – einer Parodie auf da Vincis *Abendmahl* – versammelt sich die Gruppe zu Waldowskis Tod, und ein Soldat singt den Titelsong des Films: *»Suicide Is Painless.«*

Meine eigenen Betrachtungen über das Leben und den Tod in der letzten Zeit sorgten dafür, dass mir bei diesem Teil des Films etwas unbehaglich wurde. Ich warf einen Blick auf Engel, um zu sehen, ob sie die Szene witzig fand. Zu meiner Überraschung weinte sie.

Auf einmal begriff ich, was los war. Wie hatte ich das Offensichtliche nur übersehen können?

Sechzehntes Kapitel

Wenn der Weg zur Hölle mit guten Vorsätzen gepflastert ist, dann habe ich heute ein gutes Stück asphaltiert. Ich glaube, ich habe genug Schaden angerichtet. Es ist Zeit für mich, zu gehen.

Alan Christoffersens Tagebuch

Die klassischen Anzeichen eines Selbstmords waren alle da, sie stachen einem ins Auge wie ein Casinoschild in Las Vegas: der nicht verlängerte Mietvertrag und die Kündigung des Kabelfernsehens, ihre stille, anhaltende Traurigkeit, ihre erklärte Hoffnung auf Vergessen, die Abtretung ihrer Besitztümer an andere. Ich dachte an die Saphir-Halskette, die sie Norma im Krankenhaus schenken wollte. Ihre Absichten waren offensichtlich – was ich nicht wusste, war, *warum*.

Als der Film zu Ende war und der Abspann über den Bildschirm flimmerte, machte Engel das Licht an und stand auf. »Reif fürs Bett?«, fragte sie.

»Ich würde gern mit dir reden«, sagte ich.

Der Ernst meines Tonfalls entging ihr nicht. Sie sah mich nervös an. »Es ist schon recht spät.«

»Es ist wichtig.«

Sie sah mich einen Augenblick an, dann setzte sie sich aufs Sofa. »Okay«, sagte sie, während sie die Finger ineinander verhakte. »Worüber willst du denn mit mir reden?«

Ich rutschte näher zu ihr hinüber und legte meine Hand auf ihre. »Ich weiß nicht recht, wie ich anfangen soll, daher werde ich einfach sagen, was mir durch den Kopf geht. Zunächst einmal sollst du wissen, dass du mir sehr viel bedeutest. Ich bin dir wirklich dankbar für alles, was du getan hast, um mir zu helfen.«

»Du bedeutest mir auch viel«, sagte sie. Sie sah beunruhigt aus.

»Das habe ich gemerkt. Du warst sehr gut zu mir. Aber ich weiß auch, dass irgendetwas nicht stimmt.«

»Ich weiß, es sieht so aus, aber es ist alles in Ordnung«, sagte sie. »Wirklich. Ich war in letzter Zeit emotional nur ein bisschen aus dem Lot.«

»Engel, es ist mehr als das.« Ich sah ihr in die Augen, dann atmete ich langsam aus. »Bitte sei ehrlich zu mir. Wer ist Nicole?«

Sie sah mich ungläubig an. »Ich habe dich doch gebeten, dich aus meinen Angelegenheiten herauszuhalten«, sagte sie scharf.

»Ich kann dir nicht helfen, wenn du nicht ehrlich zu mir bist. Hat diese Nicole irgendetwas damit zu tun, dass du so traurig bist?«

»Du hast keine Ahnung, was du da fragst.«

»Da hast du recht, das habe ich nicht. Aber ich würde es gerne wissen. Ich will dir helfen. Ich glaube, das ist der Grund, weshalb uns das Schicksal zusammengeführt hat.«

Ihre Miene verfinsterte sich. »Wir wurden nicht *zusammengeführt*. Es gibt kein Schicksal. Es gibt keinen Gott. Es gibt nur Chaos und Zufall. Es ist nur ein Zufall, dass du hier bist.«

»Ich bin hier, weil ich angehalten habe, um dir zu helfen, und weil du wusstest, dass du mir vertrauen konntest.«

Sie begann zu weinen.

»Ich weiß, warum du zurück nach Spokane gekommen bist«, sagte ich.

»Dann klär mich auf«, entgegnete sie wütend. »Warum bin ich zurückgekommen?«

»Du bist zum Sterben nach Hause gekommen.«

Sie starrte mich einen Augenblick an, dann sprang sie auf. »Hör auf damit.«

»Engel ...«

»Lass mich allein.«

»Nein«, sagte ich.

»Es war ein Fehler, dich hierher einzuladen«, brüllte sie.

»Du hast genau das gefunden, was du gesucht hast.«

»Und das wäre?«

»Hoffnung«, sagte ich.

Sie schwieg einen Augenblick, dann sagte sie: »Was ich mit meinem Leben anfange, geht nur mich etwas an, nur mich allein.« Sie stürmte hinaus. Auf der Schwelle zu ihrem Zimmer drehte sie sich noch einmal um. »Und erzähl mir nichts von Hoffnung. Es gibt keine Hoffnung. Die einzige Hoffnung ist Vergessen.« Sie knallte die Tür hinter sich zu.

Von der Couch aus konnte ich ihr Weinen hören. Ich ging zu ihrer Tür und lehnte meine Stirn dagegen.

»Du bedeutest mir wirklich sehr viel, Engel.«

»Ich bedeute niemandem etwas. Geh weg.«

»Du irrst dich.«

»Geh weg, bitte.«

Ich ging in mein Zimmer und legte mich aufs Bett. Es dauerte über eine Stunde, bis ich einschlief.

In den nächsten drei Tagen wechselte Engel kein Wort mit mir. Sie kam jeden Abend spät nach Hause und ging sofort in ihr Zimmer. Ich versuchte, sie dazu zu bringen, mit mir zu reden, aber sie reagierte auf alle meine Versuche mit Feindseligkeit. Ich hatte Angst um sie. Vor allem hatte ich Angst, dass sie sich etwas antun könnte. Ich war mit meiner Mission, ihr zu helfen, gescheitert. Ich war mehr als gescheitert – ich hatte das Gefühl, sie noch näher an den Abgrund geschubst zu haben.

Am Dienstag hielt ich die Stille und die Anspannung nicht mehr länger aus. Da ich mir inzwischen auch sicher war, dass sich daran nichts mehr ändern würde, fällte ich gegen drei Uhr nachmittags meine Entscheidung: Ob zum Guten oder zum Schlechten, ich würde gehen.

Aber ich würde es nicht tun, ohne mich zu verabschieden. Das war ich ihr schuldig. Ich packte meine Sachen und wartete darauf, dass Engel nach Hause kam.

Siebzehntes Kapitel

Mein Vater sagte immer, Menschen seien wie Bücher: Man kennt sie nicht, bevor man sie nicht öffnet. Bei Engel fühlte ich mich wie ein Analphabet.

Alan Christoffersens Tagebuch

Ich saß auf der Couch, als Engels Malibu vor dem Haus hielt. Mein Rucksack war gepackt und lehnte am Sofa. Ich stand auf, als sie in die Wohnung kam. Sie blieb wie angewurzelt stehen, als sie mich sah. Sie blickte zwischen mir und dem Rucksack hin und her. »Was ist los?«, fragte sie.

Ich schulterte den Rucksack. »Ich gehe«, sagte ich. »Ich habe nur noch gewartet, bis du nach Hause kommst, um mich zu verabschieden.«

»Warum?«

Ich trat auf sie zu. »Danke für alles, was du für mich getan hast. Es tut mir leid, dass es so gekommen ist. Ich würde alles tun, um es zu ändern – außer so zu tun, als sei alles in bester Ordnung.«

Sie sah mich sprachlos an.

»Ich hoffe, du weißt, dass ich dich nicht verletzen wollte. Ich würde dich niemals verletzen. Du bist so ein guter Mensch.«

Sie schluckte. »Wohin wirst du jetzt gehen?«

»Darüber musst du dir nicht den Kopf zerbrechen. Du hast genug getan. Ich habe dir etwas Geld auf den Tisch gelegt.«

Ich beugte mich vor und küsste sie auf die Wange. »Viel Glück, Engel. Ich hoffe, du findest Frieden. Ich kenne niemanden, der ihn mehr verdient hat als du.«

Als ich zur Tür ging, füllten sich ihre Augen mit Tränen. »Wer wird sich jetzt um dich kümmern?«

»Ich kann mich selbst um mich kümmern.«

Ich ging in die Diele, und sie folgte mir hinaus. »Und wer wird sich jetzt um mich kümmern?«

Ich sah sie an. »Niemand, wenn du es nicht zulässt. Ich werde nicht hierbleiben und zusehen, wie du dich zu Grunde richtest. Das kann ich nicht. Dafür bedeutest du mir zu viel.« Ich senkte den Blick und schloss den Hüftgurt meines Rucksacks. Als ich wieder aufsah, weinte sie.

»Viel Glück«, sagte ich.

Ich ging zur Eingangstür des Gebäudes und die Stufen hinunter. Ein paar Schneeflocken fielen und reflektierten die letzten Strahlen der untergehenden Sonne. Als ich den Gehsteig erreicht hatte, hörte ich die Tür hinter mir aufgehen.

»Alan.«

Ich drehte mich nicht um.

Mit zitternder Stimme rief sie: »Ich bin Nicole.«

Ich blieb stehen und wandte mich um. Tränen strömten über ihr Gesicht. »Ich bin Nicole«, rief sie noch einmal. Sie ließ sich auf die Knie fallen. »Bitte verlass mich nicht. Du bist meine einzige Hoffnung.« Sie sank in sich zusammen und schluchzte: »Bitte hilf mir.«

Ich nahm meinen Rucksack ab und lief, so schnell ich konnte, zu ihr. Ich kniete mich hin, schlang die Arme um sie und zog sie an mich. Sie drückte ihr Gesicht an meine Brust und weinte.

Achtzehntes Kapitel

Wenn du vorhast, jemandes Seifenblase zum Platzen zu bringen, dann solltest du auch beide Hände darunter aufhalten.

Alan Christoffersens Tagebuch

Wir waren beide schneebedeckt, als ich sie zurück in die Wohnung führte. Sie setzte sich auf die Couch und weinte fast eine Viertelstunde lang. Dann wurde sie auf einmal still, und es war nur noch gelegentlich ein Schluchzen zu hören.

Als sie schließlich wieder sprechen konnte, sagte sie mit belegter Stimme: »Du hast mich gefragt, was ich tun würde, wenn ich mit den Filmen fertig wäre. Nun, nach dem letzten Film wollte ich noch einmal ausgehen und alles essen, worauf ich Lust hätte, zum Beispiel ein großes Bananensplit mit Karamell und Schlagsahne und einer Kirsche obendrauf.« Sie blickte mir in die Augen. »Und dann wollte ich nach Hause kommen und mir eine Überdosis Insulin spritzen.«

Sie sagte es so ruhig, dass es einen Augenblick dauerte, bis ich ihren Plan wirklich begriffen hatte.

Sie fuhr fort: »Für einen Diabetiker ist es leicht, sich unbemerkt das Leben zu nehmen. Ich würde einfach in ein hyperglykämisches Koma fallen und sterben, bevor mich irgendjemand finden würde.«

Ich streichelte ihre Wange. »Warum solltest du dir denn das Leben nehmen?«

»Du kennst mein Leben nicht.«

»Ich kenne dich.«

»Nein. Alles, was ich dir erzählt habe war gelogen. Sogar mein Name war eine Lüge. Meinen Namen auszulöschen, war der erste Schritt dazu, mich auszulöschen. Nicole war bereits gestorben.«

»Was ist passiert, Nicole?«

Sie senkte den Kopf. »Das willst du lieber nicht wissen.«

Ich legte eine Hand unter ihr Kinn und hob es sanft an, bis sie mir in die Augen sah.

Sie atmete einmal tief aus. »Mein Leben fing an, aus dem Ruder zu laufen, als ich achtzehn war. Ich hatte gerade angefangen zu studieren. Filmwissenschaft war mein Hauptfach.« Sie schüttelte den Kopf. »Das nenne ich mal eine vielversprechende Berufswahl.«

Ich drückte ihre Hand.

»Ich lebte damals noch zu Hause. Meine Mutter nahm zu der Zeit einen neuen Job an und lernte neue Leute kennen. Sie veränderten sie. Sie fing an, nach der Arbeit mit ihnen herumzuhängen, in Bars und Clubs zu gehen. Immer öfter kam sie betrunken nach Hause. Mein Dad nahm es einfach hin, er dachte, es sei nur eine Phase. Aber das war es nicht. Nach ein paar Monaten erklärte sie ihm, dass sie sich scheiden lassen wolle. Mein Dad war am Boden zerstört. Er flehte sie an, zu bleiben, aber ihr Entschluss stand bereits fest. Sie waren seit zweiundzwanzig Jahren verheiratet, aber sie behandelte ihn wie einen Fremden. Mein Vater hatte schon immer mit Depressionen zu kämpfen gehabt, und als sie ihn hinauswarf, kam er damit nicht klar.« Tränen traten ihr in die Augen. »Eines Nachts nahm er sich dann das Leben.«

Nicole wischte sich die Tränen aus den Augen. »Diese Zeit

habe ich nur noch verschwommen in Erinnerung. Alles ging drunter und drüber. Ich ging nicht mehr aufs College, meine Schwester brannte mit ihrem Freund durch, und dann erklärte mir meine Mutter, dass sie zu einer ihrer Freundinnen ziehen würde und ich mir eine andere Bleibe suchen müsse. Ich brach das College ab und suchte mir einen Job.

Ich hatte keine Ausbildung, daher übernahm ich die Tagschicht in einer Dairy-Queen-Eisdiele. Dort lernte ich Kevin kennen. Er war der Besitzer. Er war fast fünfzehn Jahre älter als ich.«

Sie sah mich mit gequälter Miene an. »Am Anfang sah alles so gut aus. Er hatte sein eigenes Unternehmen, ein Haus und ein schönes Auto. Aber vor allem schenkte er mir Aufmerksamkeit. Okay, ich musste auch einen Preis dafür zahlen, denn er machte mit mir, was er wollte. Aber das war mir egal. Mir war alles egal. Ich wollte nur, dass jemand mich wollte.

Eines Abends erzählte er mir, er sei mit einer anderen Frau verlobt, würde sie aber nicht lieben. Er sagte, dass er mich lieben würde.«

Nicole wischte sich die Tränen ab, die ihr über die Wangen liefen. »Ich wusste, dass es Unrecht war. Ich hätte ihn verlassen sollen, aber das tat ich nicht. Ich hatte solche Angst davor, wieder allein zu sein. Er bat mich, ihn zu heiraten. Ich dachte nicht über diese andere Frau nach oder darüber, wie sehr es sie verletzen würde. Ich machte mir nicht einmal Sorgen wegen seiner Untreue. Ich wollte ihn einfach nur für mich allein haben, daher sagte ich Ja.

Kevin und seine Verlobte hatten bereits angefangen, Hochzeitspläne zu schmieden, als er die Verlobung löste. Seine Mutter, Barbara, war rasend vor Wut. Sie lehnte mich vollkommen ab.

Ein paar Wochen bevor wir heirateten, war ich mit Barbara allein. Da nahm sie mich in die Mangel und fragte mich, was ich eigentlich vorhätte. Ich verstand die Frage nicht. Ich sagte: ›Ich heirate Ihren Sohn.‹ Sie sagte: ›Du hast dich mit einem verlobten Mann eingelassen. Du bist nichts als ein Flittchen.‹ Ich begann zu weinen und beteuerte, dass ich nicht gewusst hätte, dass er verlobt sei. Doch sie nannte mich eine Lügnerin. Dann sagte sie: ›Bist du so dumm zu glauben, dass er *dich* wirklich will? Du bist für ihn doch nur ein Spielzeug. Sobald er genug von dir hat, wird er dich vor die Tür werfen wie den Müll von gestern.‹

Dann zückte sie ihr Scheckbuch und bot mir fünftausend Dollar an, wenn ich gehen und niemals wiederkommen würde. Ich konnte es nicht glauben. Als ich ihr Angebot ausschlug, sagte sie: ›Glaub bloß nicht, dass eure Ehe halten wird. Du wirst niemals zu dieser Familie gehören.‹

Von da an ließ sie nichts unversucht, um mir das Leben zur Hölle zu machen. Wir haben geheiratet, aber das war einer der schlimmsten Tage meines Lebens. Barbara wechselte den ganzen Tag kein Wort mit mir.

Ich dachte, dass sie mich irgendwann schon akzeptieren würde, aber stattdessen wurde alles nur noch schlimmer. Jedes Mal, wenn Kevin sie getroffen hatte und nach Hause kam, strafte er mich mit Schweigen. Sie vergiftete ihn regelrecht. Ich flehte ihn an, sich von ihr fernzuhalten, aber er wurde nur wütend und schrie, ich würde sie nicht verstehen und ich solle dankbar für all das sein, was sie für uns täte.

Sie hatte ihn in der Hand, emotional und finanziell. Denn das Dairy Queen gehörte mehrheitlich ihr. Vor der Heirat musste ich einen Ehevertrag unterzeichnen, in dem ich auf alle Ansprüche verzichtete. Andernfalls, sagte Kevin, würde sie ihn zwingen, aus dem Unternehmen auszuscheiden, und wir wären pleite. Ich glaube, ich habe den Vertrag unterschrieben, um Barbara zu beweisen, dass es mir nicht darum ging, eine gute Partie zu machen. Der Vertrag war mir egal, ich war nicht auf sein Geld aus. Ich wollte geliebt werden. Aber es spielte keine Rolle. Sie hatte sich in den Kopf gesetzt, dass ich ein Stück Dreck war, und daran war nichts zu ändern.

Dann wurde ich mit Aiden schwanger. Ich dachte, ein Enkelkind zu haben, würde Barbara endlich davon überzeugen, dass sie mich nicht loswerden würde, aber jetzt versuchte sie erst recht, uns zu entzweien. Sie brachte Frauen mit nach Hause, die Kevin kennen lernen sollte. Kannst du dir das vorstellen? Sie brachte allen Ernstes Frauen mit nach Hause, die ihr verheirateter Sohn kennenlernen sollte. Und ich saß da mit meinem dicken Bauch und fühlte mich unattraktiv. Er sagte immer: ›Ich bin verheiratet, Mom.‹ Aber sie verdrehte nur die Augen und sagte: ›Im Augenblick.‹«

»Woher weißt du, dass sie das sagte?«, fragte ich.

»Kevin hat es mir erzählt. Anfangs hat er sich noch auf meine Seite gestellt – zumindest soweit er sich das traute. Aber nach Aidens Geburt änderte sich das. Die Wahrheit ist, Kevin hatte keine Lust auf die Verantwortung, die eine Vaterschaft mit sich bringt, und er gab mir die Schuld. Er kam nicht mehr nach Hause. Er ging fast jeden Abend aus, spielte mit seinen Freunden Karten und trank.

Ich nahm an, dass es ausschließlich männliche Freunde waren, bis mir jemand erzählte, dass er Kevin mit einer anderen Frau gesehen hätte.

Danach stritten wir uns, und er sagte, ich sei nur schwanger geworden, um ihn in die Falle zu locken. Ich sagte: ›In was für eine Falle denn? Wir sind doch schon verheiratet!‹ Und er sagte: ›Im Augenblick.‹

Am nächsten Tag entschuldigte er sich, aber so etwas lässt sich ja nicht mehr zurücknehmen. Ich hatte nur noch meinen Sohn. Und so habe ich mein ganzes Leben um ihn herum aufgebaut.«

Ihre Miene änderte sich, und ihre Augen nahmen einen verträumten Ausdruck an. »An seinem vierten Geburtstag holte ich ihn früher als sonst vom Kindergarten ab, um mit ihm in den Zoo zu gehen. Wir fuhren im Dairy Queen vorbei, um uns eine Eistüte zu holen. Kevin war da, und wir hatten einen fürchterlichen Streit. Ich war so wütend, dass ich mir Aiden schnappte und ging.« Sie schwieg einen Augenblick, und wieder füllten sich ihre Augen mit Tränen. »Ich bin von dem Parkplatz gefahren, ohne auf die Straße zu achten. Dieser Wagen kam aus dem Nichts angeschossen. Die Polizei sagte, der Fahrer sei in einer Vierzig-Meilen-Zone fast achtzig Meilen gefahren.

Er rammte meinen Wagen auf der Fahrerseite, hinten, wo Aiden in seinem Kindersitz saß. Er war sofort tot.« Sie begann zu weinen.

»Ich musste mit einer Rettungsschere aus dem Wagen befreit werden. Ich hatte innere Blutungen, Schnittwunden am ganzen Körper und über zwanzig Knochenbrüche.« Sie senkte den Blick. »Bedauerlicherweise wurde mir das Leben gerettet.«

Engel schluchzte und war nicht in der Lage weiterzusprechen. Als sie schließlich fortfuhr, musste ich mich anstrengen, um sie zu verstehen. »Als ich im Krankenhaus lag, kamen nur zwei Personen, um mich zu besuchen. Eine war die Mutter des Mannes, der den Wagen gefahren hatte. Er war bei dem Unfall ums Leben gekommen, und diese Frau gab mir die Schuld. Ich lag da, außerstande, mich zu bewegen, während sie mich anschrie. Schließlich hörte eine Krankenschwester ihr Gebrüll und rief den Wachschutz. Sie mussten sie aus dem Zimmer zerren.

Die andere Person war Barbara. Sie kam, um mir zu sagen, dass ich ihr Enkelkind getötet hätte. Sie sagte, das sei Gottes Strafe dafür, dass ich einer anderen Frau den Ehemann gestohlen hätte. Sie sagte, sie wünschte, ich wäre stattdessen gestorben.«

Meine Augen füllten sich mit Tränen. »Was hast du zu ihr gesagt?«

Sie sah zu mir hoch. »Ich sagte, ich wünschte es auch. Ich lag noch immer im Krankenhaus, als mir die Scheidungsunterlagen zugestellt wurden. Meine Handgelenke waren gebrochen, und die Schwester musste den Umschlag öffnen und sie mir vorlesen.«

Engel brach wieder in Tränen aus. »Ich kam zu dem Schluss, dass mein Leben nichts mehr wert war, daher kehrte ich nach Spokane zurück, um es zu beenden.

Als ich dich traf, war ich gerade in Seattle gewesen. Ich wollte noch einmal das Meer sehen. Ich wollte am Bullman Beach stehen, den Wind in meinen Haaren spüren und den Wellen zuhören. Kennst du Bullman Beach?«

Ich schüttelte den Kopf.

»Das ist in der Nähe von Neah Bay, auf der Westseite des Olympia-Nationalparks.«

»Ja, das kenne ich«, sagte ich. »Da bin ich einmal durchgefahren. Es ist wunderschön dort.«

»Als ich sieben war, habe ich mit meiner Familie einmal dort Urlaub gemacht. Wir haben in einer kleinen Pension am Strand gewohnt. Damals war ich glücklich. Das wollte ich ein letztes Mal sehen.« Sie atmete einmal tief aus. »Damals hatte meine Mutter einen Spitznamen für mich.«

»Wie lautete er?«

Sie sah mir in die Augen. »Engel.«

Neunzehntes Kapitel

Wir Menschen sind geborene Egozentriker. Es donnert, und Kinder glauben, dass Gott böse auf sie ist, weil sie irgendetwas getan haben. Eltern lassen sich scheiden, und Kinder glauben, dass es ihre Schuld ist, weil sie nicht brav genug gewesen sind. Erwachsenwerden heißt, diese egozentrische Sichtweise zugunsten der Wahrheit aufzugeben.

Dennoch gibt es Leute, die an dieser kindlichen Denkweise festhalten. So schmerzlich ihre Selbstgeißelung auch sein mag, sie glauben lieber, ihre Krisen seien ihre eigene Schuld, denn so können sie glauben, sie hätten die Kontrolle. Damit machen sie sich selbst zu Narren und zu falschen Göttern.

Alan Christoffersens Tagebuch

Ich hielt Nicole über eine Stunde in meinen Armen. Sie kuschelte sich an mich wie ein kleines Mädchen, das Schutz sucht, und vielleicht war sie das ja auch. Zwischendurch musste sie noch einmal weinen, und es dauerte fast zwanzig Minuten, bis sie sich wieder beruhigt hatte. Als sie sich schließlich aufsetzte, sah sie sehr verletzlich aus.

»Glaubst du, dass Gott mich bestraft hat?«, fragte sie.

Ich schüttelte den Kopf. »Aidens Tod war nicht deine Schuld. Es war die Schuld des Mannes, der diesen viel zu schnellen Wagen fuhr. Aber ich kann deine Frage gut verstehen, denn nach McKales Tod habe ich mich eine Zeit lang dasselbe gefragt.

Ich hatte einmal eine Angestellte, die eines Tages weinend zur Arbeit kam. Ihr Arzt hatte ihr gerade eröffnet, dass sie keine Kinder bekommen könne. Sie sagte zu mir: ›Das ist Gottes Strafe für mich.‹ Ich fragte sie, warum Gott sie bestrafen sollte. Sie sagte: ›Weil ich nicht in die Kirche gegangen bin.‹ Just an diesem Morgen hatte ich in der Zeitung einen Artikel über eine drogenabhängige Prostituierte gelesen, die festgenommen wurde, weil sie ihr neugeborenes Baby in einen Müllcontainer geworfen hatte. Ich sagte zu der Angestellten: ›Wollen Sie mir etwa sagen, Gott will Ihnen kein Kind schenken, weil Sie nicht in die Kirche gegangen sind, aber er schenkt dieser Prostituierten ein Kind, damit sie es tötet?‹ Das ergibt doch keinen Sinn.«

»Dann glaubst du nicht, dass Gott uns bestraft?«

»Ich weiß nicht, ob er uns bestraft oder nicht. Aber ich glaube nicht an einen Gott, den ich kontrollieren kann«, sagte ich. »Mir scheint, dass er sich eher dafür interessiert, uns zu helfen, als dafür, uns zu verurteilen. Ich glaube, das ist der Grund, weshalb er, wenn wir in Not sind, dafür sorgt, dass andere Leute unseren Weg kreuzen. Erscheint es dir nicht seltsam, dass jemand, der versteht, was es heißt, alles zu verlieren, ausgerechnet in dem Augenblick, als du ihn am dringendsten brauchtest, bei dir zu Hause landet? Denk mal darüber nach.«

Nach einer Weile sagte sie: »Doch.«

»Noch vor sechs Wochen kniete ich mit zwei Fläschchen

Schmerzmitteln und einer Flasche Whiskey auf dem Boden, drauf und dran, meinem Leben ein Ende zu setzen. Und jetzt bin ich hier bei dir. Das ist doch etwas Wunderbares.«

Sie blickte lange Zeit zu Boden und schwieg. Dann sagte sie: »Aber wie soll man leben, wenn man nicht mehr leben will?«

Wie oft habe ich mich genau dasselbe gefragt?, dachte ich. »Einen Tag nach dem anderen«, sagte ich leise. »Einen Tag nach dem anderen.«

An jenem Abend aßen wir nichts. Wir verließen nicht einmal die Couch. Ich hielt Nicole, bis sie in meinen Armen einschlief. Ich war noch nicht kräftig genug, um sie zu tragen, daher weckte ich sie und begleitete sie in ihr Zimmer. Ich schlug die Bettdecke zurück, zog ihr die Schuhe aus und steckte sie angezogen ins Bett. Ich küsste sie auf die Stirn und ging dann in mein eigenes Zimmer. Im Bett dachte ich noch einmal über unser Gespräch nach. Ich fragte mich, was Nicole am nächsten Morgen tun würde.

Zwanzigstes Kapitel

Der erste Schritt einer Reise ist immer der schwerste.

Alan Christoffersens Tagebuch

Kurz nach Sonnenaufgang wachte ich auf. Ich blieb liegen und dachte noch einmal über den vergangenen Abend nach. Plötzlich klopfte es an der Tür. »Herein«, sagte ich.

Nicole trat ein. Sie trug einen Morgenmantel, und ihr Haar war zerzaust.

»Ich habe in meinen Kleidern geschlafen«, sagte sie, während sie sich eine Haarsträhne aus dem Gesicht strich. »Aber ich kann mich nicht erinnern, wann ich das letzte Mal so gut geschlafen habe.« Sie sah mich an, in ihrem Blick lag große Dankbarkeit. »Danke für gestern Abend.«

»Keine Ursache.«

Sie setzte sich ans Fußende meines Bettes.

»Gehst du heute arbeiten?«, fragte ich.

»Nein, ich habe mich krankgemeldet.« Sie holte tief Luft. »Ich muss dich um einen großen Gefallen bitten.«

»Was immer du möchtest.«

»Hilfst du mir, noch einmal ganz von vorn anzufangen?«

Ich lächelte. »Auf jeden Fall.«

»Wo soll ich anfangen?«

»Wir fangen damit an, dass wir Nicole zurückholen.«

Sie dachte kurz nach. Dann holte sie einmal tief Luft und

streckte die Hand aus. »Mein Name ist Nicole Mitchell. Freut mich, dich kennenzulernen.«

»Es ist mir eine Freude, dich kennenzulernen, Nicole«, sagte ich. »Nicole braucht eine anständige Coming-out-Party. Ich würde sagen, wir fangen an Thanksgiving an.«

»Thanksgiving ist morgen.«

»Dann müssen wir ein paar Leute finden, die noch nichts anderes vorhaben. Kennst du irgendjemanden, der dieses Jahr an Thanksgiving vielleicht allein ist?«

Sie dachte einen Augenblick darüber nach. »Bill«, sagte sie. »Mein Vermieter.«

»Was ist mit Christine, deiner Nachbarin?«

»Wir können sie fragen«, sagte sie.

»Es gibt noch etwas, das Nicole tun muss«, sagte ich. Ich sah sie ernst an. »Es wird nicht leicht sein.«

Sie holte einmal tief Luft und machte sich auf das gefasst, was ich sagen würde.

»Nicole hatte einen Sohn. Einen Sohn, den sie sehr geliebt hat. Aiden muss auch zurückkommen.«

Ihre Augen wurden feucht. »Wie soll ich das anstellen?«

»Rede über ihn. Stell Bilder von ihm auf.«

Sie wischte sich die Tränen aus den Augen. »Okay.«

Ich sah sie einen Augenblick an, dann sagte ich: »Willkommen zurück, Nicole.«

Sie drückte meine Hand. Dann stand sie auf. »Ich sollte mir besser etwas anziehen. Wir haben noch viel zu tun.«

Eine halbe Stunde später saßen Nicole und ich am Küchentisch, um unsere Einkaufsliste aufzustellen. Ich hielt den Bleistift in der Hand.

»Okay«, sagte ich, »wir brauchen einen Truthahn und Füllung.«

»Schreib Paniermehl, Sellerie und Zwiebeln auf«, sagte Nicole.

»Habe ich. Wir brauchen außerdem eine Dose Cranberrysauce, und wir brauchen Süßkartoffeln ...«

»Kandierte Süßkartoffeln sind meine Spezialität«, sagte Nicole. »Ich mache die Sorte, die für Diabetiker tödlich sind, die mit braunem Zucker und Pekannüssen.«

»Du bist eindeutig für die Süßkartoffeln zuständig.«

»Schreib halbierte Pekannüsse und Butter auf«, sagte Nicole.

»Was ist mit Brötchen?«

»Ich mache umwerfende Parker-House-Brötchen.«

»Wunderbar. Truthahn, Füllung, Cranberrysauce, kandierte Süßkartoffeln, Brötchen. Bratensauce. Eigentlich kann ich die Sauce machen«, sagte ich. »Hast du Stärkemehl da?«

»Ja.«

»Für wie viele Leute sollen wir planen?«, fragte ich.

»Mindestens für drei. Bill kommt.«

»Du hast ihn schon angerufen?«

»Als du unter der Dusche warst. Er war ganz aufgeregt.«

»Okay, wir werden für vier planen. Schlimmstenfalls bleibt eben etwas übrig. Ich werde mich um den Truthahn, die Füllung und die Bratensauce kümmern. Ach ja, und Eierflip, wir brauchen Eierflip. Alle lieben Eierflip.«

»Nicht alle«, sagte Nicole.

»Du magst keinen Eierflip?«

»Nein, von meinem Diabetes mal ganz abgesehen. Du kannst mein Glas haben.«

Ich sah sie an. »Wirklich, Engel? Du magst keinen Eierflip?«

»Entschuldige«, sagte sie.

»Eierflip ist so ungefähr das tollste Getränk aller Zeiten.«

»Du hast mich eben Engel genannt.«

»Habe ich nicht.«

»Doch, hast du.«

»Tut mir leid. Es wird nicht wieder vorkommen.«

»Besser nicht«, sagte sie.

Ich wandte mich wieder meiner Liste zu. »Okay, wir haben noch immer kein Dessert.«

»Kürbiskuchen«, sagte Nicole.

»Kürbiskuchen und Stampfkartoffeln. Sagst du ›Stampf‹ oder ›Quetsch‹?«

»›Stampf‹. ›Quetsch‹ klingt, als ob sie von irgendetwas überfahren worden wäre.«

Ich ging die Liste durch. »Ich glaube, wir haben alles.«

»Kuchenbacken kann ich nicht so gut«, sagte sie.

»Dann kaufen wir welchen.«

»Die Bäckerei im Safeway ist ziemlich gut.«

»Hast du Kartoffeln da?«

»Nein.«

»Hast du genügend Milch?«

»Ich sehe mal nach.« Sie öffnete den Kühlschrank. »Wir bringen besser noch welche mit, vor allem, wenn du einen Teil davon für deinen, würg, Eierflip verwenden willst.«

»Sag nichts gegen meinen Eierflip«, sagte ich.

Wir zogen unsere Mäntel an und verließen die Wohnung. Auf dem Weg nach draußen machten wir vor Christines Tür halt und klingelten. Sie öffnete in einer Jogginghose und einem Gonzaga-Basketball-T-Shirt und war überrascht, uns zu sehen.

»Engel«, sagte sie. »Und Steven ...«

»Alan«, berichtigte ich sie.

»Richtig, Alan. Entschuldigung.«

»Und du kannst mich Nicole nennen. Engel war nur ein Spitzname.«

»Jetzt bin ich völlig verwirrt«, sagte sie.

»Es ist egal, wie du uns nennst«, sagte ich. »Wir wollten dich gern zu unserem Thanksgiving-Essen morgen einladen. Es geht um eins los.«

Ein Lächeln huschte über ihr Gesicht. »Wirklich?«

»Falls du noch nichts anderes vorhast.«

»Habe ich nicht.« Zu unserer Überraschung füllten sich ihre Augen mit Tränen. »Entschuldigung.« Sie wischte sie verstohlen weg. »Ich dachte nur, dass ich den Tag allein verbringen würde. Danke.«

»Na ja, wir würden uns sehr freuen, wenn du kommst.«

»Was kann ich mitbringen?«

»Nur dich selbst«, antwortete Nicole.

»Ich mache einen wirklich köstlichen Dörrobst-Kuchen.«

»*Gutes Dörrobst* ist ein Widerspruch in sich«, warf ich ein.

Nicole sah mich ungläubig an. »Ich kann nicht glauben, dass du das eben gesagt hast.«

»Entschuldigung. Aber es sieht aus wie ein totgefahrenes Tier.«

»Das ist ja noch schlimmer«, entgegnete sie.

»Ich weiß, Dörrobst ist gewöhnungsbedürftig«, sagte Christine. »Aber keine Sorge, ich kann auch einen Apfelkuchen machen, für den man töten würde, und einen Kürbiskuchen, für den man sterben würde.«

Nicole warf mir einen Blick zu. »Für den man sterben würde.«

»Das muss ja ein toller Kuchen sein«, sagte ich. »Mich hast du überzeugt. Du bist für den Kuchen zuständig. Dann sehen wir uns morgen gegen eins?«

»Um eins. Vielen Dank.«

»Es ist uns ein Vergnügen«, sagte Nicole.

Ich nahm Nicoles Arm, und wir fuhren einkaufen.

Experten empfehlen ein bis eineinhalb Pfund Truthahn pro Person, ein Sechs-Pfund-Truthahn wäre also reichlich genug. Aber da ich für kalte Truthahnreste schwärme, wählte ich einen acht Pfund schweren Vogel aus. Und ich kaufte vier Liter Eierflip, was Nicole für total übertrieben hielt. »Du wirst der Einzige sein, der das Zeug trinkt«, sagte sie.

»Alle lieben Eierflip«, sagte ich.

»Nicht alle«, entgegnete sie. »Manche Leute haben Geschmack.«

»Waffenstillstand, was das Thema Eierflip angeht«, schlug ich vor.

»Waffenstillstand«, pflichtete sie mir bei.

Neben dem vielen Essen kauften wir auch noch die passende Dekoration für die Feiertage: Duftkerzen, Weihnachtsbaumschmuck, Mistelzweige und Lichterketten für den Baum. Nicole war die ganze Zeit über fröhlich gestimmt.

Während ich mich in der Obst- und Gemüseabteilung umsah, entdeckte sie einen kunstvollen silbernen Bilderrahmen. Sie kam zu mir, um ihn mir zu zeigen.

»Was hältst du davon?«, fragte sie. »Er ist aus Sterlingsilber. Ich finde, er ist hübsch.«

»Er ist wunderschön«, sagte ich. »Wofür ist er?«

»Für Aiden«, antwortete sie.

»Perfekt«, sagte ich. »Dafür ist er genau das Richtige.«

Dann sagte sie: »Ich denke, ich werde zwei davon kaufen. Ich glaube, Bill hätte auch gern einen.«

Ein paar Minuten später fragte ich Nicole: »Hast du Weihnachtsmusik zu Hause?«

»Nein.«

»Besitzt du eine Stereoanlage?«

»Ich habe einen CD-Player und einen iPod.«

»Das tut es auch.« Ich kaufte Weihnachts-CDs von Burl Ives, Mitch Miller und natürlich von den Carpenters. Als ich Nicole die CDs zeigte, sagte ich: »Hat dir schon mal jemand gesagt, dass du wie Karen Carpenter aussiehst?«

»Nein.«

»Wirklich nicht?«

»Ich sehe überhaupt nicht aus wie Karen Carpenter. Denn wie dir vielleicht schon aufgefallen ist, bin ich blond.«

»Okay, dann bist du eben eine blonde Version von Karen Carpenter.«

»Ich sehe nicht so aus wie sie«, beharrte sie und ging weiter. Ich folgte ihr mit unserem Einkaufswagen.

»Ich finde schon«, murmelte ich.

Ich bat Nicole, am Eingang auf mich zu warten, während ich kurz zum Schalter der Videothek ging, um noch zwei Filme auszuleihen. Als ich wiederkam, versuchte sie, einen Blick auf die DVD-Hüllen zu werfen, die ich in der Hand hielt.

»Welche Filme sind es denn?«

»Das wirst du dann schon sehen.«

»Jetzt sag schon«, lachte sie.

»Das wirst du dann schon sehen«, wiederholte ich.

Auf der anderen Seite der Einkaufspassage war ein Stand, an dem Weihnachtsbäume verkauft wurden.

»Wir brauchen einen Baum«, sagte ich.

»Ich werde ihn aussuchen«, erklärte sie. »Es ist mein Haus.«

»Na schön«, stimmte ich zu.

Nicole fand eine hübsch gewachsene Douglastanne, die etwa einen Meter achtzig hoch war. Der Mann, der die Bäume verkaufte – sein Name war Maximilian (»aber nennen Sie mich einfach Max«) –, war so begeistert von seinen Bäumen, dass es fast ein Wunder war, dass er überhaupt bereit war, sich von ihnen zu trennen. Neben unserer Douglastanne gab er uns ungefragt auch noch eine Fülle nutzloser Informationen über unseren Kauf mit auf den Weg:

- Die Douglastanne ist eigentlich gar keine Tanne.
- Die Douglastanne ist einer der wenigen Bäume, die von Natur aus kegelförmig wachsen.
- Die Douglastanne ist nach David Douglas benannt, einem Burschen, der den Baum im neunzehnten Jahrhundert wissenschaftlich untersucht hat.
- Die Douglastanne wurde zum zweitbeliebtesten Weihnachtsbaum in Amerika gewählt, gleich nach der Frasertanne, die im Süden wächst und, wie ich annehme, eine echte Tanne ist.
- Max verkauft ausschließlich Douglastannen.

Max schnallte den Baum auf das Dach von Nicoles Malibu, und wir fuhren nach Hause. Nachdem wir alle Lebensmittel ins Haus getragen und im Kühlschrank verstaut hatten, schnappte ich mir ein Steakmesser und ging hinaus, um den Baum loszuschneiden.

Er war verschwunden.

Ich konnte es nicht glauben. Ich rief Nicole, und sie kam aus dem Haus gelaufen.

»Was ist denn los?«

»Jemand hat unseren Baum gestohlen.«

»In der kurzen Zeit?«

»Er hat ihn einfach vom Wagen geklaut.« Ich sah sie an. »Wer stiehlt denn einen Weihnachtsbaum?«

»Na ja, es war eben eine *Douglastanne*«, sagte Nicole. »Der zweitbeliebteste Weihnachtsbaum der Welt.«

Ich sah sie grinsend an. »Meinst du, es gibt einen Schwarzmarkt für Douglastannen?«

»Einen riesigen Markt für gestohlene und gekidnappte Bäume. Vermutlich werden wir jeden Augenblick eine Lösegeldforderung bekommen.«

»Unser Dieb wird sich ganz schön wundern, wenn er erfährt, dass es nicht einmal eine echte Tanne ist.«

»Eine falsche Tanne zu stehlen«, bemerkte Nicole, »das ist, als ob man einen Diamantring stiehlt und dann herausfindet, dass es nur ein Zirkonia ist.«

»Genauso ist es«, sagte ich.

Wir prusteten beide los. Dann fuhren wir zurück zu dem Händler, um einen neuen Baum zu kaufen. Max gewährte uns für unseren zweiten Baum seinen »Friends & Family«-Rabatt von zehn Prozent.

Wir schmückten den Baum noch am selben Abend. Als wir fertig waren, holte Nicole den silbernen Bilderrahmen. Nun war ein Foto darin, das ihren lächelnden Sohn zeigte. Sie stellte das Bild auf den Fernseher.

»Er ist ein hübscher Junge«, sagte ich.

Sie lächelte traurig. »Willkommen zurück, mein Sohn.«

Einundzwanzigstes Kapitel

Es kann keine Freude ohne Dankbarkeit geben.

Alan Christoffersens Tagebuch

Am nächsten Morgen klopfte Nicole an meine Tür. Sie wartete nicht auf meine Antwort, sondern trat gleich darauf ein. »Guten Morgen.«

»Frohes Thanksgiving«, sagte ich.

»Dir auch ein frohes Thanksgiving. Ich habe mich auf der Arbeit wieder krankgemeldet.«

»Und was haben sie dazu gesagt?«

»Meine Chefin war nicht allzu glücklich. Ich glaube nicht, dass sie es mir abgenommen hat.«

»Hast du versucht, krank zu klingen?«

»Habe ich. Aber darin bin ich nicht besonders gut. Ich frage mich, ob sie mich feuern wird.«

»Ich finde, du solltest dort einfach aufhören.«

»Warum? Es ist eine wichtige Arbeit.«

»Schon. Aber sie deprimiert dich.«

»Da hast du recht, aber ich kann nicht einfach aufhören. Ich brauche das Geld. Außerdem, was kann man mit einem Studium der Filmwissenschaft schon groß anfangen? Ich korrigiere, mit einem *nicht abgeschlossenen* Studium der Filmwissenschaft?«

»Du könntest einen Job in einem Kino bekommen. Du könntest zum Beispiel Popcorn verkaufen.«

Sie gab mir einen scherzhaften Klaps. »Mit dem, was ich da verdiene, kann ich meine Rechnungen bestimmt bezahlen.«

»Wir müssen nur einen Job mit ein bisschen mehr positiver Energie für dich finden.« Ich warf einen Blick auf die Uhr. »Wir haben heute viel zu kochen. Wann sollen wir den Truthahn in den Ofen schieben?«

»Acht Pfund, richtig?«

»Ja.«

»Dann braucht er gut drei Stunden. Ich würde dreieinhalb bis vier einplanen, für alle Fälle.«

»Das heißt, er muss jetzt in den Ofen«, sagte ich. »Na dann, an die Arbeit.« Ich kletterte aus dem Bett.

Nicole wollte Parker-House-Brötchen backen und machte sich an die Arbeit. »Wolltest du dir heute Abend wieder einen Film ansehen?«, fragte sie.

»Ja.«

»Wirst du mir jetzt sagen, was du ausgeliehen hast?«

»Das Leben ist schön . . .«

»Gut. Ein Weihnachtsklassiker. Warum dann die Geheimnistuerei?«

». . . und *Citizen Kane*.«

Ihr Lächeln verschwand, und sie hörte auf, den Teig zu kneten. »Wieso ausgerechnet den?«

»Du hast Monate damit zugebracht, einen exakten Zeitplan aufzustellen, und den will ich sprengen.«

Sie sah mich einen Augenblick lang an, dann wandte sie sich wieder ihren Brötchen zu. »Du bist sehr weise«, sagte sie.

»Das glaube ich auch«, sagte ich.
Sie warf mit einer Handvoll Mehl nach mir.

Bill, der Vermieter, kam früh (sein Old Spice kam noch ein paar Sekunden früher). Er stand schon kurz vor Mittag vor unserer Tür. Er hatte sich herausgeputzt, als wollte er zur Kirche gehen. Er trug einen Hut, Hosenträger und eine rot getupfte Fliege. Er hatte eine Schachtel Walnuss-Karamellbonbons und eine Flasche Cold Duck mitgebracht.

»Danke für die Einladung«, sagte er zu Nicole. Er nahm den Hut ab und trat ein. »Ich wünschte, Sie würden sich das mit dem Umzug noch einmal überlegen.« Er wandte sich an mich. »Engel war meine beste Mieterin.«

»Ich habe mich entschieden, zu bleiben«, sagte sie. »Bringen Sie mir einfach einen neuen Vertrag vorbei.«

»Einen neuen Vertrag fürs Leben«, sagte er.

Sie grinste. »So könnte man sagen. Und Sie können mich Nicole nennen.«

Er lächelte. »Sehr gern.«

»Wir sind noch beim Kochen, es dauert also noch ein bisschen«, sagte sie. »Wollen Sie sich so lange vielleicht im Fernsehen ein Footballspiel ansehen?«

»Nein, Football interessiert mich nicht so. Wenn Sie nichts dagegen haben, würde ich gern hierbleiben, wo die Action ist.«

»Ich habe nichts dagegen«, sagte sie.

»Möchten Sie vielleicht einen Eierflip?«, fragte ich.

Er winkte ab. »Das Zeug trinke ich nicht, ich habe eine Laktose-Intoleranz.«

»Noch ein Glas mehr für dich«, flüsterte Nicole.

Christine klingelte zur vereinbarten Zeit an unserer Tür. Sie trug einen bunten Weihnachtspullover und Christbaumkugel-Ohrringe. Ihre Wohnungstür stand weit offen. »Könntest du mir vielleicht helfen, meine Kuchen herüberzutragen?«, fragte sie mich.

»Sehr gern«, sagte ich. »Wie viele hast du denn gemacht?«

»Drei. Apfel, Kürbis und Dörrobst.«

»Den mit Dörrobst hast du nur gemacht, um mich zu ärgern, stimmt's?«

Sie lächelte. »Ich esse gern Dörrobst.« Dann fügte sie hinzu: »Und ich ärgere dich gern.«

»Ich weigere mich, den Dörrobstkuchen zu tragen«, erklärte ich.

Wir brachten die Kuchen herüber. Nicole stöhnte auf, als wir hereinkamen. »Die sehen ja fabelhaft aus.«

»Danke. Ich backe sehr gern, ich habe nur niemanden, für den ich backen könnte.«

Ich sah Nicole an. »Ich denke, ihr zwei solltet euch zusammentun.«

»Das haben wir gerade getan«, erwiderte sie.

»Hi, Bill«, sagte Christine, als sie in die Küche kam.

»Hallo, Chris«, sagte Bill. »Ist das etwa Dörrobstkuchen?«

»So ist es.«

»Ich liebe gutes Dörrobst.«

Christine warf mir einen Blick zu, und Nicole grinste. »Sieht aus, als ob das Dörrobst deinen Eierflip schlägt«, sagte Nicole.

Ich zuckte die Schultern. »Über Geschmack lässt sich nicht streiten.«

»Genau meine Rede«, erwiderte sie.

»Und? Wie übersteht man als Diabetikerin ein Thanksgiving-Festmahl?«, fragte ich.

»Heute bin ich keine Diabetikerin.«

»Im Ernst?«

»Das war ein Witz, aber ich werde mir ein bisschen mehr Insulin spritzen. Ich weiß, das ist nicht so gut, aber einmal im Jahr ... Ich denke, ich werd's überleben.«

Eine halbe Stunde später war das Essen fertig, und wir setzten uns zu Tisch.

»Mein Gott, was für ein Festmahl«, sagte Bill. »Eine solch üppige Tafel habe ich seit Junes Tod nicht mehr gesehen.«

»Ich würde gern beten«, sagte Nicole. Sie streckte die Hände aus und ergriff meine und Bills Hand. Bill ergriff Christines Hand und Christine meine, sodass der Kreis komplett geschlossen war.

Nicole senkte den Kopf. »Lieber Vater im Himmel, an diesem Tag bin ich dankbar für meine Freunde und für Alan und seine Fürsorge. Wir sind dankbar für diese Speise und für so vieles andere. Wir bitten um Segen für diejenigen, die Mangel leiden, und darum, zu ihnen geführt zu werden, um ihnen zu helfen. Und wir sind dankbar für diejenigen, die in unserem Leben fehlen. Amen.«

»Amen«, sagte ich.

»Amen«, sagten Bill und Christine.

»Bevor wir essen, möchte ich gerne noch kurz etwas sagen, wenn es euch recht ist«, sagte Nicole.

»Natürlich«, sagte Bill. »Eine Ansprache, eine Ansprache!«

»Na ja, eine Ansprache ist es eigentlich nicht«, sagte sie. »In besseren Tagen war es in unserer Familie üblich, dass jeder eine Sache nannte, für die er besonders dankbar war, bevor wir essen durften. Ich würde es gerne genauso machen.«

Wir waren alle einverstanden.

»Alan, würdest du anfangen?«

Ich sah in die Runde. Alle Augen waren auf mich gerichtet. »Sehr gern.« Ich richtete mich ein wenig auf. »Dies ist mein erstes Thanksgiving ohne McKale. Wenn man mich vor einem Jahr gefragt hätte, wofür ich am dankbarsten sei, dann hätte ich gesagt, McKale. Wenn man mich heute fragen würde, dann würde ich genau dasselbe sagen. Ich nehme an, manchmal können wir uns einfach glücklich schätzen, jemanden gehabt zu haben, den wir so sehr vermissen können.«

Nicole lächelte wehmütig.

»Ich bin dankbar dafür, dass ich heute mit euch allen hier sein darf, für dieses Essen und für dieses Zuhause. Ich bin dankbar dafür, dass es mir schon so viel besser geht. Vor allem bin ich dankbar für Nicole, dafür, dass sie sich um mich gekümmert und mir so viel Mut zugesprochen hat. Ich weiß nicht, ob ich es ohne sie geschafft hätte. Das war's«, sagte ich.

Bill nickte nachdenklich.

»Ich mache weiter«, sagte Christine. Sie wandte sich an Nicole. »Ich bin dankbar dafür, dass du mich eingeladen hast, mit euch zusammen zu essen. Ich dachte, es würde wieder so ein trauriges, einsames Thanksgiving werden. Ich habe im Moment nicht so viel Geld und kann in den Ferien nicht nach Hause fliegen. Daher bin ich dankbar dafür, Freunde zu haben, mit denen ich zusammen Thanksgiving feiern kann.«

»Amen«, sagte Nicole.

»Und Sie, Bill?«, fragte ich.

Bill sah auf seinen Teller, während er seine Gedanken sammelte. Dann blickte er hoch und sah in die Runde, bis er seinen Blick schließlich auf Nicole ruhen ließ. »Seit ich meine June verloren habe, bin ich ziemlich einsam. Es ging mir also ganz ähnlich wie Christine. Ich dachte, es würde wieder so ein erbärmlicher Tag werden, an dem ich allein bin mit meinen Erinnerungen. Gott sei Dank gibt es Menschen wie Sie, Nicole, die einen alten Mann wie mich an ihren Feierlichkeiten teilhaben lassen.«

»Es ist mir ein Vergnügen, Bill«, sagte Nicole. Sie holte tief Luft. »Ich glaube, jetzt bin ich an der Reihe. Letztes Thanksgiving lag ich allein in einem Krankenhausbett und machte die schwerste Erfahrung meines Lebens. Am heutigen Tag bin ich dankbar für euch alle. Ihr habt so freundliche Dinge gesagt. Ihr habt keine Ahnung, wie viel mir das bedeutet. Besonders dankbar bin ich dafür, dass Alan in dieser Zeit in mein Leben getreten ist.« Sie nahm meine Hand. »Ich dachte, ich würde dich im Krankenhaus besuchen, um dir zu helfen. Mir war nicht bewusst, dass es umgekehrt war. Danke, dass du mich nicht verlassen hast, so wie alle anderen es getan haben. Danke, dass du dich um mich kümmerst.«

Ich sah ihr in die Augen. Sie fuhr fort: »Heute bin ich vor allem dankbar für das Leben. Offenbar haben wir alle ein paar schwere Jahre hinter uns. Wie es bei dir, Christine, aussieht, weiß ich nicht, aber wir anderen drei haben alle jemanden verloren, den wir geliebt haben. Aber so schwer die letzten paar Jahre auch waren, ich bin dennoch dankbar dafür. Ich bin dankbar für die guten Tage, die ich hatte. In letzter Zeit waren es nicht allzu viele, aber ich habe die Hoffnung, dass es in Zukunft wieder mehr werden. Ich hoffe, das gilt für uns alle.«

Christines Augen glänzten, und Bill sah aus, als würde er ebenfalls gleich von seinen Gefühlen übermannt werden. Ich erhob mein Glas mit Eierflip. »Zum Wohl.«

Alle anderen hoben ebenfalls ihre Gläser, und wir stießen an.

»Und jetzt lasst uns essen, bevor wir alle verhungert sind«, sagte Nicole.

Ich stand auf, um den Truthahn zu servieren, und die anderen begannen, die übrigen Speisen zu verteilen.

»Engel, würdest du mir bitte die Stampfkartoffeln reichen?«, fragte Christine.

»Sie heißt jetzt Nicole«, bemerkte Bill.

»Ach ja, richtig. Entschuldigung.«

»Engel war ein Spitzname«, sagte Nicole. »Aber den brauche ich jetzt nicht mehr.«

Ich sah sie stolz an.

Das Essen war köstlich und die Unterhaltung lebhaft. Sie umfasste die unterschiedlichsten Themen, vom Ursprung des Dörrobstes bis hin zu der Frage, wo jeder Einzelne von uns war, als das Space Shuttle explodierte.

Die Summe des Tages war noch größer als seine einzelnen Bestandteile. Wir vier einsamen Menschen redeten und lachten zusammen, als wären wir alte Freunde und frei von allen Sorgen. Und vielleicht waren wir das in dem Augenblick ja wirklich.

Wir spülten alle zusammen das Geschirr ab. Sogar Bill half mit, denn er behauptete, unter dem Regiment seiner Frau sei Küchenarbeit seine Aufgabe gewesen. Als die Küche aufgeräumt war, umarmte Bill Nicole. »Vielen Dank.«

»Wollen Sie sich nicht noch mit uns den Film ansehen?«

»Nein, ich denke, ich werde mich zurückziehen. Aber vielen Dank für alles. Es war ein wundervolles Essen. Ich habe mich sehr gut unterhalten.«

»Gern geschehen«, sagte Nicole. »Wir sollten uns bald mal wieder treffen.«

Seine Miene hellte sich auf. »Das würde mich riesig freuen.«

Christine verbrachte auch den Abend mit uns und sah sich mit uns *Das Leben ist schön* an. Sie ging jedoch, bevor der Film zu Ende war. Sie umarmte uns zum Abschied und machte mit Nicole einen Abend aus, an dem sie beide zusammen ausgehen wollten.

Jimmy Stewart war auf den Knien und flehte um sein Leben, als es an der Tür klingelte. Nicole stand auf. »Christine scheint etwas vergessen zu haben.«

»Ich halte den Film an«, sagte ich.

»Lass nur. Ich habe ihn schon x-mal gesehen.«

Ich warf einen Blick in die Diele, als sie die Tür öffnete. Ich konnte nicht erkennen, wer vor der Tür stand, aber ich hörte die Stimme eines Mannes. Nicole sagte irgendetwas, dann drehte sie sich um und rief: »Alan, es ist für dich.«

»Für mich?«

Sie kam zurück ins Wohnzimmer. »Es ist dein Vater.«

Zweiundzwanzigstes Kapitel

Mein Vater ist gekommen. Egal, was er sagte, seine Suche nach mir sprach lauter.

Alan Christoffersens Tagebuch

Ich sah Nicole ungläubig an. »Mein Vater?«

Sie nickte.

Ich erhob mich von der Couch und ging zur Tür. Mein Vater stand in der Diele, in seiner Los-Angeles-Lakers-Windjacke. Einen Augenblick lang sahen wir uns nur an. Dann trat er auf mich zu und schlang die Arme um mich.

»Mein Sohn.«

Mein Vater umarmte mich nur selten und nie vor anderen Leuten, deshalb fühlte es sich komisch an. Er hielt mich fast eine Minute, bevor er mich wieder losließ und einen Schritt zurücktrat, die Hände noch immer auf meinen Schultern. Erst da sah ich, dass seine Augen gerötet waren.

»Gott sei Dank geht es dir gut. Als ich erfuhr, dass du niedergestochen wurdest ...« Er brach ab, von seinen Gefühlen überwältigt. Er wischte sich mit dem Handrücken über die Augen. »Geht es dir gut?«

»Schon viel besser als vor vier Wochen«, sagte ich. In meinem Kopf überschlugen sich die Fragen. »Wie hast du mich gefunden?«

»Falene hat mich angerufen.«

Seine Antwort warf nur noch mehr Fragen auf. Falene war

meine Assistentin bei Madgic gewesen, der Werbeagentur, die ich besessen hatte, und die einzige Angestellte, die mir treu geblieben war, nachdem Kyle mir die Agentur weggenommen hatte. Als ich mich nach McKales Tod entschied, die Firma aufzulösen, bat ich Falene, alles, was ich besaß, zu liquidieren und den Erlös auf mein Konto einzuzahlen. Ich wusste, dass sie fleißig gewesen war – das wachsende Bankkonto zeugte davon –, aber ich hatte sie nicht mehr gesprochen, seit ich Seattle verlassen hatte.

»Woher wusste Falene denn, wo ich bin?«

»Sie wusste es nicht. Sie hat deine Spur anhand deiner Kreditkartentransaktionen verfolgt, bis sie kurz vor Spokane auf einmal abbrach. Sie war besorgt, dass dir etwas zugestoßen sein könnte, und hat mich angerufen, um zu fragen, ob ich etwas von dir gehört hätte.

Als sie mir erzählte, du würdest zu Fuß das Land durchqueren, hätte es mich fast umgehauen. Ich wusste nicht einmal, dass du Seattle verlassen hattest.«

»Es tut mir leid, ich hätte es dir sagen sollen.« Die Wahrheit war, dass mein Vater und ich uns noch nie sehr nahegestanden hatten. Ich hatte einfach nicht daran gedacht, ihn anzurufen.

»Nach Falenes Anruf habe ich als Erstes bei der Polizei von Spokane angerufen. Man sagte mir, du seist überfallen und ins Krankenhaus eingeliefert worden. Ich habe im Krankenhaus angerufen, aber niemand konnte mir sagen, wo ich dich finde. Daher bin ich hergeflogen und habe mich umgehört. Schließlich habe ich jemanden gefunden, der wusste, wo du bist.«

»Norma«, sagte ich.

»Eine Krankenschwester, ungefähr so groß, blond.« Er hob die Hand, um die Größe anzuzeigen.

»Das ist sie«, sagte ich. Ich trat einen Schritt zurück. »Aber komm doch rein.«

Mein Vater trat ein. Nicole hatte die DVD ausgeschaltet und wartete im Wohnzimmer auf uns.

»Dad, das hier ist eine Freundin von mir, Nicole. Sie hat mich bei sich aufgenommen, als ich aus dem Krankenhaus entlassen wurde.«

Nicole trat auf uns zu und gab meinem Vater die Hand. »Freut mich, Sie kennenzulernen, Mr. Christoffersen. Bitte setzen Sie sich doch.«

»Danke.«

Mein Vater ging zur Couch und setzte sich. Ich schloss die Tür hinter ihm und nahm am anderen Ende des Sofas Platz. »Setz dich zu uns«, sagte ich zu Nicole.

Sie nahm Platz.

»Ihr Name ist Nicole?«, fragte mein Vater. »Diese Krankenschwester sagte, mein Sohn sei mit einer Frau namens Engel nach Hause gefahren.«

»Engel ist mein Spitzname«, sagte sie.

Er nickte. »Ich möchte mich bei Ihnen dafür bedanken, dass Sie sich um meinen Sohn kümmern, Nicole.«

»Es ist mir ein Vergnügen. Ehrlich gesagt, kümmert er sich eher um mich.«

Mein Vater wandte sich wieder an mich. »Falene sagte, du wärest zu Fuß nach Key West in Florida unterwegs.«

»Das ist mein Plan, ja.«

Er senkte für einen Moment den Blick, als müsste er meine Antwort erst einmal verdauen. »Ich weiß gar nicht, was ich dazu sagen soll. Du hast mir erzählt, dass deine Firma in eine kleine Schieflage geraten sei, aber du hast mir nicht erzählt, dass sie pleitegegangen ist und du dein Zuhause verloren hast.«

»Es ging alles so schnell.«

Er nickte. »Ich bin nur froh, dass du am Leben bist. Aber du wirst deinen Weg doch jetzt nicht mehr fortsetzen wollen, oder?«

»Doch, sobald das Wetter es zulässt. Bis zum Frühjahr sitze ich allerdings noch hier fest.«

Er legte die Stirn in Falten. »Kann ich es dir ausreden?«

Ich schüttelte den Kopf. »Nein.«

»Kann ich dich bestechen, es nicht zu tun?«

»Nein.«

Er lehnte sich zurück. »Dort draußen ist es gefährlich.«

»Das ist es mit Sicherheit«, warf Nicole ein.

Einen Augenblick später fragte mein Vater Nicole: »Woher kennt ihr beide euch eigentlich?«

Nicole sagte: »Es war ein glücklicher Zufall. Wir haben uns nahe einer kleinen Stadt etwa hundert Meilen von hier kennengelernt. Alan hat mir geholfen, als ich eine Reifenpanne hatte, und ich habe ihm meine Karte gegeben. Die Polizei hat mich nach dem Überfall angerufen.«

»Das war in der Tat ein glücklicher Zufall«, sagte mein Vater. »Hat die Polizei diese Lumpen wenigstens geschnappt?«

»Ja«, sagte ich. »Soweit ich weiß, sitzen sie im Gefängnis. Der Junge, der mich mit dem Messer angegriffen hat, ist tot.«

Mein Dad sah mich mit einem seltsamen Gesichtsausdruck an. Diesen Blick hatte ich bei ihm noch nie gesehen – eine Mischung aus Schock und Bewunderung. »Du hast ihn getötet?«

»Nein, ich war bewusstlos. Der Junge hat die Männer angegriffen, die mir das Leben gerettet haben, und sie haben auf ihn geschossen. Er starb in demselben Krankenhaus, in dem ich lag.«

Mein Vater schüttelte nur den Kopf. »Wo sind heutzutage bloß die Eltern?«

Nicole beugte sich vor. »Mr. Christoffersen ...«

»Bob«, sagte er. »Nennen Sie mich Bob.«

»Haben Sie schon gegessen?«

»Ich hatte vorhin einen Burger.«

»Das ist für Thanksgiving inakzeptabel. Wir haben ein komplettes Thanksgiving-Festmahl im Kühlschrank. Darf ich Ihnen etwas anbieten?«

»Wenn es nicht zu viele Umstände macht.«

»Überhaupt nicht. Bleiben Sie einfach hier sitzen und unterhalten Sie sich mit Ihrem Sohn.« Sie verschwand in die Küche.

»Nettes Mädchen«, sagte mein Vater, nachdem sie gegangen war.

»Ja, das ist sie.«

Mein Vater faltete die Hände im Schoß. »Als Falene mir sagte, du hättest das Haus verloren ...« Er sah zu mir hoch. »Warum hast du mich da denn nicht angerufen? Ich hätte dir doch helfen können.«

»Ich war zu der Zeit völlig am Boden zerstört.«

»Das warst du vielleicht, aber du hattest auch nicht das Gefühl, dass du mich anrufen kannst.«

Ich senkte den Blick. »Ich nehm's an.«

»Das tut mir leid. Das tut mir wirklich leid.«

Zehn Minuten später war Nicole wieder da. »Das Essen ist fertig.«

Mein Vater lächelte und erhob sich. Ich folgte ihm in die Küche. Der Tisch war reichlich gedeckt.

»Das ist ja ein Festmahl«, sagte mein Vater.

Mein Vater war nie ein großer Esser gewesen, aber heute Abend vertilgte er zu meinem Erstaunen riesige Portionen und nahm sich von allem noch einen Nachschlag. Ich setzte mich neben ihn und aß ein paar Scheiben kalte Truthahnbrust, die ich zwischen zwei Brötchenhälften legte.

»Wie lange werden Sie in der Stadt sein?«, fragte Nicole.

»Ich hatte mich darauf eingestellt, so lange zu bleiben, wie ich muss.« Er sah mich an. »Aber jetzt, wo ich meinen Sohn gefunden habe, werde ich vermutlich morgen wieder abreisen.«

»Warum bleibst du nicht übers Wochenende?«, fragte ich. »Es wäre schön, dich hier zu haben.«

Ich konnte sehen, dass er sich über mein Angebot freute. »Das würde ich sehr gern tun.«

»Wo sind Sie denn abgestiegen?«, fragte Nicole.

»Im Ramada drüben am Flughafen.«

»Sie könnten hierbleiben«, bot sie an. »Ich werde auf der Couch schlafen.«

»Nein, nein, schon gut. Meine ganzen Sachen sind ja im Hotel, und mit dem Auto ist es nicht weit.«

»Sind Sie denn satt geworden?«

»Ich habe genug für ein ganzes Dorf gegessen. Sie haben nicht zufällig einen Eierflip da, oder?«

Nicole lächelte. »Mehr als genug. Ich schenke Ihnen ein Glas ein.«

»Könnten Sie ihn bitte mit Milch verdünnen, halb und halb.«

»Wie der Vater, so der Sohn«, sagte sie.

Als mein Vater den Eierflip getrunken hatte, bedankte er sich überschwänglich bei Nicole. Dann ging ich mit ihm hinaus zu seinem Mietwagen. Er ließ den Wagen an, damit er warm werden konnte, schaltete den Entfroster und die Scheibenwischer ein und stieg dann wieder aus.

»Danke fürs Kommen«, sagte ich.

»Das war doch selbstverständlich.« Er stand in der Kälte, und sein Atem gefror vor ihm in der Luft. »Ich habe seit Falenes Anruf keine Nacht mehr durchgeschlafen. Wenn du nichts dagegen hast, werde ich morgen also erst einmal ausschlafen.«

»Das klingt gut.«

Er nickte. »Dann sehen wir uns irgendwann am Nachmittag. Gute Nacht, mein Sohn.«

»Nacht, Dad.«

Er öffnete die Wagentür, dann hielt er noch einmal inne. »Diese Falene ist ein nettes Mädchen. Du solltest sie anrufen. Sie hat sich große Sorgen um dich gemacht.«

»Ich rufe sie noch heute Abend an.«

»Da wird sie sich freuen.« Er stieg in den Wagen und fuhr dann langsam von der Bordsteinkante. Nicole stand an der Tür, als ich zurückkam.

»Ich kann nicht glauben, dass er gekommen ist«, sagte ich.

»Und er mag Eierflip.«

»Er mag Eierflip, allerdings.«

»Wie gut, dass wenigstens einer ihn mag«, sagte sie. »Wir haben da drin noch vier Liter davon.«

Dreiundzwanzigstes Kapitel

Eine Freundschaft aufzubauen, ist, als würde man im Park Eichhörnchen füttern. Zuerst schnappen sie sich nur das Futter und verschwinden wieder. Aber mit ruhigen Bewegungen, Zeit und Beharrlichkeit bringt man sie bald dazu, dass sie einem aus der Hand fressen.

Alan Christoffersens Tagebuch

Ich lieh mir Nicoles Handy, um Falene anzurufen. Ihr Telefon klingelte sechsmal, bevor sich der Anrufbeantworter einschaltete. Ich legte auf, ohne eine Nachricht zu hinterlassen, dann wählte ich die Nummer noch einmal. Ich erinnerte mich, dass Falene nur selten abnahm, wenn sie die Nummer nicht kannte. Wenn der Anrufer hartnäckig war, tat sie es aber manchmal doch. Wieder klingelte das Telefon eine ganze Weile, und ich wollte gerade auflegen, als sie abnahm. »Hallo.«

»Falene, hier ist Alan.«

Schweigen.

»Bist du es?«, fragte ich.

»Wo hast du gesteckt?«

Ich war mir nicht sicher, ob die Frage rhetorisch war oder ob sie wirklich eine Antwort hören wollte. »Ich bin in Spokane.«

»Du bist in Spokane«, sagte sie jetzt etwas lauter. »Und ich bin hier drüben und komme fast um vor Sorge. Dein Vater ist auf der Suche nach dir. Ich habe in allen Krankenhäusern zwischen hier und Denver angerufen. Nach allem, was ich wusste, hättest du auch irgendwo tot im Straßengraben liegen können. Von allen egoistischen ...«

»Falene ...«

»Ich bin noch nicht fertig. Konntest du dir nicht einmal fünf Minuten Zeit nehmen, um mich anzurufen? Bin ich dir nicht einmal fünf Minuten deiner Zeit wert? Ich habe mir hier ein Bein ausgerissen, um alles zu liquidieren, mich mit den Käufern herumgeärgert und versucht, die ganzen Fragen zu beantworten, die ...«

»Falene, es tut mir leid. Du hast recht, es war egoistisch von mir.«

»Nein, es war *unglaublich* egoistisch. Du bist der egoistischste, unsensibelste ...«

»Falene. Hör schon auf.«

Zu meiner Verblüffung hörte sie auf, auch wenn sie noch immer schwer atmete.

»Danke«, sagte ich.

Sie atmete entnervt aus. »Wo bist du?«

»Ich bin in Spokane«, sagte ich noch einmal.

»Dein Vater ist just in diesem Augenblick in Spokane und sucht dich.«

»Er hat mich gefunden.«

»Er hat gesagt, du seist niedergestochen worden. Stimmt das?«

»Ich wurde von einer Gang überfallen und habe drei Messerstiche abbekommen.«

»Wo denn?«

»Kurz vor Spokane.«

»Ich meine, wo an deinem Körper?«

»Sie haben mir in den Bauch gestochen. Zum Glück wurden keine lebenswichtigen Organe verletzt.«

»Geht es dir gut?«

»Es hat ein paar Wochen gedauert, bis ich wieder gehen konnte, aber im Großen und Ganzen bin ich wieder gesund.«

Sie atmete langsam aus. »Tut mir leid, dass ich so ausgeflippt bin. Die letzten drei Wochen war ich in schrecklicher Sorge um dich. Ich hatte Angst, dass irgendetwas Schlimmes passiert sein könnte, und ich hatte ja recht.«

»Es tut mir leid, dass ich dich nicht angerufen habe. Ich weiß, das ist keine Entschuldigung, aber ich habe kein Handy mehr. Ich denke einfach nicht mehr ans Telefonieren.«

»Was ist mit deinem Handy passiert?«

»Ich habe es in einen See geworfen.«

Sie fragte nicht, warum.

»Ich wusste nicht, dass du meinen Weg verfolgt hast«, sagte ich.

»Natürlich habe ich deinen Weg verfolgt.«

»Wie geht es dir?«, fragte ich.

»Ganz gut. Ich habe alle Möbel aus dem Büro liquidiert. Etwa die Hälfte der Möbel aus deinem Haus steht noch in dem Möbellager. Auf dem Konto sind um die sechsundvierzigtausend Dollar. Ich habe mir viertausend Dollar genommen – für mein Gehalt und um meinen Bruder dafür zu bezahlen, dass er mir geholfen hat. Ich hoffe, das ist okay.«

»Ich habe dir die Hälfte von dem angeboten, was du erzielst.«

»Ich weiß, aber das ist zu viel. So viel brauche ich nicht.

Außerdem habe ich einen neuen Job. Ich bin jetzt Büroleiterin bei der Modelagentur Tiffany's. Meine Modelaufträge haben sich verdreifacht, und ich bekomme meine Porträtfotos umsonst.«

»Ich bin froh, dass das geklappt hat.«

»Weißt du, bei Tiffany's sehe ich jetzt viele der anderen Werbetypen, mit denen wir früher konkurriert haben. Sie fragen ständig nach dir.«

»Was sagst du ihnen?«

»Ich sage ihnen, du hättest einen Job bei BBDO in England angenommen.«

Ich lachte. »Warum sagst du ihnen nicht einfach die Wahrheit?«

»Die geht sie nichts an. Gestern habe ich Jason Stacey von Sixty-Second gesehen. Er hat mir erzählt, Kyle würde seine Kunden fast genauso schnell verlieren wie seine Haare, und er wusste auch, dass Kyle und Ralph inzwischen getrennte Wege gehen. Ralph hat einen Job bei irgendeiner Kreditgenossenschaft angenommen und kümmert sich dort um das hausinterne Grafikdesign.«

»Das hat ja nicht lange gehalten«, bemerkte ich. Kyle war mein Partner bei Madgic gewesen. Während ich mich um McKale gekümmert hatte, hatte er still und heimlich seine eigene Werbeagentur gegründet, alle meine Kunden abgeworben und Ralph, meinen Grafikdesign-Chef, überredet, als Partner bei ihm einzusteigen. Ich hatte Ralph selbst eingestellt und ausgebildet, daher traf mich sein Verrat besonders hart. »Das ist doch erst zwei Monate her.«

»Betrug lohnt sich offensichtlich nicht. Und du wirst nie darauf kommen, wer mich neulich angerufen hat. Phil Wathen.«

Bei dem Namen verspürte ich einen schmerzlichen Stich. Phil Wathen war ein Bauunternehmer. Ich war mitten in der Präsentation für seinen Sechs-Millionen-Dollar-Auftrag gewesen, als ich von McKales Unfall erfuhr.

»Was wollte Phil denn?«

»Er wollte wissen, ob du dir vorstellen könntest, ihn wieder als Kunden zu nehmen. Ich nehme an, er ist auch nicht glücklich mit Kyle.«

»Scheiß-Karma«, sagte ich.

Sie lachte. »Ich vermisse dich.«

»Ich dich auch.«

»Ich habe hier ein paar Steuerunterlagen, für die ich deine Unterschrift brauche. Wohin soll ich sie schicken?«

»Ich wohne im Moment bei einer Freundin. Du könntest sie hierher schicken.«

»Wie wär's, wenn ich sie einfach vorbeibringe?«

Ihr Angebot überraschte mich. »Du musst dir nicht so viele Umstände machen.«

»Es macht keine Umstände. Ich würde dich sehr gern sehen. Außerdem habe ich die Woche zwischen Weihnachten und Neujahr frei.«

»Ich würde mich freuen, wenn du kommst«, sagte ich.

»Dann komme ich.« Sie seufzte. »Ich muss jetzt Schluss machen. Frohes Thanksgiving.«

»Dir auch ein frohes Thanksgiving«, sagte ich.

»Jetzt ist es das«, erwiderte sie.

Ich legte auf. Ich hatte ganz vergessen, wie gut es tat, mit ihr zu reden.

Vierundzwanzigstes Kapitel

> *Wir haben uns* Citizen Kane *angesehen. Ich bin froh, dass der Film in diesem Fall völlig anders endete, als er sollte.*
>
> Alan Christoffersens Tagebuch

Lange Gespräche mit meinem Vater (und auch kürzere) gehörten nicht zu den Erfahrungen meiner Kindheit und Jugend, daher fragte ich mich, worüber wir an diesem Nachmittag wohl reden würden. Meine Sorge war unbegründet. Mein Vater kam gegen Mittag und begann sofort, sich in Nicoles Wohnung nach irgendetwas umzusehen, was er reparieren könnte. Solche Arbeiten waren seine Lieblingsbeschäftigung. Seiner Bestandsaufnahme folgten zwei Fahrten zum Baumarkt. Er reparierte einen tropfenden Wasserhahn, dichtete zwei Fenster ab und ersetzte eine Glühbirne im Kühlschrank, bevor er sich mit mir hinsetzte, um das Spiel Alabama gegen Auburn anzusehen.

Nicole kam zur üblichen Zeit von der Arbeit nach Hause. Am Abend aßen wir die Reste von Thanksgiving, und bevor mein Vater sich verabschiedete, verabredeten wir uns für den nächsten Tag. Wir wollten uns um zwölf zum Mittagessen treffen.

Nachdem er gegangen war, machten Nicole und ich uns Popcorn, dann setzten wir uns auf die Couch und sahen uns *Citizen Kane* an.

Als der Film zu Ende war, sagte Nicole: »Hast du eigentlich gewusst, dass es in *Citizen Kane* um William Randolph Hearst geht? Ihm gehörten Dutzende von Zeitungen, und als der Film herauskam, hat er ihnen nicht nur verboten, den Film zu erwähnen, sondern auch damit gedroht, jedem Kino, das ihn zeigte, die Werbung zu entziehen.«

»Das kann ich ihm nicht verdenken«, sagte ich.

»Aber das zeigt doch nur, wie skrupellos er war. Der Film war ein echter Flop. Letztendlich hat der Film beide Männer ruiniert – Hearst und Welles.«

»Woher weißt du denn das alles?«

»Schon vergessen? Ich habe Filmwissenschaft studiert.«

»Ach ja.«

»Und bei *Das Leben ist schön* war es dasselbe.«

»Er hat Hearst nicht gefallen?«

Sie lachte. »Nein, er ist auch durchgefallen. Die Leute fanden ihn einfach zu deprimierend.«

Ich dachte darüber nach. »Aber heute gefällt er uns.«

Sie lächelte. »Auf jeden Fall.«

Fünfundzwanzigstes Kapitel

Es gibt zwei Arten von Leuten: diejenigen, die auf Berge steigen, und diejenigen, die im Schatten der Berge sitzen und die Bergsteiger kritisieren.

Alan Christoffersens Tagebuch

Wie es seine Art war, klingelte mein Vater am nächsten Tag genau fünf Minuten vor zwölf an Nicoles Haustür. »Wenn man nicht fünf Minuten zu früh kommt, kommt man zu spät«, sagte er immer. Er war übrigens ebenso pünktlich wie sparsam – was Sie beeindrucken würde, wenn Sie wüssten, wie viel er gespart hatte.

Obwohl es Mittag war, fuhren wir zum International House of Pancakes, um Pfannkuchen zu essen. Mit dem IHOP verband ich eine Tradition. Jedes Mal, wenn wir in der Agentur bis in die Nacht gearbeitet hatten, waren wir irgendwann, manchmal um drei Uhr morgens, im IHOP gelandet.

Wir bestellten beide einen großen Stapel Pfannkuchen – er Buchweizen, ich Blaubeere. Als wir unser Essen bekommen hatten, fragte er: »Wie kommst du mit McKales Tod klar?«

»Ich habe so meine Momente.«

Er sah mich wissend an. »Weißt du, nachdem deine Mutter gestorben war, haben ein paar meiner Kollegen versucht, mich zu überreden, mich wieder mit Frauen zu treffen, aber ich habe es nicht getan. Das war ein Fehler.«

»Im Augenblick bin ich nicht daran interessiert, mich mit Frauen zu treffen«, bemerkte ich.

»Ich sage ja nicht, dass du daran interessiert sein sollst, dafür ist es noch zu früh. Aber ich hoffe, dass du es eines Tages vielleicht in Erwägung ziehen wirst.«

»Warum hast du es denn nicht getan?«

»Na ja, es gibt die Lügen, die wir uns selbst auftischen, und es gibt die Wahrheit. Ich habe mir gesagt, dass ich dich nicht verwirren wollte, indem ich eine fremde Frau mit nach Hause bringe. Aber die Wahrheit war, dass ich Angst davor hatte, noch einmal einen Anlauf zu wagen. Ich war immer schüchtern gewesen, und deine Mutter war die einzige Frau, mit der ich je ausgegangen war. Ich hatte Glück mit ihr. Ich dachte, ein Mann könne nicht darauf hoffen, zweimal im Leben so viel Glück zu haben.« Mein Vater goss ein wenig Ahornsirup über seine Pfannkuchen. »Ich will nur sagen: Sei kein solcher Feigling wie ich. Das Leben ist kurz. Du solltest offen sein für die Liebe, wann immer und wo immer du sie findest.«

Ich war überrascht, dass er so etwas sagte. »Du bist doch kein Feigling.«

»Und ob ich einer bin. Feiglinge verstecken sich immer hinter Draufgängertum oder Stoizismus. Es erfordert Mut, seine Gefühle zu zeigen.« Er nahm einen Bissen von seinem Pfannkuchen. »Wie dem auch sei, ich habe viel über deinen Weg nachgedacht. Wie bist du überhaupt auf dieses Ziel gekommen?«

»Es war der am weitesten entfernte Punkt auf der Karte.«

Er nickte, als würde er es verstehen. »Warst du je in Key West?«

»Nein.«

»Ich auch nicht«, sagte er. »Aber ich bin nicht mehr dagegen, dass du da hingehst.«

»Du hast deine Meinung geändert?«

»Ich nehme an, so fest stand sie nie. Als ich das erste Mal davon hörte, wusste ich nicht, weshalb du etwas so Verrücktes tun wolltest, aber je länger ich darüber nachdachte, desto logischer erschien es mir. Ich glaube, ich weiß jetzt, warum du diesen Weg gehen musst.«

Ich war gespannt auf seine Erklärung, vor allem da ich mir selbst nicht so sicher war, warum ich es tat. »Warum denn?«

»Als ich in meinen Zwanzigern war, habe ich ein Buch eines deutschen Psychiaters gelesen. Er war ein Überlebender des Konzentrationslagers Auschwitz.

Dieses Buch hat mich tief beeindruckt. Etwas, das er schrieb, hat sich mir für immer eingeprägt. Vielleicht ist es nur meine Interpretation, aber im Wesentlichen sagte er, dass ein Mann stirbt, wenn er seine Vision der Zukunft verliert.

Heutzutage wird viel davon geredet, im Jetzt zu leben, aber wenn man keine Zukunft hat, dann gibt es auch kein Jetzt. Man sieht es doch ständig. Männer gehen in Rente, und ein paar Monate später bringen die Zeitungen ihren Nachruf.

Ich will ganz ehrlich zu dir sein. Als ich deine Mutter verloren hatte, da gab es Tage, da wollte ich mir am liebsten eine Pistole an den Kopf halten. Aber ich hatte immer noch dich. Und ich hatte meinen Job und meine Kumpel im Rotary. All das hat verhindert, dass ich völlig aus der Bahn geworfen wurde.

Aber du hattest nicht so viel Glück. Du hast alles verloren. Unter solchen Umständen haben schon geringere Männer aufgegeben. Aber du hast etwas gefunden, was dir Halt gegeben hat. Ich finde, das ist bewundernswert. Ich finde, es ist mehr als das, ich finde, es ist männlich.«

Das war vielleicht das größte Lob, das ich je von meinem

Vater bekommen hatte. Fast instinktiv versuchte ich, es zu relativieren. »Ich hatte fast aufgegeben.«

»*Fast* hat auf dieser Welt keine Konsequenzen. Nicht die geringsten. Du hast nicht aufgegeben, das ist das Einzige, was zählt.« Er legte seine Gabel hin und beugte sich vor. »Weißt du, warum Menschen auf Berge steigen?«

Ich sah ihn verständnislos an. »Weil sie da sind?«

»Weil das Tal der Ort für die Friedhöfe ist. Wenn das Schicksal zuschlägt, geben die Leute manchmal die Hoffnung auf. Sie glauben, dass sie nichts mehr vom Leben erwarten können. Dabei besteht die eigentliche Aufgabe doch darin herauszufinden, was das Leben von ihnen erwartet. Klingt das logisch?«

»Klingt logisch«, sagte ich.

»Und daher kann mein Buchhalter-Verstand nicht umhin zu fragen: Reichen deine finanziellen Mittel für die Reise?«

»Ich denke schon. Ich habe ungefähr sechsundvierzigtausend Dollar.«

»Solange du nicht im Vier Jahreszeiten absteigst, müsstest du damit eigentlich über die Runden kommen. Du trägst dieses ganze Geld hoffentlich nicht mit dir herum?«

»Nein. Ich habe eine Kreditkarte und versorge mich an Geldautomaten. Falene hat unsere sämtlichen Vermögenswerte liquidiert und auf ein Konto eingezahlt.«

»Ich finde, diese Gebühren bei den Geldautomaten sind eine Sauerei«, sagte er. Auf einmal klang er eher wie ein Buchhalter als wie ein Vater. »Aber das lässt sich vermutlich nicht vermeiden. Das Konto wird verzinst, nehme ich an?«

»Das weiß ich eigentlich gar nicht.«

Er runzelte die Stirn. Er konnte noch nie verstehen, warum ich in solchen Dingen so nachlässig war. »Na ja, wenn das

Geld aus irgendeinem Grund knapp wird, komm zu mir. Es wird dich vielleicht wundern, aber ich habe einen ordentlichen Notgroschen auf die Seite gelegt.«

»Das wundert mich überhaupt nicht. Du arbeitest hart, und du bist der genügsamste Mensch, der mir je begegnet ist. Wenn ich mehr wie du wäre, dann würde ich gar nicht erst in diesem Schlamassel stecken.«

»Wenn du mehr wie ich wärst, dann wärst du ein gelangweilter, unglücklicher alter Mann.«

Ich wunderte mich über seinen Kommentar.

»Ich weiß, ich habe dich oft genug dafür zusammengestaucht, dass du so unverantwortlich mit deinem Geld umgehst, aber wenn ich ganz ehrlich bin, hat ein Teil von mir dich auch dafür bewundert. Du und McKale, ihr habt gelebt. Ihr hattet Spaß. Und jetzt hast du diese Erinnerungen. Ich habe es nicht getan, und du und deine Mom, ihr habt darunter gelitten. Ich habe darunter gelitten.«

»Wir hatten auch gute Zeiten«, warf ich ein.

»Natürlich hatten wir die, aber es waren doch nicht allzu viele. Ich habe Dinge aufgeschoben, die ich mit deiner Mutter unternehmen wollte, und das bedauere ich bis heute. An einem Weihnachten hat sie sich mehr als alles andere gewünscht, dass wir zusammen nach Italien fliegen. Sie hat mich beinahe angefleht. Sie sagte, sie würde sich sonst nichts zu Weihnachten oder ihrem Geburtstag wünschen, sie sagte, sie würde Coupons ausschneiden, einen Nebenjob annehmen und jeden Cent sparen. Sie hatte sogar schon einen Babysitter für dich organisiert.« Er schüttelte den Kopf. »Und ich Idiot, ich habe Nein gesagt. ›Zu teuer‹, habe ich gesagt. ›Geldverschwendung.‹ Stattdessen sind wir zum Yellowstone Park gefahren.«

»An diese Fahrt nach Yellowstone kann ich mich erinnern«, sagte ich. »Ich denke sehr gern daran zurück. Wollte Mom denn nicht dorthin?«

»Ich weiß nicht, ob sie nicht wollte, aber ich weiß, dass sie um alles in der Welt nach Italien wollte.« Auf einmal traten meinem Vater die Tränen in die Augen. »Ich wusste nicht, dass es unser letzter gemeinsamer Urlaub sein würde.« Er räusperte sich. »Das Schlimme ist, wir hatten das Geld – schon damals. Ich habe dieses ganze Geld für unseren Lebensabend gespart. Und was mache ich nun damit? Ich werde es jemand anderem geben. Ich lebe allein und gehe noch immer jeden Tag zur Arbeit. Ich werde niemals auch nur die Hälfte davon verbrauchen. Ich werde es dir hinterlassen. Ich sollte dir einfach schon jetzt alles geben. Du wüsstest, was du damit anfangen sollst.«

»Ich würde es nur verlieren«, sagte ich. »Zumindest hätte ich das früher getan.«

»Am Ende verlieren wir es alle. Vergiss das nicht. Am Ende besitzen wir gar nichts mehr.«

Es war seltsam, diese Worte von einem Mann zu hören, der seine berufliche Laufbahn damit verbracht hatte, andere Leute zu beraten, wie sie ihr Geld am besten zusammenhalten. Ich wusste nicht, ob mein Vater sich verändert hatte oder ob ich diese Seite an ihm einfach noch nie gesehen hatte. Vermutlich beides.

Wir aßen unsere Pfannkuchen auf, dann fuhr mein Vater mich zurück zu Nicoles Haus. Als der Wagen an der Bordsteinkante stand, fragte er mich auf seine unverblümte, pragmatische Art: »Gibt es sonst noch irgendetwas, worüber wir reden müssen?«

»Nein.«

»Dann fahre ich morgen nach Hause.«

»Okay«, sagte ich.

»Dann ist das geklärt«, sagte er.

Ich stieg aus. Als ich den Weg hochgehen wollte, kurbelte er das Fenster herunter. »Mein Sohn.«

Ich wandte mich um. »Ja?«

»Ich liebe dich.«

Ich sah ihn an, dann sagte ich: »Ich weiß. Ich liebe dich auch.«

Er legte den Gang ein und fuhr weg.

Sechsundzwanzigstes Kapitel

Komisch, dass es uns nichts ausmacht,
so viele Jahre darauf zu warten, so wenige
Worte zu hören.

Alan Christoffersens Tagebuch

Bevor er abreiste, kam mein Vater noch einmal vorbei, um sich zu verabschieden. Er trug wieder seine Lakers-Windjacke und diesmal auch eine Lakers-Mütze. Er kam nicht herein, sondern blieb vor der Wohnungstür stehen.

»Es war schön, dich zu sehen, mein Sohn.«

»Danke fürs Kommen.«

»Wo ist Engel? Ich würde mich gern von ihr verabschieden.«

»Nicole«, berichtigte ich ihn. »Sie ist drinnen.« Ich rief Nicole, und sie kam zur Tür.

»Ich möchte mich gern bei Ihnen dafür bedanken, dass Sie sich um meinen Sohn kümmern«, sagte er.

»Gern geschehen. Und danke für die ganzen Reparaturen, die Sie hier erledigt haben.«

»Ich werkele gern ein bisschen herum. Falls ich irgendwann wieder einmal etwas für Sie tun kann, rufen Sie mich einfach an.«

»Danke«, sagte sie.

Sie sahen sich noch einen Augenblick lang an, dann streckte Nicole die Hand aus. »Gute Heimreise.«

»Danke.«

Er legte mir eine Hand auf die Schulter. »Komm doch bitte noch mit zum Wagen.«

Ich folgte ihm nach draußen. Als wir am Straßenrand standen, sagte mein Vater: »Ich wollte dich um drei Dinge bitten. Erstens möchte ich, dass du das hier nimmst.« Er reichte mir ein kleines Handy. Es war eines von diesen billigen, die man bekommt, wenn man einen neuen Handyvertrag abschließt. »Nur für den Notfall«, sagte er. »Niemand muss die Nummer wissen, und du kannst es ausgeschaltet lassen. Ich werde dich nicht anrufen, aber ruf du ab und zu mal an. Du musst dich nicht täglich melden, aber alle paar Wochen vielleicht, damit ich weiß, dass es dir gut geht. Zweitens möchte ich, dass du zu mir kommst, wenn du Hilfe brauchst. Ich will, dass du mir das versprichst.«

»Versprochen«, sagte ich, und ich meinte es ernst.

»Gut, gut. Drittens habe ich hier das Aufladegerät für dein Handy.« Er holte eine kleine Tüte aus dem Kofferraum des Wagens. »Und hier ist noch etwas, das du brauchen wirst.«

Ich betrachtet erstaunt den Gegenstand, den er mir reichte. »Eine Pistole?«

»Neun Millimeter. Sie ist gesichert, der Ladestreifen ist leer.«

Ich gab sie ihm wieder zurück. »Ich will mit Waffen nichts zu tun haben.«

»Wenn du vorhast, auf der Straße zu leben, solltest du besser eine Waffe haben. Du bist nicht einmal aus Washington herausgekommen, ohne um ein Haar dein Leben zu verlieren. Du hast noch tausende von Meilen vor dir, und ich möchte wetten, du wirst noch über weitaus härteres Pflaster laufen als das von Spokane.«

Ich betrachtete die Waffe skeptisch. »Ich weiß nicht.«

»Wenn du es nicht für dich selbst tun willst, dann tu es für mich. Für meinen Seelenfrieden.«

»Ist das überhaupt legal?«

»Sie ist auf meinen Namen zugelassen. Aber ich nehme an, dem nächsten Straßenräuber, der dich überfällt, ist das egal.«

Ich nahm die Waffe, wog sie in der Hand und dachte kurz nach. Dann sagte ich: »Na schön.«

»Gut. Vergiss die Patronen nicht. Eine Schachtel dürfte mehr als genug sein.« Er drückte mir die Schachtel in die Hand. »Kommst du zufällig durch Colorado?«

»Ich habe mich noch nicht entschieden.«

»Falls ja, dann schau bei den Laidlaws vorbei. Ich habe sie seit Jahren nicht gesehen.«

»Wenn ich in der Gegend bin, werde ich dran denken.«

Er trat einen Schritt auf mich zu und umarmte mich. »Pass auf dich auf. Ich bin froh, dass du mein Junge bist.«

Ich wusste nicht mehr zu sagen als »Danke«. Ich hatte mich so lange danach gesehnt, diese Worte zu hören.

Siebenundzwanzigstes Kapitel

Dann läuteten die Glocken lauter und tiefer:
»Gott ist nicht tot, und er schläft auch nicht.«
Longfellow

Alan Christoffersens Tagebuch

Meine Mutter sagte oft, der kürzeste Weg zur Heilung bestünde darin, jemand anderen zu heilen. Ich hatte bisher nicht gewusst, wie recht sie hatte. Während ich mich um Nicole gekümmert hatte, hatte ich meinen eigenen Schmerz und Verlust fast vergessen. Eigentlich hätte mir die Vorweihnachtszeit trostlos vorkommen oder mich zumindest melancholisch stimmen müssen, und natürlich gab es solche Augenblicke auch, aber sie überschatteten nicht die ganze Zeit. Ich vergaß McKale nie – das war. Ich entdeckte nur eine andere Seite meines Verlusts. Ich empfand vor allem die Süße dessen, was gewesen war, als Bitterkeit deshalb, weil es nicht mehr war.

Auch Nicole schien sich verändert zu haben, als hätte sich, indem sie ihren alten Namen wieder annahm, alles andere in ihrem Leben ebenfalls verändert. Zum ersten Mal, seit ich zu ihr nach Hause gekommen war, hörte sie auf, von den entsetzlichen Dingen zu reden, mit denen sie jeden Tag bei der Arbeit zu tun hatte, und begann, von den positiven zu erzählen, zum Beispiel davon, wie die Polizei Kindern während der Feiertage half, oder von den Leuten, die völlig Fremde unter Einsatz des eigenen Lebens retteten.

Wir sahen uns keine Filme von ihrer Liste mehr an, nur ein paar Weihnachtsfilme: *Das Wunder von Manhattan, Weiße Weihnachten* und den Peanuts-Film *Fröhliche Weihnachten.* Wir amüsierten uns und machten das Beste aus den Feiertagen.

Wir gingen zu einer Bühnenproduktion von *A Christmas Carol* und zur Aufführung von *Der Stern von Bethlehem* im Planetarium. Außerdem besichtigten wir die Weihnachtsbaum-Ausstellung im Davenport-Hotel im Stadtzentrum von Spokane.

An einem Samstag fuhren wir über die Grenze nach Cœur d'Alene in Idaho, um die bemerkenswerte Weihnachts-Lichtershow zu sehen, bei der über eineinhalb Millionen Lichter auf dem ganzen See leuchteten.

Mit Ausnahme unserer kleinen Spritztour nach Cœur d'Alene nahmen wir Bill (und sein Old Spice) zu fast allen Unternehmungen mit, darunter auch zu einem gemeinsamen Weihnachtsliedersingen in der benachbarten Montessorischule. Es machte Spaß zuzusehen, wie sehr er sich darüber freute, dabei zu sein, und ich erkannte, dass Nicole das, was ich für sie tat, wiederum für Bill tat.

Während alldem war es verlockend zu leugnen, dass die Kerze der gemeinsamen Zeit, die mir und Nicole zugeteilt war, allmählich niederbrannte, und an etwas Dauerhafteres zu glauben. Diese Verleugnung der Tatsachen mag Ihnen seltsam vorkommen, aber in gewisser Weise tun wir es alle jeden Tag.

Achtundzwanzigstes Kapitel

Das Überreichen eines Weihnachts-Früchtekuchens ist eine Tradition, die von Generation zu Generation zu Generation weitergegeben wurde. Der Grund dafür ist, dass niemand ihn wollte.

Alan Christoffersens Tagebuch

Heiligabend. Christine war nach Portland geflogen, um Weihnachten zu Hause bei ihrer Familie zu verbringen, aber Bill leistete uns Gesellschaft. Wir drei machten uns ein schönes Abendessen: Schinken, Kartoffelgratin und Spargel und zum Nachtisch einen Obstsalat. Bill brachte einen Früchtekuchen mit, was mich an das erinnerte, was Johnny Carson zum Thema Früchtekuchen gesagt hatte. »Es wurde überhaupt nur ein einziger Früchtekuchen je gebacken – und jedes Jahr zu Weihnachten wird er auf der ganzen Welt herumgereicht.«

Nach dem Abendessen tauschten wir unsere Geschenke. Ich schenkte Nicole sämtliche Alfred-Hitchcock-Filme und einen Jahresvorrat an Popcorn. Bill schenkte ich eine Flasche Old Spice. Er streichelte die Flasche, als wäre sie ein guter Wein. »Woher wusstest du, dass ich das mag?«, fragte er.

»Ich habe geraten«, sagte ich.

Nicole schenkte ihm den silbernen Bilderrahmen.

»Ich glaube, das ist der schönste Bilderrahmen, den ich je gesehen habe«, sagte er.

»Ich dachte, du könntest ein Bild von June hineintun.«

Seine Augen füllten sich mit Tränen, und sein Kinn begann zu zittern. »Danke«, war alles, was er herausbrachte.

Mir schenkte Nicole etwas weniger Sentimentales – ein paar Nike-Wanderstiefel und sieben Paar wollene Sportsocken.

Als wir später mit Bill zu seinem Wagen gingen, fiel Schnee und hüllte die Welt in eine sanfte, friedliche Stille. Bill gab mir die Hand, dann wandte er sich an Nicole und umarmte sie fest. »Danke, meine Liebe. Deine Freundschaft bedeutet mir mehr, als ich dir je sagen könnte. Gott behüte dich.«

»Gott behüte dich, Bill. Und frohe Weihnachten. Denk an unseren Brunch morgen. Wir holen dich gegen elf ab.«

»Ich werde vorher keinen Bissen essen.«

»Und vergiss nicht unsere wilde Silvesterparty. Ich rechne fest damit zu sehen, wie du dir einen Lampenschirm aufsetzt, bevor die Nacht vorbei ist.«

Er kicherte herzlich. »Oh, das wäre vielleicht ein Anblick. Ich komme, natürlich, es sei denn, ich bin zu erschöpft. Ihr jungen Leute haltet mich zu lange auf den Beinen. So lange bin ich seit Jahren nicht mehr aufgeblieben.«

»Es tut dir gut«, sagte Nicole.

»Da hast du völlig recht.« Er beugte sich vor und küsste sie auf die Wange. »Gute Nacht, meine Liebe.«

Als er wegfuhr, ergriff Nicole meine Hand. »Er ist ein süßer alter Mann.«

»Ich glaube, du hast keine Ahnung, wie viel du ihm bedeutest«, sagte ich.

»Das beruht ganz auf Gegenseitigkeit«, lächelte sie. Sie nahm meine Hand. »Ich habe ein Geschenk für dich.«

»Du hast mir doch schon ein Geschenk gemacht.«

»Nein, das war etwas Nützliches.«

Als wir wieder im Haus waren, bat sie mich, auf der Couch Platz zu nehmen, während sie rasch in ihr Schlafzimmer ging. Die synkopisch blinkenden Lichter des Weihnachtsbaums erhellten das Wohnzimmer.

Ein paar Sekunden später kam sie mit einem Päckchen wieder. »Für dich etwas zu kaufen, ist leicht und schwer zugleich. Denn was schenkt man einem Mann, der nichts hat?«

»Irgendetwas«, sagte ich.

»Genau. Aber was schenkt man einem Mann, der sein Zuhause auf dem Rücken trägt?« Sie sah mich mit sanften Augen an: »Oder dem Mann, der einem das Leben gerettet hat?« Sie reichte mir das Päckchen. »Wie auch immer, ich hoffe, es gefällt dir.«

Nachdem ich das Papier entfernt hatte, kam eine zerdrückte samtene Schmuckschatulle zum Vorschein. Ich klappte den Deckel auf. Darin lag ein St.-Christophorus-Medaillon.

»Der heilige Christophorus ist der Schutzpatron der Reisenden«, erklärte sie. »Gefällt es dir?«

Ich hob das weißgoldene Medaillon an dem Kettchen hoch. »Es ist wunderschön.« Ich öffnete den Verschluss und hängte mir das Kettchen um den Hals. Der Anhänger ruhte auf meiner Brust.

»Ich hoffe, du wirst jedes Mal an mich denken, wenn du es auf deiner Haut spürst.«

Ich beugte mich vor und küsste sie auf die Wange.

Plötzlich sagte sie: »Wie wär's mit einem Eierflip?«

»Du willst allen Ernstes ein Glas mit mir trinken?«

»Nein, aber ich werde dir dabei zusehen.«

Ich lachte. »Auch das weiß ich zu schätzen.«

Neunundzwanzigstes Kapitel

> *Das größte Geschenk, das ich dieses Jahr zu Weihnachten bekam, war Frieden.*
>
> Alan Christoffersens Tagebuch

Der Weihnachtsfeiertag verlief fröhlich und entspannt. Um kurz vor Mittag holten wir Bill ab, dann fuhren wir in die Innenstadt zum Weihnachtsbrunch im Davenport, wo Bill darauf bestand, die Rechnung zu übernehmen. »Ich fühle mich sonst allmählich wie ein Sozialfall«, sagte er.

Nach dem Essen fuhren wir zurück in die Wohnung und verbrachten den restlichen Nachmittag mit Kartenspielen, bis Bill schließlich müde wurde. Wir fuhren ihn nach Hause.

Auf dem Heimweg fragte Nicole: »Wie war dein Weihnachten?«

»Es war wundervoll.« Ich lächelte sie an. »Das ist erstaunlich, nicht wahr? Ich dachte, an Weihnachten würde mir am ehesten nach Selbstmord sein. Aber stattdessen empfinde ich Frieden.«

Sie dachte über meine Worte nach, bis sich schließlich ein Grinsen über ihrem Gesicht ausbreitete. »Darf ich dir etwas furchtbar Scheußliches sagen?«

Ich sah sie neugierig an. »Was denn?«

»Ich bin froh, dass du überfallen wurdest.« Sie hielt sich eine Hand vor den Mund.

Ich sah sie nur an, dann prustete ich lauthals los. »Ich auch.«

Am nächsten Morgen musste Nicole wieder zur Arbeit, und ich nahm mein Gehtraining wieder auf, das ich über die Feiertage vernachlässigt hatte. Ich lief sieben Meilen, was ich anschließend deutlich in den Beinen spürte. Nach meiner Rückkehr duschte ich und verbrachte dann die nächsten Stunden damit, zu Hause auf Falene zu warten.

Gegen halb drei hielt ein feuerroter BMW vor dem Haus, und Falene stieg aus. Sie trug eine Chanel-Sonnenbrille und ein eng anliegendes, einteiliges Pulloverkleid. Ich lief hinaus, um sie zu begrüßen.

»Alan«, rief sie.

»Hey.«

Sie sprang den Weg zu mir hoch, und wir umarmten uns.

»Es tut so gut, dich zu sehen«, sagte sie und küsste mich auf die Wange. »Ich habe dich vermisst.«

»Ich dich auch«, sagte ich. »Hast du schon zu Mittag gegessen?«

»Ich habe mich heute bisher vor allem von Cola light ernährt.«

»Wie üblich. Wollen wir uns einen Burger holen?«

»Oh ja, ein richtiges Essen, das wäre schön.« Sie reichte mir die Wagenschlüssel. »Du fährst.«

Wir fuhren zu einem Wendy's, wo ich mir einen Salat bestellte und sie sich einen doppelten Cheeseburger, große Pommes frites, einen Schokoladen-Eisbecher und eine Cola light zum Ausgleich.

»Ich bin es so leid, mich beim Essen zurückzuhalten«, sagte sie. »Manchmal muss ich mir einfach den Bauch vollschlagen.«

»Was gibt's Neues in Seattle?«, fragte ich, während ich mir ein paar ihrer Pommes frites stibitzte.

»Regen«, sagte sie. »Und noch mehr Regen.«

»Du solltest diesen Regen lieben. Apropos schlechtes Wetter, erzähl mir mehr von Ralph und Kyle.«

Falene grinste. »Was für eine Überleitung! Fällt dir so etwas immer noch ganz spontan ein?«

»Natürlich.«

»Du bist eben immer noch brillant. Na ja, ich habe dir ja schon erzählt, dass sie sich getrennt haben. Aber es kommt noch besser«, sagte sie. »Oder schlechter, je nachdem, aus welcher Perspektive man es betrachtet. Ralphs Frau ist inzwischen dahintergekommen, dass er sie betrügt.«

»Damit könnte ich etwas zu tun haben«, bemerkte ich.

»Du hast es seiner Frau erzählt?«

»Ich bin Ralph und Cheryl oben auf dem Stevens Pass über den Weg gelaufen. Sie haben mich nicht erkannt, weil ich einen Bart und eine Sonnenbrille trug, aber ich habe ihm gegenüber einen Kommentar zu Betrügern fallen gelassen.«

Sie schüttelte den Kopf. »Geschieht ihm ganz recht, diesem Wiesel. Ralph war eine Null, bis du ihn ins Boot geholt hast, und dann hat er hinter deinem Rücken intrigiert und Kyle geholfen, dir deine Agentur zu stehlen.«

»Was ist mit Kyle?«

»Weißt du noch, wie er immer damit geprahlt hat, er könnte sich aus allem herausreden?«

»Ja.«

»Na ja, trotzdem kommt offenbar irgendwann der Zeitpunkt, zu dem die Leute Ergebnisse sehen wollen. Seien wir ehrlich, alles, was an Madgic je brillant war, kam doch von dir. Sie haben vielleicht deine Kunden abgeworben und deine

Preise von der Wand geklaut, aber deine Kreativität können sie dir nicht nehmen. Es war nur eine Frage der Zeit, dass diese Blase platzte.« Sie nahm einen Löffel von ihrem Eisbecher. »Ich muss schon sagen, du bist ganz schön weit gelaufen. Mich hat schon die Autofahrt hierher geschlaucht.«

»Das war erst die erste Etappe.«

»Wirst du wirklich die ganze Strecke gehen?«

»Ich habe es immer noch vor.«

»War es schlimm, mit einem Messer verletzt zu werden?«

»Es hat wehgetan.«

Ein Grinsen huschte über ihr Gesicht. »Das dachte ich mir. Tut es immer noch weh?«

»Nein. Mein Bauch fühlt sich ein wenig taub an, aber das ist nichts verglichen damit, wie es am Anfang war.«

»Darf ich mal sehen?«

»Na klar.« Ich zog mein Hemd hoch, um ihr die Wunden zu zeigen. Ich hatte die Verbände schon vor ein paar Wochen abgenommen, sodass jetzt nur noch drei frische Narben zu sehen waren. Sie verzog das Gesicht. »Du armer Kerl. Du hättest bei mir bleiben sollen.«

»Ich musste weg aus Seattle.«

In diesem Augenblick kam ein Mann vorbei und starrte Falene an, als würden seine Augen von einem Traktorstrahl geblendet werden. Ich hatte ganz vergessen, dass genau das jedes Mal passierte, wenn ich mit ihr irgendwo war. Ihr selbst fiel es gar nicht mehr auf.

»Wo hast du Nicole eigentlich kennengelernt?«, fragte sie.

»Auf der Straße. Sie hatte eine Reifenpanne, und ich habe ihr geholfen.«

»Immer der barmherzige Samariter, stimmt's?«

»Nicht immer.«

»Wenn das nächste Mal etwas passiert, ruf mich an.«

»Ich verspreche, wenn ich das nächste Mal niedergestochen werde, rufe ich dich sofort an.«

Sie grinste.

»Wie läuft die Liquidierung meines Vermögens?«

»Gut. Ich denke, wir werden vermutlich noch einmal zwanzigtausend für die Möbel erzielen.«

»Ich kann dir gar nicht genug danken für alles, was du für mich tust.«

»Du kannst damit anfangen, indem du dich regelmäßig meldest. Jede Woche.«

»Versprochen.«

»Und wenn du in Key West ankommst, will ich da sein.«

Ich war mir nicht sicher, wie ich auf ihre Bitte reagieren sollte. »Lass mich darüber nachdenken.«

»Okay«, sagte sie, »denk darüber nach.«

Falene und ich saßen fast zweieinhalb Stunden zusammen und redeten. Als wir endlich aufbrachen, war das Eis in ihrer Cola lange geschmolzen und die Sonne bereits untergegangen. Wir fuhren in die Innenstadt, um uns die Lichter anzusehen.

Nicoles Wagen stand vor dem Haus, als wir zurückkamen. Ich parkte hinter ihr, und wir stiegen aus. Ich führte Falene ins Haus und öffnete die Wohnungstür. »Nicole«, rief ich, »wir sind zu Hause.«

Nicole kam aus dem Wohnzimmer in die Diele.

»Nicole«, sagte ich, »das ist Falene.«

»Hi.« Nicole streckte die Hand aus. »Freut mich, dich kennenzulernen.«

»Ganz meinerseits«, sagte Falene.

»Wir werden Falene in einem Hotel unterbringen. Anschließend wollten wir essen gehen«, sagte ich. »Willst du nicht mitkommen?«

»Nein, ich bin sicher, ihr zwei habt euch viel zu erzählen.«

»Dafür haben wir immer noch genug Zeit«, sagte ich. »Komm schon.«

»Ja, komm mit«, sagte Falene. »Es wird lustig werden.«

»Ehrlich gesagt«, erklärte sie, »habe ich schon eine Verabredung.«

Ich sah sie verblüfft an. »Wirklich? Mit wem denn?«

»Bill. Wir wollen uns die Eisskulpturen im Candlelight Park ansehen.«

»Wie romantisch«, bemerkte Falene.

Ich musste lachen. »Bill ist ihr Vermieter. Er ist um die neunzig.«

»Na und?«, sagte Falene. »Man kann doch auch mit neunzig noch romantisch sein.«

Nicole lächelte. »Genau. Außerdem ist er erst siebenundachtzig«, sagte sie leichthin. »Und romantisch wird es bestimmt werden. Bill ist ein echter Gentleman.«

»Ich muss mich entschuldigen«, sagte ich. »Viel Spaß dabei.«

Falene und ich gingen zum Wagen. Ich öffnete ihr die Tür und ging dann um den Wagen zur Fahrertür. Ich sah noch einmal zum Haus hoch. Nicole stand am Fenster und sah uns zu. Sie winkte. Ich winkte zurück, dann stieg ich ein, und wir fuhren zum Essen.

Dreißigstes Kapitel

Alte Freunde sind personifizierte Erinnerungen.

Alan Christoffersens Tagebuch

Falene checkte im Davenport-Hotel ein, und wir entschieden uns, im Palm Court Grill in der Hotellobby zu essen. Im Restaurant war es ruhig, und wir saßen in einer Ecke fern von allen anderen. Das war auch besser so, denn wir lachten so laut und so viel.

Es tat gut, wieder zu lachen. Ich glaube, Falene erinnerte sich an jede amüsante Anekdote aus unserer gemeinsamen Zeit, darunter meine Aprilscherz-Kampagne für den Radiosender KBOX 107,9. Ich hatte eine Plakatkampagne entworfen, bei der es um die Körperteile der Radiomoderatoren ging, wie zum Beispiel:

MARK HAT EIN *OHR* FÜR DIE HITS

Die Worte standen neben einem vergrößerten Foto von Marks Ohr. Dann gab es noch:

DANNY HAT EINEN *RIECHER* FÜR EURE LIEBLINGS-SONGS

Die Worte standen neben einem Foto von Dannys Nase. Es war nicht meine beste Kampagne, aber sie erfüllte ihren Zweck.

Da die Kampagne am ersten April starten sollte, hatte ich den Drucker gebeten, den Text auf einem von Dannys Plakaten zu ändern. Dieses Plakat brachte ich persönlich im Sender vorbei. Danny saß still da, während ich es enthüllte. Neben einer stark vergrößerten Nahaufnahme seiner Nase standen die Worte:

DANNY *BOHRT NACH* EUREN LIEBLINGSHITS

Seine Gesichtsausdruck war einfach köstlich. Dann erklärte ich ihm, dass ich eine Chefentscheidung getroffen hätte und alle dreißig Plakate im letzten Moment geändert worden seien. »Sie werden in diesem Moment aufgehängt.«

Er sah aus, als würde er gleich hyperventilieren. Selbst nachdem ich ihm gesagt hatte, dass es nur ein Witz war, brauchte er fast eine halbe Stunde, um sich zu beruhigen. Falene verschluckte sich bei der Erinnerung an diese Geschichte vor Lachen fast an ihrem Getränk.

»Wir hatten auch ein paar gute Zeiten«, sagte ich.

Falene lächelte. »Wir hatten viele gute Zeiten.«

Im Laufe des Abends änderte sich die Richtung unserer Unterhaltung, und wir sprachen über ernstere Themen, auch über die letzten Tage unserer gemeinsamen Zeit.

»Ich habe mir solche Sorgen um dich gemacht«, sagte Falene. »Als ich gesehen habe, wie du bei McKales Beerdigung ganz allein im Regen neben ihrem Sarg gestanden hast, hat es mir fast das Herz gebrochen.« Sie senkte den Blick.

»Du warst die Einzige, die für mich da war.«

Sie zögerte. »Ich hatte wirklich Angst, du könntest dir etwas antun.«

»Ehrlich gesagt«, sagte ich leise, »ich auch.« Ich legte meine Hand auf ihre. »Ich weiß nicht, was ich ohne dich getan hätte.«

»Ich bin froh, dass ich für dich da sein konnte.«

Wir schwiegen eine Weile. Dann sagte ich: »Du musst müde sein.«

»Ein bisschen. Ich habe gestern Nacht nicht gut geschlafen.«

»Dann lasse ich dich jetzt allein. Es hat gutgetan, dich zu sehen.«

»Es hat auch gutgetan, dich zu sehen.«

Sie stand auf. »Du musst noch diese Steuerunterlagen unterzeichnen. Wollen wir das noch heute Abend erledigen oder lieber morgen Früh?«

»Morgen Früh ist mir lieber«, sagte ich. »Wann fährst du zurück?«

»Ich hatte an morgen Nachmittag gedacht. Mein Bruder ist eben erst aus der Reha gekommen, und er wohnt bei mir.«

»Immer die gute Samariterin«, bemerkte ich.

»Nicht immer«, erwiderte sie. »Frühstück gegen zehn?«

»Wunderbar. Gute Nacht, Falene.«

»Gute Nacht.« Sie beugte sich vor und küsste mich auf die Wange, dann drehte sie sich um und ging hinaus. Die Köpfe etlicher Männer schnellten herum, als sie an ihnen vorüberging. Sie drehte sich noch einmal um und winkte mir zu.

Einer der Männer sagte zu mir: »Sie sind ein Glückspilz.«

Ich sagte nichts dazu. In den letzten zwei Monaten hatte ich meine Frau, meine Firma und mein Zuhause verloren, ich war zusammengeschlagen und mit einem Messer verletzt worden. Und jetzt sollte ich auf einmal ein »Glückpilz« sein. Auf dem Weg zu Falenes Auto musste ich lachen.

Einunddreißigstes Kapitel

Wenn ich in Versuchung bin, mein Leben mit dem von Steve Jobs zu vergleichen, rufe ich mir in Erinnerung, dass er nie eine Falene hatte.

Alan Christoffersens Tagebuch

Am nächsten Morgen holte ich Falene mit ihrem BMW vorm Hotel ab. Sie hatte bereits ausgecheckt und wartete mit ihrem Gepäck neben dem Eingang des Davenport. Ich warf ihre Sachen auf die Rückbank des Wagens, und wir fuhren zum IHOP. Unterwegs erzählte Falene mir, dass eine der führenden Model-Agenturen sie entdeckt hatte und wollte, dass sie nach New York zog.

»Und du wirst es tun, stimmt's?«, fragte ich.

Sie sah unentschlossen aus. »Ich weiß nicht. Im Augenblick braucht mich mein Bruder. Wir werden sehen.«

Nach dem Essen unterschrieb ich die Steuerunterlagen, und Falene fuhr mich zurück zu Nicoles Haus. Wir hielten am Straßenrand.

»Danke fürs Kommen«, sagte ich. »Es war toll, dich zu sehen.«

»Es war toll, dich zu sehen«, erwiderte sie. »Das nächste Jahr wird für dich bestimmt besser werden als dieses.«

»Da hast du die Messlatte nicht sehr hoch gelegt«, sagte ich.

»Vermutlich nicht«, lachte sie. Sie strich sich das Haar aus dem Gesicht. »Vergiss nicht, darüber nachzudenken, ob ich dich in Key West treffen darf.«

»Ich gebe dir Bescheid.«

»Und du rufst jede Woche an.«

»Jede Woche. Versprochen.«

Sie beugte sich vor, und wir umarmten uns. »Pass auf dich auf, Alan.«

»Und du auf dich.«

Ich stieg aus dem Wagen und blieb auf dem Bürgersteig stehen. Ich winkte ihr noch einmal zu, und sie winkte zurück. Dann fuhr sie los. Als sie um die Ecke gebogen war, ging ich zurück in die Wohnung. Sie war wirklich entzückend. Ich fragte mich, wann ich sie wiedersehen würde.

Zweiunddreißigstes Kapitel

Es gibt einen chinesischen Fluch: Mögest du in interessanten Zeiten leben. Mir wäre es lieber, wenn es ein langweiliges Jahr werden würde.

Alan Christoffersens Tagebuch

Silvester ist eine Nacht, in der viel getrunken wird und in den Polizeizentralen die Drähte heißlaufen. Nicole arbeitete bis acht Uhr abends, ungefähr bis zu der Zeit, ab der »es langsam interessant wird«, wie sie sagte.

Bill wollte ursprünglich spätestens um halb neun bei uns vorbeikommen, aber er kam nicht. Wir wunderten uns nicht darüber, da er Nicole früher am Tag angerufen und gesagt hatte, er fühle sich ein wenig angeschlagen und wolle sich vielleicht noch ein bisschen hinlegen. »Ihr jungen Leute haltet mich zu sehr auf Trab«, sagte er.

Christine war aus Portland zurück und kam gegen sechs vorbei, um mir zu helfen, Kuchen-Donuts zu backen. Das war eine Tradition, die McKale und ich geliebt hatten. Wir rollten den Teig aus, schnitten ihn zurecht und frittierten die Teigkringel in einer Minifritteuse. Als sie goldbraun waren, legten wir sie auf Küchenkrepp in der Küche aus. Wir machten fast zehn Dutzend – genug für die nächsten Monate.

Rückblickend betrachtet, glaube ich, dass es bei unserer Party an jenem Abend nicht so sehr darum ging, das neue Jahr zu begrüßen, sondern vielmehr darum, das alte hinter uns zu lassen – ein Jahr, das weder Nicole noch ich je so gründlich vergessen würden, wie wir es gern wollten. Eine Silvesterfeier war die beste Möglichkeit, die mir einfiel, um dem vergangenen Jahr einen Pfahl durchs Herz zu treiben.

Während die letzten Sekunden vor Mitternacht verstrichen, saßen wir alle auf der Couch und sahen zu, wie Dick Clark auf dem Times Square das neue Jahr einläutete. Um Mitternacht tauchten unsere Nachbarn aus ihren sonst stillen Behausungen auf, um Feuerwerkskörper zu zünden und durch Schläge auf Töpfe und Pfannen das neue Jahr einzuläuten.

»Frohes neues Jahr«, sagte ich zu den Frauen.

»Dir auch ein frohes neues Jahr«, sagte Nicole. »Und dir, Christine.«

»Frohes neues Jahr ihr beiden«, sagte Christine. »Ich hoffe, nächstes Silvester sehen wir uns alle hier wieder.«

Ich sah Nicole an. »Das wäre schön«, sagte ich.

Nicole lächelte. »Das wäre schön.«

Am nächsten Morgen schliefen Nicole und ich aus. Es war Samstag, und Nicole hatte frei. Ich war schon vor ihr auf, daher machte ich belgische Waffeln mit Schlagsahne und geschnittenen Erdbeeren und rief sie dann zum Frühstück. Sie kam im Pyjama in die Küche.

»Du musst unbedingt noch länger bleiben«, sagte sie. »Vielleicht sollte ich noch einmal mit einem Messer auf dich losgehen.«

Ich verzog das Gesicht. »Jetzt machst du mir aber Angst.«

Als wir aufgegessen hatten, sagte Nicole: »Wir müssen Bill ein paar Donuts bringen und ihm ein frohes neues Jahr wünschen.«

»Wir haben mehr als genug«, sagte ich. »Ich packe ein paar für ihn ein.«

Bill lebte in der Nähe des Krankenhauses in einer gehobenen, älteren Wohngegend namens South Hill. Sein Zuhause war ein großes rotes Backsteinhaus im Rancho-Stil, das von alten immergrünen Bäumen umgeben war. Sein Truck stand in der Auffahrt. Nicole und ich gingen gemeinsam den Steinweg zu seiner Veranda hoch. Nicole klingelte an der Tür, aber er öffnete nicht. Nach ein paar Minuten klopfte sie an die Tür, aber es kam noch immer keine Reaktion. Sie wandte sich zu mir um. »Könntest du vielleicht nachsehen, ob er in der Garage oder im Garten ist?«

»Kein Problem.«

Ich ging ums Haus, aber die Garage war abgesperrt und der Garten von Schnee bedeckt, der bis über die Terrasse hochgeweht war. Während ich mich zur Hintertür durchkämpfte, hörte ich Nicole aufschreien. Ich rannte wieder nach vorn. Die Haustür stand offen, und drinnen kniete Nicole auf dem Boden und versuchte, Bill wiederzubeleben.

»Ruf den Rettungsdienst«, sagte sie.

Ich fand das Küchentelefon und wählte den Notruf. »Wie ist die Adresse?«, rief ich Nicole zu.

»2213 Yuma.«

Nachdem ich aufgelegt hatte, ging ich zu Nicole und kniete mich neben sie. Ich legte Bill eine Hand an den Hals, um seinen Puls zu fühlen. Es gab keinen. Sein Körper war kalt. Ich sah sie an. »Er ist tot, Nicole.«

Sie drückte weiter auf seine Brust.

»Nicole, er ist tot.«

»Ich weiß«, sagte sie. Sie hörte auf zu drücken, schlug die Hände vor die Augen und schluchzte.

Dreiunddreißigstes Kapitel

Wir können nur das verlieren, worauf wir vorher Anspruch erhoben haben.

Alan Christoffersens Tagebuch

Nicole ging hinaus, setzte sich ins Auto und weinte. Sie konnte es nicht ertragen, in einem Raum mit Bills Leichnam zu sein. Ich hatte mehr Mitleid mit ihr als mit Bill. Ich war mir sicher, dass Bill dort war, wo er sein wollte.

Ich wartete draußen auf die Rettungssanitäter, und als sie kamen, führte ich sie ins Haus. Nachdem sie Bill untersucht hatten, unternahmen sie keinen Versuch, ihn wiederzubeleben.

»Wann haben Sie ihn zuletzt lebend gesehen?«, fragte einer der Sanitäter.

»Meine Bekannte hat ihn vor ein paar Tagen gesehen.«

»Er ist schon eine ganze Weile tot«, sagte er.

Nicole und ich verbrachten den Rest des Tages damit, die nötigen Dinge im Zusammenhang mit Bills Tod zu regeln. Die Rettungssanitäter verständigten das Büro des Gerichtsmediziners, und dessen Leute kamen und brachten ihn weg. Nicole ging Bills Sachen durch, um einen Hinweis auf jemanden zu finden, den sie verständigen könnte.

Während sie nach Kontaktinformationen suchte, ging ich

in den Keller, um mir die Modelleisenbahn anzusehen, von der sie mir so viel erzählt hatte. Bills Gleisanlage war tatsächlich beeindruckend. Sie stand etwas erhöht auf dicken Brettern und war etwa drei mal sechs Meter groß. Es gab unzählige Gleise, Tunnel und Miniaturstädte mit Plastikgebäuden.

Bill hatte den Strom für die Modelleisenbahn nicht abgeschaltet. Ich drückte auf einen Hebel. Eine kleine Lokomotive setzte sich in Bewegung und begann, sich durch die Liliputaner-Landschaft zu schlängeln. *Damit hat der alte Mann also seine Zeit verbracht*, dachte ich.

Nach einigem Suchen fand Nicole eine Visitenkarte von Bills Anwalt, Larry Snarr. Zum Glück stand auf der Karte eine Handynummer. Sie rief ihn sofort an, und Snarr nahm ab. Nicole berichtete ihm von Bills Tod, und er sagte, er würde sich um alles kümmern.

Später am Nachmittag rief Snarr Nicole zurück. »Ich habe eben einen Anruf vom Büro des Gerichtsmediziners bekommen«, sagte er mit leiser Stimme. »Bill ist um kurz nach Mitternacht an einem schweren Herzinfarkt gestorben. Für die Beerdigung war bereits alles geregelt. Er wollte keinen Trauergottesdienst. Er sagte, es würde ohnehin niemand kommen, daher wird der Bestatter ihn einfach beerdigen.«

»Das erscheint mir nicht richtig«, sagte Nicole. »Könnten wir nicht wenigstens eine kleine Feier am Grab abhalten?«

»Klären Sie das mit dem Bestatter«, sagte Snarr. »Er ist drüben bei der Leichenhalle in Larkin. Und geben Sie mir Bescheid, falls Sie beschließen, eine Feier abzuhalten. Ich würde gerne dabei sein.«

Bill wurde zwei Tage später in einem Grab neben seiner Frau beigesetzt. Wir waren nur zu viert an jenem Tag: Nicole, Christine, Snarr und ich. Es war eiskalt, als wir uns um das Grab versammelten. Unser Atem gefror in der Luft. Der Bestatter hatte den Schnee weggeschaufelt, und der Sarg stand für unsere behelfsmäßige Zeremonie vor dem Grab. Nicole hatte einen Weihnachtskranz gekauft, den sie auf den Sarg legte.

Nicole fragte mich, ob ich ein paar Worte sprechen würde, aber ich lehnte ab. McKales Beerdigung ging mir noch immer zu nahe. Stattdessen sprach Nicole. Sie sagte: »Ich will nur sagen, wie dankbar ich dafür bin, dass ich Bill kennenlernen durfte. Ich bin sicher, dass ich unserer Freundschaft mehr zu verdanken habe als er. Seine Liebe und Loyalität seiner Frau gegenüber werde ich nie vergessen. Und ich bin froh, dass er und seine June nun wiedervereint sein werden.«

Dann fragte Nicole, ob einer von uns noch etwas sagen wollte. Zunächst schüttelte ich den Kopf, aber dann sagte ich: »Ich hatte Bill wirklich gern. Er hatte ein gutes Herz.« Dann kamen mir meine Worte idiotisch vor, denn ich dachte: *Wenn er ein* gutes *Herz gehabt hätte, dann wäre er noch am Leben.*

Christine sagte: »Bill war immer sehr gut zu mir. Er war besorgt, dass ich auf dem Eis ausrutschen könnte, daher hat er für mich ein bisschen mehr Steinsalz auf den Weg gestreut. Es war vielleicht nur eine Kleinigkeit, aber es hat mir gutgetan. Ich bin froh, dass ich Thanksgiving mit ihm verbringen durfte.«

Snarr sagte: »Er war ein ehrenhafter Mann.«

Das war's. Auf dem Nachhauseweg sagte Nicole: »Ich frage mich, ob ich jetzt umziehen muss.«

»Warum solltest du denn umziehen müssen?«, fragte ich.

»Neue Eigentümer.«

»Ich würde noch nicht anfangen zu packen«, sagte ich. »Ich bin sicher, dass es noch eine ganze Weile dauern wird, bis da irgendetwas passiert. Außerdem ist das Haus in Wohnungen aufgeteilt. Wer immer es erbt, er wird Mieter brauchen.«

»Ich hoffe, dass du recht hast«, sagte sie. »Ich will nicht umziehen.«

Drei Tage später machte ich im Wohnzimmer meine Aerobic-Übungen, als es an der Tür klingelte. Es war Snarr, der Anwalt.

»Ist Nicole da?«, fragte er.

»Sie ist auf der Arbeit.«

»Ich muss mit ihr über Mr. Dodds Nachlass sprechen. Wissen Sie, wann sie nach Hause kommt?«

»Im Allgemeinen ist sie spätestens um halb sechs zu Hause.«

»Wäre es ein Problem, wenn ich heute Abend kurz vorbeikomme?«

»Nein, das ist in Ordnung.«

»Sehr schön. Dann sehen wir uns heute Abend.«

Nicole kam pünktlich nach Hause. Ich erzählte ihr von Larry Snarrs Besuch.

»Hat er gesagt, was er wollte?«, fragte sie.

»Er hat gesagt, dass er mit dir über Bills Nachlass sprechen muss.«

»Er wird uns hinauswerfen«, sagte sie tonlos. »Oder die Miete erhöhen. Ich weiß nicht, wo ich zu diesem Preis etwas anderes finden soll.«

»Warte erst einmal ab«, sagte ich. »Sorgen kannst du dir später immer noch machen.«

Um kurz nach sechs fuhr Snarr mit einem älteren Mercedes-Benz vor Nicoles Haus vor. Er trug einen Wollmantel und einen Schal und hatte eine lederne Aktentasche in der Hand. Er kam die Stufen hoch, und ich ging ihm bis zum Hauseingang entgegen. »Kommen Sie herein.«

Nicole begrüßte ihn an der Wohnungstür und führte ihn zur Couch. »Nehmen Sie Platz.«

»Danke«, sagte er.

Snarr und ich setzten uns auf die Couch, und Nicole nahm auf einem Sessel gegenüber Platz.

»Worum geht es?«, fragte Nicole ängstlich.

»Ich bin William Dodds Testamentsvollstrecker.«

»Hat er Nicole in seinem Testament berücksichtigt?«, fragte ich.

»Um genau zu sein, ist Nicole Mr. Dodds Alleinerbin.« Er wandte sich an sie. »Bill hat Ihnen alles vermacht.«

»Was?«, sagte Nicole.

Snarr öffnete seine Aktentasche und entnahm ihr einen Stapel Papiere. »Diese Dokumente enthalten eine genaue Aufstellung über Mr. Dodds gesamtes Vermögen. Dazu gehören Trustfonds, Lebensversicherungen, ein paar Anlagefonds und mehrere Mietimmobilien, darunter diese Immobilie hier. Der Wert des gesamten Nachlasses beläuft sich auf schätzungsweise 3,6 Millionen Dollar.«

Nicole schnappte nach Luft.

»Sie machen Witze?«, sagte ich.

»Nein, Sir.«

»Aber warum ich?«, fragte Nicole.

»Nun, das Testament wurde erst vor zwei Wochen geändert. Mr. Dodd hat einen Brief für Sie hinterlegt, der Ihnen vielleicht alles erklären wird.« Er zog mehrere Dokumente aus dem Stapel. »Ich benötige noch ein paar Unterschriften von Ihnen, und wie in dem Testament dargelegt, werde ich meine Gebühren von dem Nachlass abziehen, bevor ich die Gelder freigebe.« Er reichte ihr mehrere Papiere. »Ich habe die Stellen gekennzeichnet, an denen Sie unterschreiben müssen.«

Sie unterzeichnete die Dokumente und gab sie ihm wieder. Snarr steckte sie in seine Aktentasche. Dann gab er ihr einen braunen Umschlag. »Hier ist der Brief, den Mr. Dodd für Sie hinterlegt hat.«

»Danke«, sagte Nicole.

Snarr erhob sich und nahm seine Aktentasche. »Gern geschehen.« Er reichte Nicole eine Visitenkarte. »Wenn Sie noch irgendwelche Fragen haben, können Sie mich jederzeit anrufen.«

Nicole brachte ihn zur Tür. »Danke fürs Kommen.«

»Keine Ursache«, sagte er.

Sie schloss hinter ihm die Tür, kam dann zurück und öffnete den Umschlag. Der Brief, der darin steckte, war in einer zitterigen Handschrift geschrieben.

Lieber Engel,

ich hoffe, du hast nichts dagegen, dass ich dich so nenne. Der Name trifft gewiss zu. Wenn du diese Zeilen liest, dann freue dich für mich, denn ich bin endlich wieder bei meiner Familie.

Die letzten zwei Jahre waren sehr schwer für mich. Nachdem ich meine June verloren hatte, lag ich nachts allein in meinem kalten Bett. Ich litt unter den Gebrechen meines Alters und hoffte, dass es mich bald einholen würde. Das schlimmste Gebrechen von allen war die Einsamkeit. Wie du weißt, ist June vor einigen Jahren verstorben. Unser einziger Sohn, Eric, ist schon vor fast zwanzig Jahren gestorben. Meine beiden Brüder und meine Schwester sind ebenfalls tot, wie auch die meisten meiner Freunde. Ich habe niemanden mehr. Genauer gesagt, ich *hatte* niemanden mehr bis zu diesem letzten Thanksgiving, als du mir die Hand gereicht hast. Für dich war es vielleicht nur eine Kleinigkeit, einen alten Mann an deinen Tisch einzuladen, aber mir hat es alles bedeutet. Am nächsten Tag bin ich zum ersten Mal seit Jahren wieder glücklich aufgewacht. Aber du hast an dem Punkt nicht aufgehört. Du hast mich in all deine Unternehmungen einbezogen. Selbst wenn du mit diesem jungen Mann, der bei dir wohnt, losgezogen bist, hast du mich mitgenommen. Du hast mir das Gefühl gegeben, wieder am Leben zu sein. Du warst meine Freundin.

Ich hoffe, du wirst mein Geschenk als Zeichen meiner Freundschaft annehmen. Ich kenne beim besten Willen niemanden, der es mehr verdient hätte. Wenn es dir recht ist, würde ich mich freuen, wenn du Christine mietfrei wohnen lässt, bis sie mit ihrer Ausbildung fertig ist. Ich danke dir von ganzem Herzen. Du hast einen alten Mann wieder zum Lächeln gebracht.

Gott behüte dich,
Bill

Vierunddreißigstes Kapitel

Vergebung ist der Schlüssel zu den Ketten des Herzens.

Alan Christoffersens Tagebuch

Es war kein Wunder, dass Nicole von den Ereignissen überwältigt war.

»Ich kenne mich nicht aus mit Fonds oder Immobilien. Was soll ich damit denn machen?«, fragte sie. »Wirst du mir helfen?«

Ich musste lachen. »Da würde der Blinde den Blinden führen. Aber ich kenne genau den richtigen Mann dafür.«

»Wer denn?«

»Meinen Vater. Der Mann weiß, wie man mit Geld umgeht.«

»Das wäre perfekt«, sagte sie.

Die Nummer meines Vaters war die einzige, die auf dem Handy gespeichert war, das er mir gegeben hatte. Er hatte sie selbst eingespeichert. Ich rief ihn an und berichtete ihm von Nicoles unerwartetem Geldsegen. Er freute sich für Nicole, aber auch darüber, um Hilfe gebeten zu werden.

»Ich liebe es, wenn guten Menschen etwas Gutes widerfährt«, sagte er.

Am nächsten Tag fuhr Nicole zur Arbeit und reichte ihre Kündigung ein. Ein paar Tage später begleitete ich sie zum Immatrikulationsbüro der Gonzaga-Universität, wo sie sich zum Frühjahrssemester einschrieb. Endlich würde sie ihr Studium der Filmwissenschaft abschließen. Als Nebenfach wählte sie amerikanische Literatur. Und sie begann, ein neues Drehbuch zu schreiben, eines, das ich für vielversprechend halte.

»Es ist die Geschichte einer jungen Polizei-Telefonistin«, sagte sie, »deren Leben durch jemand verändert wird, den sie durch ein Verbrechen kennenlernt.«

Ich dachte, sie würde sich auch nach einem größeren Zuhause umsehen, aber das tat sie nicht. »Im Augenblick will ich keine allzu großen Veränderungen in meinem Leben«, sagte Nicole. »Kleine Schritte.«

»Das hätte mein Vater gesagt haben können.«

»Ehrlich gesagt, hat er es gesagt.«

In den nächsten drei Monaten passierte so viel, dass die Zeit wie im Flug verging. Aus Nicole war tatsächlich ein neuer Mensch geworden – oder genauer gesagt wieder sie selbst. Sie ging mit Begeisterung zur Uni und hatte mit Christine eine Fahrgemeinschaft gegründet. Dadurch hatte ich tagsüber einen Wagen zur Verfügung. Ich kam öfter aus dem Haus und verbrachte mehrere Tage pro Woche in der Bibliothek von Spokane.

Mitte Januar rief Nicole ihre Schwester Karen an. Karen war erleichtert, von Nicole zu hören, und entschuldigte sich dafür, nicht für sie da gewesen zu sein, um ihr über ihren Unfall und Aidens Tod hinwegzuhelfen. »Ich war einfach so neben der Spur«, sagte Karen. »Aber es gibt keine Entschuldigung dafür, dass ich nicht für dich da war. Ich hoffe, eines Tages wirst du mir verzeihen können.«

»Ich verzeihe dir jetzt«, sagte Nicole.

Diese vier Worte hatten einen wundervolle Wirkung auf

beide Frauen. Sie nahmen sich vor, sich in diesem Sommer zu treffen und wie in alten Zeiten zusammen am Bullman Beach Urlaub zu machen.

Während ich auf besseres Wetter wartete, steigerte ich mein körperliches Training. Ich ging zweimal täglich mehrere Meilen weit oder, wenn das Wetter das nicht zuließ, zum Schwimmen ins öffentliche Schwimmbad.

Ich hatte meinen Straßenatlas so oft studiert, dass ich die kleinen und großen Städte, die ich auf dem Weg nach South Dakota durchqueren würde, auswendig aufsagen konnte.

Ich hatte wieder Muskeln aufgebaut, und der Schmerz, den ich überwunden hatte, war nur noch eine böse Erinnerung. Ich konnte es kaum noch erwarten aufzubrechen, und ich hatte das Gefühl, als würde mein Weg mit jedem neuen Tag lauter nach mir rufen.

Der Winter in Spokane war mild in diesem Jahr, und gegen März war der Schnee fast vollständig geschmolzen. Jeden Tag sah ich mir den Wetterbericht im Fernsehen an, und Nicole hatte es auf sich genommen, täglich im Yellowstone National Park anzurufen, um nach dem Straßenzustand zu fragen.

Als ich am Samstag, dem 19. März, von meinem morgendlichen Gehtraining zurückkam, sah ich Nicole auf den Stufen ihres Hauses sitzen, wo sie auf meine Rückkehr zu warten schien.

»Wie war das Gehtraining?«, fragte sie. Sie sah traurig aus.

»Was ist los?«, fragte ich.

»Das möchte ich dir nicht sagen.«

»Was möchtest du mir nicht sagen?«

»Wenn ich diese Frage beantworte, dann sage ich es dir ja,

und das genau will ich doch nicht.« Sie stand auf und ging ins Haus. Ich folgte ihr.

Als ich die Wohnungstür geschlossen hatte, sagte Nicole: »Das Osttor von Yellowstone ist offen.«

»Oh«, sagte ich.

Wir schwiegen beide einen Moment.

»Wann brichst du auf?«, fragte sie.

»Ich brauche noch ein paar Tage.«

Sie senkte den Blick. »Dann haben wir ja noch ein bisschen Zeit. Wie willst du sie verbringen?«

»Ich muss noch ein paar Dinge vorbereiten.«

»Sonst noch irgendetwas?«

»Was möchtest du denn tun?«

»Das ist egal, Hauptsache, ich bin mit dir zusammen.«

Fünfunddreißigstes Kapitel

Ich glaube, es ist nicht so sehr menschliche Schwäche, als vielmehr ein menschlicher Fluch, dass wir die Schönheit einer Sache erst dann begreifen, wenn sie nicht mehr da ist.

Alan Christoffersens Tagebuch

Am Dienstagmorgen wachte ich vom Geruch von Speck und Kaffee auf. Ich schlüpfte in meine Jogginghose und verließ mein Zimmer. Nicole war in der Küche. Sie hatte mir Frühstück gemacht. »Guten Morgen, du Deserteur.«

»Guten Morgen.«

»Willst du Kaffee, Ausreißer?«

Ich verzog das Gesicht. »Muss das wirklich sein?«

»Ich denke schon, Kneifer. Was hältst du davon, bis morgen zu bleiben?«

»Dann wirst du morgen wieder dasselbe sagen.«

»Das ist die Magie des Morgen. Es kommt nie.«

Ich setzte mich, und Nicole nahm mir gegenüber Platz. »Wie willst du heute gehen?«

»Ich wollte es eigentlich bis Cœur d'Alene schaffen, aber vermutlich werde ich nur bis knapp über die Grenze nach Idaho kommen.«

Sie nahm sich ein Stück Speck und biss hinein. »Was für ein Abenteuer.«

Als ich sie ansah, wurde mir bewusst, dass wir fast fünf

Monate zusammen verbracht hatten. Es war kaum vorstellbar, dass sie nicht mehr jeden Tag da sein würde. Bei dem Gedanken wurde mir schwer ums Herz. In schwierigen Zeiten entstehen einzigartige Beziehungen, und wir waren mehr als Freunde geworden. Sie war die Schwester, die ich nie gehabt hatte.

Ihre Augen füllten sich mit Tränen. »Du hast keine Ahnung, wie sehr ich dich vermissen werde«, sagte sie leise.

Nach dem Frühstück duschte und rasierte ich mich. Ich wusste das warme Wasser zu schätzen, da ich bald keines mehr haben würde. Danach ging ich in mein Zimmer und überprüfte ein letztes Mal den Inhalt meines Rucksacks. Als ich fertig war, setzte ich meinen Akubra-Hut auf und trug meinen Rucksack ins Wohnzimmer. »Es ist Zeit«, sagte ich.

Nicole kam aus ihrem Schlafzimmer. Ihre Augen waren gerötet und verquollen. Sie nahm meine Hand, und wir gingen zusammen hinaus. An der Haustür blieben wir stehen. »Ich gehe besser nicht mit auf die Straße«, sagte sie, »sonst würde ich dir vermutlich nur nachlaufen.«

Ich lehnte meinen Rucksack gegen die Wand und nahm ihre Hände in meine. Wir wussten beide nicht recht, was wir sagen sollten. Ich sah ihr in die Augen. »Und? Bist du mittlerweile eigentlich dahintergekommen, warum du mir geholfen hast?«

»Vielleicht bin ich einfach die Art Mädchen, die streunende Welpen rettet.«

Ich drückte ihre Hände.

Nicole sagte: »Mir ist bewusst geworden, dass ich im Leben immer dann am glücklichsten war, wenn ich mich um jemanden gekümmert habe – um meinen Aiden, um dich, dann um Bill. Es wird mir fehlen, jemanden zu haben, um den ich mich kümmern kann.«

»Ich habe das Gefühl, das wird nicht lange so bleiben.«

»Warum sagst du das?«

»Die Welt ist voller streunender Welpen.«

Sie lächelte traurig. »Hast du deinen Sankt Christophorus?«

»Ja.« Ich zog das Kettchen unter meinem Hemd hervor.

Einen Moment lang blickten wir uns nur in die Augen, dann schlang sie auf einmal die Arme um mich und vergrub den Kopf an meiner Brust. Sie begann wieder zu weinen. »Wirst du mich anrufen, wenn du nach Key West kommst?«

»Auf jeden Fall.«

Sie blickte hoch und sah mir in die Augen. »Bitte vergiss mich nicht.«

Ich wischte eine Träne von ihrer Wange. »Wie könnte ich das?«

»Wärst du sauer auf mich, wenn ich dich ab und zu anrufe? Ich verspreche dir, ich werde dich nicht ständig belästigen.«

»Ruf mich an, wenn du irgendetwas brauchst. Und vergiss nicht, dir von meinem Dad helfen zu lassen.«

Sie sah mich noch immer an, während ihr die Tränen übers Gesicht liefen.

Ich küsste sie auf die Stirn, dann vergrub sie wieder den Kopf an meiner Brust. »Was hätte ich ohne dich nur getan?«

Ich hielt sie nur schweigend. Es war nicht so, dass es nichts zu sagen gab. Es war eher so, dass es zu viel zu sagen gab und Worte ein schlechter Ersatz für unsere Gefühle waren. Es dauerte vielleicht zehn Minuten, bevor sie seufzend einen Schritt zurücktrat. »Ich lasse dich jetzt gehen«, sagte sie leise.

Ich schnappte mir meinen Rucksack und schwang ihn mir über die Schultern. Nicole stand mit verschränkten Armen da, während sie sich von Zeit zu Zeit eine Träne von der Wange wischte.

Ich holte einmal tief Luft. »Wir sehen uns«, sagte ich.

»Wir sehen uns«, wiederholte sie meine Worte.

Ich verließ das Haus und war wieder allein.

Sechsunddreißigstes Kapitel

Gestern Nacht traf mich die Realität meines bevorstehenden Aufbruchs mit voller Wucht. Meine ehemaligen Gefährten – Einsamkeit und Verzweiflung – hatten die ganze Zeit geduldig vor Nicoles Haus gewartet. Sie hatten darauf gewartet, mich allein abzupassen. Sie hatten darauf gewartet, unseren Weg fortzusetzen.

Alan Christoffersens Tagebuch

Im Ansturm der emotionalen Herausforderungen meines Aufbruchs hatte ich die körperlichen völlig vernachlässigt. Ich verließ die Behaglichkeit von Nicoles Zuhause, um mich wieder der Anstrengung, Eintönigkeit und Mühsal der rauen Wildnis auszusetzen. Denn auch wenn die Straßen wieder offen waren, so war es doch immer noch sehr kalt.

Im Osten konnte ich dunkle Gewitterwolken sehen, die sich wie ein wütender Mob zusammenbrauten. Die Wolken erinnerten mich an die Nacht, die ich in der Hütte am Rande von Leavenworth verbracht hatte, wo der Hagel auf mich eintrommelte.

Ich folgte der Nora bis zur Dakota Street nach Osten, dann weiter nach Süden, vorbei an der Montessorischule. Bei der Mission Street bog ich links ab und lief wieder mehrere Meilen nach Osten, bis ich zur Greene Street kam. Dort bog ich nach Süden ab und ging noch eine Viertelmeile bis zur Trent Street, der Straße, die mich zur Grenze zwischen Washington und Idaho führen würde.

Die Gegend um die Trent Street veränderte sich dramatisch zum Schlechteren, als die Vorstadt in ein Industriegebiet überging. Ich kam an Stahl-und-Aluminium-Gebäuden vorbei und passierte einen Schrottplatz, eine Boilerfirma, einen Maschinenverleih, Autowerkstätten und Bobo's Erwachsenenvideos.

Dennoch waren die Namen der Kaffeeanbieter nicht weniger kreativ als das, was ich zwischen Seattle und Spokane gesehen hatte – Grind Finale, Grind Central Station, Caffiends Espresso, Sorrentino's Espresso und 1st Shot Gourmet Espresso.

Nach etwa vier Stunden legte ich eine Pause ein, um mir bei der »Java-Hütte« einen Kaffee zu holen, dann setzte ich mich hinter den kleinen Holzverschlag und aß ein Mittagessen aus meinem Rucksack. Während ich dasaß und meinen Kaffee schlürfte, entdeckte ich ein großes, reflektierendes Schild, auf dem stand:

Apfelfruchtfliegen-Quarantänegebiet

Das Schild warf viele Fragen auf. Übertrugen die Menschen hier tatsächlich Apfelfruchtfliegen, und, wenn ja, würde das Schild sie aufhalten? Gab es Gegenden, in denen Apfelfruchtfliegen akzeptiert wurden? Würden andere Fruchtfliegenarten willkommen sein? Würden Apfelfruchtfliegen eines Tages als bedrohte Art gelten, und würde es RETTET-DIE-APFELFRUCHTFLIEGEN-Autoaufkleber geben?

Ich ruhte mich etwa eine halbe Stunde aus, bevor ich mich wieder auf den Weg machte. Im Laufe des Nachmittags kehrte die Natur zurück, und ich kam in grünere, dicht bewachsene Gegenden mit großen Pferdeweiden.

Am Straßenrand stand ein zimtfarbenes Quarter Horse, das McKales Pferd verblüffend ähnlich sah. Das Pferd sah mich kommen und streckte den Kopf über den Zaun. Ich blieb stehen und streichelte seine Nase, dann gab ich ihm einen Apfel aus meinem Rucksack zu fressen.

Eine Stunde später erreichte ich die Grenze zu Idaho, was in emotionaler Hinsicht einen bemerkenswerten Effekt auf mich hatte. Nach sechs Monaten hatte ich Washington endlich hinter mir gelassen. Dieser kleine Schritt schien meine Reise zu rechtfertigen und steigerte meine Hoffnung, dass ich mein Ziel eines Tages tatsächlich erreichen könnte.

Ein paar Meilen weiter, in der Stadt Post Falls, hielt ich an einer Tankstelle, um mir einen Energiedrink zu kaufen und mich nach Entfernungen und Unterkünften zu erkundigen. Die Dame hinter dem Tresen erklärte mir, dass es bis Cœur d'Alene *nur noch* zehn Meilen seien. »Nur ein paar Minuten von hier«, sagte sie. Meinen Rucksack hatte sie offensichtlich nicht bemerkt.

»Gibt es nichts, das näher ist?«, fragte ich.

»Gleich die Straße hinunter ist ein Comfort Inn, aber an Ihrer Stelle würde ich einfach weiter bis nach Cœur d'Alene fahren. Dort gibt es tolle Unterkünfte, und es ist eine wunderschöne Stadt.«

Ich bedankte mich bei ihr, bezahlte mein Getränk und ging wieder zurück zur Straße. Ich entdeckte das Comfort Inn ein paar Blocks weiter auf der Nordseite des Highways. Ich leerte meinen Energiedrink und ging auf das Hotel zu.

Das Comfort Inn war klein und ordentlich und kostete nur 75 Dollar die Nacht, ein kontinentales Frühstück inbegriffen. Ich bezahlte mit meiner Kreditkarte und ging in mein Zimmer im ersten Stock. Ich stellte meinen Rucksack neben dem Wandschrank auf dem Boden ab, dann streckte ich mich auf dem Bett aus, um mich einen Augenblick auszuruhen. Anschließend wollte ich irgendwo etwas zu Abend essen gehen. Am nächsten Morgen wachte ich wieder auf.

Siebenunddreißigstes Kapitel

Heute hat Gott jemand anderen meinen Weg kreuzen lassen.

Alan Christoffersens Tagebuch

Als ich aufwachte, schien die Sonne hell durchs Fenster. Ich rollte mich herum und sah auf die Digitaluhr. Es war schon 9.09 Uhr. Ich brauchte einen Moment, um zu begreifen, dass es morgens, nicht abends war. Ich war noch immer vollständig bekleidet, mit Stiefeln und allem, und lag auf der Bettdecke. Meine Beine schmerzten, daher setzte ich mich auf und massierte mir die Waden.

Ich duschte und zog mich an und ging dann mit meinem Rucksack nach unten. Ich schnappte mir einen Apfel und eine Käsetasche vom Frühstücksbüfett, dann checkte ich aus und hielt für einen Kaffee bei einem Coffee-Shop, der passenderweise Jumpstart Java hieß. Ich erreichte Cœur d'Alene um kurz vor Mittag.

Ich wusste drei Dinge über Cœur d'Alene. Erstens, in der Stadt gab es eine Weihnachtsfeier von Weltrang. Nicole und ich waren uns einig gewesen, dass sich unser Ausflug zur Lichtershow eindeutig gelohnt hatte.

Zweitens, die Gegend war ungewöhnlich schön. Reiseprospekte für die Stadt warben damit, dass keine Geringere als

Barbara Walters Cœur d'Alene »ein kleines Stückchen Himmel« genannt und auf ihre Liste der »faszinierendsten Orte, die man gesehen haben sollte«, gesetzt hätte.

Das Dritte, was ich über Cœur d'Alene wusste, schien in einem krassen Gegensatz zu den ersten beiden Dingen zu stehen, nämlich dass es das Hauptquartier der »Aryan Nations« war, einer Organisation, die von der Überlegenheit der weißen Rasse überzeugt ist. Im Jahr 1998 hatte Cœur d'Alene landesweit für Schlagzeilen gesorgt, als es zu einer bewaffneten Auseinandersetzung zwischen FBI-Agenten und der Aryan Nation kam, in deren Folge mehrere Anführer der Gruppe verhaftet wurden.

Dass Cœur d'Alene eine Stadt der Gegensätze ist, lässt sich allein schon an seinem Namen ablesen. Der Name klingt romantisch (*Das Herz von Alene*), aber er ist es nicht. Denn er war ursprünglich als Verunglimpfung gedacht. »Alene« ist nämlich keine Person. Französische Pelzhändler nannten vielmehr den Stamm der Ureinwohner Cœur d'Alene – Herz der Ahle –, womit sie ausdrücken wollten, dass sie die Indianer für durchtrieben oder gerissen hielten.

Die Imageberater des Urlaubsorts haben diese Tatsache später entweder ignoriert oder versucht, die Beleidigung als Kosenamen abzutun, aber französische Muttersprachler, die die Stadt besuchen, sind sich einig, dass es nicht freundlich gemeint war.

In der Stadt angekommen, kaufte ich mir in einem kleinen Supermarkt ein paar Flaschen Wasser, Sandwichbrötchen, Studentenfutter, ein paar Äpfel und Orangen, Schokoriegel, Pecorinokäse, eine Packung Energieriegel, einen Karton Flüssigei (den ich in eine Plastiktüte mit Eiswürfeln steckte) und ein Stück Salami. Mein Rucksack war deutlich schwerer, als ich die Sherman Avenue hochging und mich in den schrulligen kleinen Läden und Boutiquen umsah, die die Innenstadt säumten.

Cœur d'Alene ist eine Stadt, wie McKale sie geliebt hätte. Sie hätte den ganzen Tag damit verbracht, unbekannte Fakten über die Stadt und ihre Bewohner in Erfahrung zu bringen, und wäre abends in unser Hotelzimmer zurückgekehrt, schwer bepackt mit Einkaufstüten, um mir in allen Einzelheiten zu berichten, was sie herausgefunden hatte. Ich bedauerte, dass ich nie mit ihr hier war.

Die Leute von Cœur d'Alene (sie selbst nennen ihre Stadt CDA) sind ebenso gesprächig wie freundlich, was eine höfliche Umschreibung dafür ist, dass sie gern reden. Und viel. Ich wurde in mehreren Geschäften in lange Gespräche verwickelt. Ich habe nichts gegen Freundlichkeit, ich habe nur nicht immer die Zeit dafür.

Ich durchquerte das Stadtzentrum und stieg die Auffahrt zum I-90 hoch, einem ziemlich stark befahrenen Highway, der aber die einzige Route über die Berge war, die ich finden konnte. Der Highway war noch stärker befahren als der Highway 2 in Washington, und die Autos fuhren schneller. Positiv betrachtet hatte der Highway einen breiteren Seitenstreifen. Eine Meile später kündigte ein Straßenschild die nächste Stadt an:

Kellogg, Idaho
36 Meilen

Die Stadt war zu weit entfernt, um sie noch an diesem Tag zu erreichen. Das bedeutete, dass ich zelten musste.

Gegen Mittag überquerte ich die Centennial Bridge mit ihrer atemberaubenden Aussicht über den Lake Cœur d'Alene, der mit Hausbooten und Seehäusern gesprenkelt war. Kurz hinter der Brücke begann die Straße steil abzufallen, während sich der See weiter nach Süden erstreckte.

Es gab im Grunde keine Stelle, an der man den Highway verlassen konnte, daher legte ich keine Mittagspause ein, sondern aß nur im Gehen einen Energieriegel und eine Orange. Etwa zehn Meilen und zweieinhalb Stunden später wich der See Weideland und Wiesen, auf denen Kühe standen. Ein Schild verkündete, dass dies das Tor zum Nationalforst des »Pfannenstiels« von Idaho war.

Die Sonne ging schon langsam hinter mir unter, als ich den Rastplatz des Fourth of July Pass erreichte. Ich war müde und wollte mir einen Platz zum Zelten und Abendessen suchen. Ich verließ den Highway an der Abfahrt, die in einem T endete. Ich wusste nicht, welche Richtung ich einschlagen sollte. Das obere Schild zeigte nach rechts zu einem Rastplatz für Kraftfahrzeuge, der irgendwo einen langen und steilen Hügel hoch außerhalb meiner Sichtweite lag. Auf dem Schild darunter stand MULLAN TREE. Der dazugehörige Pfeil zeigte nach links auf eine abschüssige Asphaltstraße, die meinen erschöpften Beinen weitaus einladender erschien. Ich entschied mich für links.

Ich hatte keine Ahnung, dass die Entscheidung, die ich gerade getroffen hatte, so viele Leben beeinflussen würde.

Ich überquerte die Straße und stieg eine leichte Anhöhe zu einem Kiesweg hoch. Ein braunes Schild der Forstverwaltung erklärte, dass der Mullan Tree eine Drehkiefer war, in die vor über 150 Jahren Soldaten des Generals John Mullan etwas geschnitzt hatten. Die Inschrift erinnerte an die Fertigstellung der Mullan Military Road, des ersten größeren Highways im Pazifischen Nordwesten, der zwischen Fort Benton, Montana, und Fort Walla Walla, Washington, verlief. (Der Name Mullan sollte mir schon bald sehr vertraut sein, denn, wie ich feststellte, hatte General Mullan dazu geneigt, alles nach sich selbst zu benennen.)

Die Straße teilte sich erneut, und ein Schild an der linken Abzweigung informierte mich darüber, dass sich der berühmte Baum weiter oben am Berg befand. Leider sagte das Schild nichts darüber, wie hoch oben an der Straße der Baum tatsächlich stand. Während ich die steile Anhöhe hochblickte, kam ich zu dem Schluss, dass ich weder die Beine noch die Neugier oder das Tageslicht hatte, um auf Erkundungstour zu gehen. Daher nahm ich die rechte Abzweigung, die etwa fünfzig Meter hinter der Gabelung auf einem kleinen Rastplatz mit einer großen steinernen Statue General Mullans endete. Ich beschloss, dort mein Lager aufzuschlagen.

Vom Kiesweg ging es einen Abhang hinunter zu einem kleinen, ebenen Bereich mit einem Toilettenhäuschen und ein paar Picknicktischen. Die Luft war kalt und schwer von Moosgeruch. Die ZELTEN-VERBOTEN-Schilder überall schreckten mich nicht ab. Ich bezweifelte, dass irgendjemand die Einhaltung dieses Verbots auf diesem abgelegenen kleinen Rastplatz kontrollierte, und selbst wenn, konnte ich mein Zelt leicht in der dichten Vegetation verstecken.

Ich kehrte zurück zu den Picknicktischen und baute mein

Zelt hinter einer kleinen Baumgruppe auf, wo es selbst am helllichtem Tag von der Straße aus nicht zu sehen war.

Ich war am Verhungern. Die Sandwichbrötchen, die ich mir in Cœur d'Alene gekauft hatte, waren auf die Hälfte ihrer ursprünglichen Größe zusammengedrückt worden, aber sie schmeckten noch immer ganz passabel. Ich schnitt ein paar dicke Scheiben von der Salami und dem Pecorino ab und bestrich das zerdrückte Brot mit Mayonnaise und Senf aus den kleinen Saucenpäckchen, die ich unterwegs in einer der Fastfood-Buden mitgenommen hatte. Ich verschlang das Sandwich rasch und machte mir gleich noch eines.

Ich hatte das zweite Sandwich eben aufgegessen und war dabei, in mein Zelt zu klettern, als ich einen Wagen näher kommen hörte. Er spritzte den Kies auf, fuhr an meinem Lagerplatz vorbei und kam dann schlitternd zum Stehen. Als die Türen aufgingen, wurde ein wildes Stimmengewirr laut, hauptsächlich Basstöne. Dazwischen war die hellere Stimme einer jungen Frau zu hören. Die Insassen des Fahrzeugs lachten und redeten aufgeregt, und ich nahm an, dass es sich um ein paar betrunkene Collegeschüler handelte.

Der Platz lag inzwischen gänzlich im Schatten, und ich war hinter einer dunklen Wand aus Bäumen verborgen. Ich war mir sicher, dass ich keinen Grund zur Besorgnis hatte, aber nach dem Überfall auf mich war ich dennoch nervös. Ich griff in meinen Rucksack und holte die Pistole meines Vaters heraus. Ich nahm den Ladestreifen aus der Seitentasche des Rucksacks, in der ich ihn separat aufbewahrte, und schob ihn ins Magazin. Nur zur Sicherheit.

Dann hörte ich die Frau schreien: »Lasst mich in Ruhe!«

Auf ihren Schrei folgte das Zuschlagen von Türen und noch mehr Gelächter.

»Hört schon auf!«, brüllte sie.

Ich konnte nicht hören, was die Männer sagten, aber es klang höhnisch. Ich überprüfte die Sicherung meiner Pistole, steckte sie in meinen Hosenbund und kroch aus meinem Zelt. Ich schlich leise die Anhöhe hoch und lugte hinter einem Baum hervor, um zu sehen, was los war.

Ein viertüriger Dodge-Pick-up parkte in der Nähe des Denkmals, sodass seine Scheinwerfer die Statue anstrahlten. Rechts hinter dem Truck standen vier junge Männer und eine noch jüngere Frau. Alle Männer bis auf einen hatten sie umringt, und sie schlug mit den Händen nach ihnen.

Der schlaksige, blonde Junge, der etwas abseits von den anderen stand, schien nervös für das Mädchen Partei zu ergreifen. Der Anführer der Gruppe war ein muskulöser Bursche Anfang zwanzig, der wie ein Football-Lineman gebaut war. In einer Hand hielt er eine Dose Bier. Er wandte sich um und rief dem blonden Jungen zu, er solle »seine verdammte Schnauze halten«. Selbst in dem dämmerigen Licht konnte ich die Grausamkeit in dem Gesicht des Mannes sehen.

Plötzlich spuckte die junge Frau ihn an, und er schlug ihr mit dem Handrücken ins Gesicht, sodass sie zu Boden ging. Sie hielt sich die Wange und rief: »Bitte hört auf.«

»Wir haben dich mit dem Auto mitgenommen, und jetzt wirst du dafür bezahlen«, sagte er. Er warf mit seiner halb vollen Bierdose nach ihr. Sie schlug spritzend vor ihr auf dem Boden auf.

»Ich bin euch gar nichts schuldig«, sagte sie. »Lasst mich einfach gehen.«

Er trat auf sie zu. »Erst wenn du bezahlt hast. Zieh dich aus.«

»Nein.«

»Na schön, dann werden wir dich eben ausziehen.«

Sie knurrte: »Bist du ein Vergewaltiger? Das ist ein Schwerverbrechen.« Sie wandte sich an die anderen. »Seid ihr auch Vergewaltiger?«

Ich war beeindruckt von ihrem Mut. Alle Männer schienen verblüfft von ihrer Argumentation, nur nicht der Anführer. »Halt den Mund, und zieh dich aus!«

»Das wirst du schon selbst tun müssen.«

»Ihr habt sie gehört, Leute, sie hat mich darum gebeten.«

Er trat näher auf sie zu, und sie versuchte wegzulaufen. Er rannte ihr nach und packte sie an den Haaren, während sie vergeblich nach ihm schlug. Ihre Schläge schienen ihn nur noch mehr in Rage zu bringen. Er stieß einen wütenden Schwall von Flüchen aus, dann packte er sie an ihrem T-Shirt und zerrte so fest daran, dass es an der Schulter aufriss.

Ich hatte genug gesehen. Ich trat auf den Kiesweg und rief: »Lasst sie in Ruhe.«

Alle erstarrten. Die Männer waren sichtlich verblüfft, dass sie nicht allein waren, und alle, auch das Mädchen, wandten sich zu mir um. Einen Augenblick lang bewegte sich niemand, und niemand sagte etwas.

Ich machte ein paar Schritte auf sie zu. »Lasst sie in Ruhe. Und zwar sofort.«

Der Anführer funkelte mich zornig an. »Das hier geht dich gar nichts an. Mach, dass du wegkommst, sonst knöpfen wir uns dich gleich als Nächstes vor.«

Ich behielt die vier Männer im Auge, während ich mich weiter vorwärtsbewegte. »Ich habe gesagt, lasst sie in Ruhe.«

Der Anführer sah mich mit fassungsloser Miene an. »Bist du bescheuert? Wir sind zu viert, du bist allein. Du bist in der Unterzahl, du Loser.«

Etwa zwanzig Schritte vor ihnen blieb ich stehen. Ich umklammerte den Griff meiner Pistole und zog sie aus meinem Hosenbund. Ich hielt sie hoch, während ich sie entsicherte. »Ich habe richtig gerechnet. Ihr seid zu viert, und ich habe sechzehn Patronen im Magazin. Für *euch* steht es vier gegen einen.«

Die Pistole genoss ihre volle Aufmerksamkeit. Ich richtete den Lauf auf den Bauch des blonden Jungen. »Ich sage euch, wie die Sache läuft. Ihr lasst das Mädchen augenblicklich in Ruhe, oder ich puste zuerst diesen langen Lulatsch um, dann das Großohr, dann den Fettsack, und dich hebe ich mir bis zum Schluss auf.« Ich baute mich vor dem blonden Jungen auf, die Pistole hielt ich mit beiden Händen fest. »Ich gebe euch fünf Sekunden, um zu verschwinden.«

Zitternd hob der Junge die Hände, obwohl ich es ihm gar nicht befohlen hatte. »Ich habe nichts gemacht. Tim, lass sie in Ruhe. Lass uns abhauen.«

»Er blufft nur«, sagte der Anführer.

»Du glaubst, dass ich bluffe?«, fragte ich. »Vor fünf Monaten wurde ich von ein paar Losern wie euch überfallen und niedergestochen. Deshalb habe ich jetzt diese Waffe. Ich werde euch alle töten, ohne mit der Wimper zu zucken. Genug geredet, ich zähle bis fünf, und dann eröffne ich das Feuer. Okay? Eins …«

Der blonde Junge schlotterte vor Angst. »Lass uns abhauen, Mann. Lass uns verschwinden. Komm schon, Tim«, schrie er. »Lass sie in Ruhe!«

»… zwei … drei.«

Der Anführer trat nach dem Mädchen, grinste höhnisch und wandte sich dann ab. »Wir hauen ab«, sagte er zu den beiden Typen neben ihm, denen ihre Erleichterung deutlich anzusehen war. »Kommt schon.«

»Ich brauche meinen Rucksack«, sagte das Mädchen.
»Wo ist er?«, fragte ich.
»Hinten auf dem Truck«, sagte sie.
Der schlaksige Junge griff über den Rand des Trucks und zog einen Rucksack von der Ladefläche. Er stellte ihn verblüffend sanft auf dem Boden ab. »Bitte sehr.«
Der Anführer ging um den Truck, während er irgendetwas vor sich hin murmelte. Ich richtete die Waffe auf ihn. »Stehen bleiben.«
Er erstarrte.
»Wenn du vorhast, mit deinem Truck auf mich oder das Mädchen zuzuhalten, dann werde ich nicht aufhören zu schießen, bis ihr alle tot seid. Und wenn ihr den Verstand verliert und später wiederkommt, dann werde ich im Dunkeln auf euch warten, genau wie wir's im Golfkrieg getan haben. Ohne Vorwarnung. Glaub mir, ich werde es wissen. Dieser Kies knallt wie Feuerwerkskörper – ich höre euch schon kommen, bevor ihr die Abfahrt verlassen habt.«
Der Junge, den ich »Großohr« genannt hatte, ergriff zum ersten Mal das Wort. »Ist ja gut, Mann. Wir sind schon weg.«
Ich hielt die Waffe weiter auf die jungen Männer gerichtet, während sie in den Truck stiegen. Der Anführer ließ den Motor ein paarmal aufheulen, dann legte er den Gang ein. Der Wagen kam ins Schleudern und stellte sich quer, aber sie hielten deutlich Abstand von mir. Sie fuhren zu der Gabelung hoch und schossen dann laut fluchend davon.
Als wir allein waren, sicherte ich die Waffe und steckte sie wieder in meinen Hosenbund. Ich wandte mich zu dem Mädchen um. »Bist du okay?«
»Ja.« Sie rappelte sich hoch.
»Du warst tapfer«, sagte ich.

»Sie auch.«

»Nein, ich hatte nur eine Pistole.« Ich trat auf sie zu. »Wie bist du denn an diese Typen geraten?«

»Ich bin getrampt, und sie haben mich mitgenommen.«

»Keine gute Idee.«

»Ich wusste ja nicht, was für Idioten es waren.« Sie war nicht ganz so erschüttert, wie ich erwartet hatte. »Waren Sie wirklich in der Armee?«

»Nein«, sagte ich. »In der Werbung.«

Sie grinste. »Ist die Waffe überhaupt echt?«

»Ja.«

Sie klopfte sich den Hosenboden sauber, dann kam sie herüber und nahm ihren Rucksack. Als sie näher kam, sah ich, dass sie jünger war, als ich gedacht hatte. Ich schätzte sie auf etwa siebzehn.

»Haben Sie irgendwas zu essen?«, fragte sie.

»Ich kann dir ein Sandwich machen. Ich habe Käse und Salami da.«

»Ich esse alles.«

»Dann komm mit.«

Sie folgte mir zu meinem Zelt.

»Wie heißen Sie?«, fragte sie.

Ich griff in mein Zelt und holte meinen Rucksack heraus. »Alan. Und du?«

Sie setzte sich an den Picknicktisch und legte ihren Rucksack darauf. »Kailamai.«

»Kai – la – mai?«, wiederholte ich, wobei ich jede Silbe betont aussprach.

Sie nickte. »Ja.«

»Klingt nach Hawaii.«

»Samoa.«

»Du siehst nicht aus wie aus Samoa.«

»Ich weiß.«

Ich packte das Brot, die Wurst und den Käse aus. »Das Brot ist ein bisschen zerdrückt.«

»Ich bin nicht wählerisch.«

Ich zückte mein Messer und schnitt ein Stück Käse und dann etwas Salami ab. »Mayo?«

Sie nickte. »Ja, bitte.«

Ich schnitt das Brötchen in zwei Hälften, nahm eines der Mayonnaisepäckchen und bestrich das Brot damit. Ich legte die Wurst und den Käse dazwischen und reichte ihr das Sandwich.

»Danke«, sagte sie. Sie biss gierig hinein. Ich fragte mich, wann sie das letzte Mal etwas gegessen hatte.

»Hungrig?«, fragte ich scherzhaft.

Sie beantwortete meine Frage, indem sie noch einen Bissen nahm. Dann sagte sie mit vollem Mund: »Ich habe seit gestern nichts mehr gegessen.«

»Es ist noch mehr da, wenn du willst.«

»Danke.« Sie kaute weiter. Nach noch ein paar Bissen verlangsamte sie ihr Tempo. »Wurden Sie wirklich mit einem Messer verletzt?«

»Drei Stiche. Ich war zu Fuß auf dem Highway unterwegs, als ich kurz vor Spokane von einer Gang überfallen wurde.«

»Gehen Sie viel zu Fuß?«

»Das könnte man sagen.«

»Wohin wollen Sie denn?«

»Key West.«

»Wo ist das?«

»In Florida.«

Sie sah mich an, als versuchte sie zu ergründen, ob ich einen

Witz gemacht hatte. »Da haben Sie ja einen langen Weg vor sich.«

Ich setzte mich ans andere Ende der Picknickbank. »Wohin willst du denn?«

»Zurück in den Osten. Da lebt meine Tante.«

»Wohin im Osten?«

»Boston.«

»Das ist weit, wenn man trampen will.«

Sie zuckte die Schultern. »Ich habe kein Auto.«

»Du hättest fliegen können. Oder einen Bus nehmen.«

»Das hätte ich, wenn ich Geld hätte.«

»Wie alt bist du?«

Meine Frage schien sie zu beunruhigen. Sie hörte zu essen auf, dann sah sie mich an. »Sie werden mir doch nichts antun, oder?«

»Habe ich diese Typen nicht eben davon abgehalten, dir etwas anzutun?«

»Na ja, vielleicht wollten Sie mich nur für sich selbst haben.«

»So ein Typ bin ich nicht.«

»Ich dachte, alle Typen sind so.«

»Nein, nicht alle«, sagte ich.

Einen Augenblick später sagte sie: »Ich bin fast achtzehn.«

»Wo sind deine Eltern?«

»Meine Mom ist tot. Wo mein Vater ist, weiß ich nicht«, sagte sie mit gleichgültiger Stimme, während sie noch einmal von ihrem Sandwich abbiss.

»Das tut mir leid«, sagte ich.

»Was?«, fragte sie.

»Hm?«

»Was tut Ihnen leid?«, fragte sie. »Dass meine Mom tot ist oder dass ich nicht weiß, wo mein Vater ist?«

»Beides.«

»Mein Vater ist mir egal. Ich weiß nicht einmal, wer er ist. Nach allem, was ich weiß, könnten Sie es sein. Zumindest, wenn Sie älter wären. Und es tut mir nicht leid, dass meine Mutter tot ist. Das tut niemandem leid.«

Ich sagte nichts, sondern sah sie nur an. Dann sagte ich: »Das tut mir auch leid.« Ich atmete aus, und jetzt konnte ich meinen eigenen Atem in der kalten Luft sehen. Ein paar Minuten sprach keiner von uns ein Wort, während sie weiteraß. »Wie schmeckt dein Sandwich?«, fragte ich schließlich.

»Gut, danke.«

»Ich habe auch noch einen Hershey's-Schokoriegel, wenn du willst.«

»Das klingt echt gut.«

Ich holte den Riegel aus meinem Rucksack und gab ihn ihr. »Hier, bitte sehr. Wenn du heute Nacht hierbleiben willst, kannst du gern im Zelt schlafen.«

»Danke.« Sie nahm den Riegel und schälte ihn wie eine Banane. Sie nahm einen kleinen Bissen und sah dann zu mir hoch. »Und weshalb sind Sie von zu Hause weggelaufen?«

»Wie kommst du auf die Idee, dass ich vor irgendetwas weglaufe?«

»Sie sind ein netter Typ, Sie reden, als ob Sie schlau sind, und Sie sehen gut aus. Das heißt, es kann gar nicht sein, dass es nichts gibt, was Sie zurücklassen, eine Freundin und einen Job oder so. Daher müssen Sie vor irgendetwas weglaufen.«

Ich war beeindruckt von ihrer Logik. »Ich *war* verheiratet.«

»Oh.« Sie nickte, als würde sie es verstehen. »Schlimme Scheidung.«

»Keine Scheidung. Sie ist gestorben.«

Sie schien aufrichtig bestürzt zu sein. »Das tut mir leid. Woran ist sie gestorben?«

»Es war ein Unfall. Ihr Pferd hat gescheut und sie abgeworfen.«

»Das tut mir leid«, sagte sie noch einmal.

»Mir auch. Sie war mein Ein und Alles. Ich habe nur für sie gelebt.«

Sie schwieg einen Augenblick, dann sagte sie: »Es muss schön sein, jemanden zu haben, für den man lebt.«

»Es ist schön, bis man diesen Menschen verliert.« Ich reichte ihr eine Flasche Wasser. Sie nahm einen großen Schluck und gab sie mir wieder. »Ich denke, ich werde mich schlafen legen«, sagte ich. »Wie ich schon sagte, du kannst gern im Zelt schlafen.«

»Und wo werden Sie schlafen?«

»Unter den Sternen.«

»Aber hier draußen ist es kalt.«

»Ich komme schon klar.«

Sie sah zum Zelt. »Es macht mir nichts aus, wenn wir uns das Zelt teilen. Ich vertraue Ihnen. Außerdem wird es gemütlich sein.«

Es gab mindestens ein Dutzend Gründe, sich das Zelt nicht zu teilen, aber die Kälte, die in der Luft lag, war überzeugend genug. »Na schön.«

»Ist noch genug da für noch ein Sandwich?«

»Na klar.«

Ich machte ihr noch ein Sandwich, dann ging ich ins Zelt, zog mich aus und kletterte in meinen Schlafsack. Fünf Minuten später sagte sie: »Klopf, klopf.«

»Du kannst reinkommen«, sagte ich.

Sie warf ihren Schlafsack ins Zelt und kroch dann hinterher. Sie schlüpfte mit ihren Kleidern in den Schlafsack. Nach einer Minute sagte sie: »Das ist irgendwie schön.«

»Das Zelt?«

»Ja.« Sie schwieg wieder. »Macht es Ihnen etwas aus, wenn ich bete?«

»Nein.«

»Ich bete normalerweise laut«, sagte sie. »Macht es Ihnen etwas aus?«

»Nein.«

Sie rollte sich auf den Bauch und bedeckte ihr Gesicht mit den Händen. »Lieber Vater im Himmel, danke für diesen neuen Tag. Danke für alles, was du mir gegeben hast. Danke, dass du mir heute Abend einen Engel geschickt hast. Ich bin dankbar für Alan und seinen Schutz und das Essen und das Dach über dem Kopf, das er mir gegeben hat. Bitte segne ihn mit Frieden und Sicherheit und allem, was er braucht. Und ich bete für all diejenigen, denen heute Nacht irgendetwas zustößt, und bitte schicke auch ihnen Engel, die sie erretten. Ich bete darum, dass diese Typen in dem Truck nicht wiederkommen. Im Namen Jesu, Amen.«

Wir schwiegen beide einen Augenblick. Sie rollte sich herum. »Meinen Sie, diese Typen werden wiederkommen?«

»Nein.«

»Ich weiß nicht«, sagte sie. »Sie waren ganz schön durchgeknallt.«

»Ich will mir lieber nicht vorstellen, was passiert wäre, wenn ich nicht hier gewesen wäre«, sagte ich.

»Das Übliche«, erwiderte sie und rollte sich von mir weg. »Gute Nacht.«

Es waren ihre letzten Worte, bevor sie einschlief.

Achtunddreißigstes Kapitel

Ich frage mich, was McKale sagen würde, wenn sie mich jetzt sehen könnte. Ehrlich gesagt, weiß ich es. Sie würde mich einen »verrückten alten Narren« nennen. Entweder das, oder sie würde mir eine knallen.

Alan Christoffersens Tagebuch

Am nächsten Morgen wachte ich bei Sonnenaufgang auf. Im Zelt war es warm, und Wassertropfen hatten an der schrägen Vinyldecke kondensiert. Ich brauchte einen Moment, um mich zu erinnern, warum ich nicht allein war und wer neben mir schlief.

Kailamai schlief noch. Sie lag auf der Seite und schnarchte leise. Ich zog mich in meinem Schlafsack an, dann kletterte ich aus dem Zelt.

Die morgendliche Luft war kalt und frisch, und die Sonne brach eben durch den dichten Baldachin der Bäume, der erfüllt war von den schrillen, monotonen Schreien einer Eule, die irgendwo unsichtbar in den Zweigen über mir saß.

Am Abend zuvor war ich nicht sofort eingeschlafen. Stattdessen hatte ich über Kailamais letzte Worte vor dem Einschlafen nachgedacht. »Das Übliche.« Ich grübelte über ihre Geschichte nach – über ihren Vater (oder das Fehlen eines solchen) und über eine tote Mutter, für die sich niemand, nicht einmal sie selbst, interessierte.

Ich sammelte ein paar honigmelonengroße Steine ein und baute damit eine Feuerstelle. Dann suchte ich die nähere Umgebung nach Zweigen ab, bis ich einen Arm voll beisammenhatte. Ich hätte meinen Propankocher benutzen können, um ein warmes Frühstück zuzubereiten, aber es war ein kalter Morgen, und ich sehnte mich nach der Wärme eines Feuers (das Mädchen vermutlich auch).

Ich legte drei Steine in die Mitte der Feuerstelle, und als die Flammen etwa dreißig Zentimeter hoch waren, stellte ich meine Pfanne vorsichtig darauf. Eine Minute später goss ich die Packung Flüssigei hinein. Ich schnitt etwas Pecorino und Salami in dünne Scheiben und streute sie über die blubbernde Eimasse.

Kailamai kam etwa fünf Minuten später aus dem Zelt. »Hey«, sagte sie. Ich wandte mich um. Ich hatte sie bis jetzt nur im Dunkeln zu Gesicht bekommen, sodass ich sie nun zum ersten Mal richtig sehen konnte. Sie war etwa einen Meter sechzig groß, schmal und hatte ein breites Gesicht. Was mir gestern nicht aufgefallen war, war, dass sie auf eine klassische Art hübsch war. Sie hatte hohen Wangenknochen und eine sanft abfallende Nase und sah aus wie eine dieser Frauen auf einem Botticelli-Gemälde. Ihr Haar war dunkel und zerzaust. Und sie hatte mehrere Piercings, die mir gar nicht aufgefallen waren, drei in jedem Ohr und eines in der Nase.

»Was immer Sie da kochen, es riecht gut«, sagte sie.

»Es ist eine Abwandlung von dem, was du gestern Abend gegessen hast. Omelett mit Pecorino und Salami.«

»Klingt gut«, sagte sie. Sie setzte sich rittlings auf die Bank vor dem Picknicktisch, sodass sie nah beim Feuer saß, um seine Wärme zu spüren.

»Hungrig?«, fragte ich.

»Ich wurde hungrig geboren.«

»Schnapp dir das Offiziersgeschirr«, sagte ich.

»Das was?«

»Das Offiziersgeschirr. Das ist dieses silberne Teil oben auf meinem Rucksack.«

Sie hob es hoch. »Das da?«

»Ja. Gib es mal her.«

»Warum nennen Sie es Offiziersgeschirr?«

»Ich weiß nicht. Es ist irgendwas von der Armee.«

»Sie sagten doch, Sie waren nicht in der Armee.«

»War ich auch nicht.« Ich klappte die Box auf und häufte ein Omelett auf eine der Hälften. »So, bitte sehr.«

Sie nahm das Essen, dann setzte sie sich mit dem Rücken zum Feuer an den Tisch. »Danke. Ich werde das Tischgebet sprechen.«

Ich nahm die Pfanne vom Feuer. »Okay.«

»Gütiger Vater, danke für dieses Mahl. Segne Alan dafür, dass er es mit mir teilt. Segne dieses Mahl für unsere körperliche Gesundheit und uns für Dein Lob, Amen.«

»Amen«, sagte ich. Ich füllte das restliche Omelett in meine Metallschale, dann setzte ich mich neben sie. »Du betest viel«, sagte ich.

»Vor den Mahlzeiten. Wenn ich aufstehe. Wenn ich zu Bett gehe. Immer, wenn ich Angst habe. Immer, wenn ich dankbar bin.« Sie lächelte mich an. »Eigentlich die ganze Zeit.« Sie nahm einen Bissen Omelett. »Ein warmes Frühstück tut gut.«

»Ich wünschte nur, ich hätte noch einen Kaffee dazu«, sagte ich. Ich nahm einen großen Bissen Omelett. »Was hast du heute vor? Weitertrampen?«

»Ich nehm's an.« Sie senkte für einen Moment den Blick

und stocherte in ihrem Essen herum. »Wenn Sie nichts dagegen haben, würde ich gern für eine Weile mit Ihnen gehen.«

Ich war mir nicht sicher, ob das eine gute Idee war. »Ich gehe über zwanzig Meilen am Tag. Meinst du, du kannst da mithalten?«

»Ich werd's versuchen.«

Ich nahm einen Bissen und kaute langsam, während ich über ihre Bitte nachdachte.

»Wenn Sie nicht wollen, dass ich mit Ihnen gehe, dann verstehe ich das«, sagte sie.

»Es ist schon okay«, entschied ich. »Ich hätte nichts gegen ein bisschen Gesellschaft.«

Sie lächelte. »Gut. Ich auch nicht.«

Nachdem sie aufgegessen hatte, stand sie auf. »Ich sehe mich mal um, ob ich irgendwo Wasser finden kann, um unser Geschirr zu spülen.« Ein paar Minuten später kam sie mit einer sauberen, tropfenden Pfanne wieder. »Ich habe einen Wasserhahn gefunden.«

»Meinst du, das Wasser ist unbedenklich?«, fragte ich.

»Was heißt unbedenklich?«

»Dass man es trinken kann.«

»Ich weiß nicht. Da stand nirgends, dass man es nicht trinken kann.«

»Dann kann man es vermutlich. Wir sollten unsere Flaschen auffüllen.« Ich nahm einen großen Schluck aus meiner Feldflasche und holte dann zwei Plastikflaschen. »Wo ist dieser Wasserhahn denn?«

»Dort drüben. Hinter der Statue.« Sie zeigte in die Richtung.

Ich füllte meine Behälter auf, dann kam ich wieder und leerte eine der Flaschen über dem Feuer aus. Eine weiße Wolke aus

Rauch und Dampf stieg von der Asche und den Steinen auf. Ich ging noch einmal los, um die Flasche wieder aufzufüllen, und verstaute sie dann in meinem Rucksack.

Wir rollten unsere Schlafsäcke zusammen, und Kailamai half mir, das Zelt abzubauen. Ich setzte meinen Hut und die Sonnenbrille auf. Als alles eingepackt war, sagte ich: »Können wir?«

Sie schulterte ihren Rucksack. »Wir können.«

Wir stiegen den Hügel zur Straße hoch und liefen weiter bis zur Gabelung. Als wir an dem Schild der Forstverwaltung vorbeikamen, fragte ich sie: »Hast du den Mullan Tree schon mal gesehen?«

»Nie davon gehört. Lohnt es sich denn?«

Ich schaute in die Richtung, in die das Schild zeigte, dann ging ich weiter. »Wahrscheinlich nicht«, sagte ich.

Wir überquerten den Interstate Highway und gingen dann die Auffahrt hinunter zur I-90. Die Straße führte noch immer bergab, und ich klappte die Krempe meines Akubra-Huts herunter, weil mir die Sonne in die Augen schien.

»Ich mag Ihren Hut«, bemerkte Kailamai.

»Das ist ein Akubra«, erklärte ich. »Den habe ich aus Australien.«

»Sie waren in Australien?«

»Vor ungefähr fünf Jahren. Ich hatte einen Kunden aus Melbourne.«

»Das ist ja cool. Da wollte ich schon immer mal hin.«

»Ich habe gehört, Boston soll sehr schön sein«, sagte ich. »Deine Tante wohnt da?«

»Das habe ich mir nur ausgedacht«, sagte sie. »Es war einfach der erste Ort, der mir eingefallen ist.«

»Und wohin willst du wirklich?«

»Ich weiß nicht. Ich dachte, wenn ich lange genug gehe, werde ich schon irgendetwas finden.«

»Wo ist dein Zuhause?«

»Ich habe keines. Streng genommen bin ich ein weggelaufenes Kind. Zumindest nach den Akten der Behörden. Aber nur noch für einen Monat.«

»Was meinst du damit?«

»Ich bin ein Pflegekind. Ich habe fast mein ganzes Leben in Pflegefamilien verbracht. Mit meiner letzten Pflegefamilie hat es nicht besonders gut geklappt, daher bin ich weggelaufen.«

»Warum hast du dich nicht einfach an die Behörden gewendet?«

»Das hat keinen Sinn. In einem Monat werde ich achtzehn, dann ist der Staat sowieso nicht mehr für mich zuständig. Es nennt sich ›Überschreiten der Altersgrenze‹. Ich bin auf mich allein gestellt.«

»Bist du denn bereit dafür, auf dich allein gestellt zu sein?«

»Ich werd's herausfinden, nehme ich an. Die Chancen stehen nicht allzu gut. Meine Fallbetreuerin hat mir gesagt, dass ich zwei Jahre nach dem Überschreiten der Altersgrenze mit einer Wahrscheinlichkeit von sechzig Prozent entweder schwanger, im Gefängnis, obdachlos oder tot sein würde. Aber dazu werde ich es nicht kommen lassen. Ich will etwas aus meinem Leben machen. Ich will aufs College gehen.«

»Weißt du denn schon, was du studieren willst?«

»Ich will einmal Richterin werden.«

Ich nickte. »Das ist ein tolles Ziel. Dann müssen alle ›Euer Ehren‹ zu dir sagen.«

Ein breites Lächeln zog sich über ihr Gesicht. »Das wäre

klasse. Vielleicht könnte ich so sein wie Richterin Judy und meine eigene Fernsehshow haben. Richterin Judy lässt sich von niemandem etwas bieten.«

»Nein«, sagte ich. »Das tut sie nicht.«

Ich mochte dieses Mädchen.

Neununddreißigstes Kapitel

Hier ist der Witz, den Kailamai mir heute erzählt hat. Eine Frau fragte ihren Ehemann: »Wie war das Golfspielen heute?« »Es war furchtbar«, antwortete er. »Beim elften Loch hat Harry einen Herzinfarkt erlitten und ist gestorben.« »Oh nein!«, rief sie. »Das ist ja entsetzlich!« »Wem sagst du das«, entgegnete ihr Mann. »Die nächsten sieben Löcher hieß es, den Ball schlagen, Harry mitschleifen, den Ball schlagen, Harry mitschleifen.«

Alan Christoffersens Tagebuch

Wir waren etwa zweieinhalb Meilen weit gelaufen, als wir zum Old Mission State Park kamen. Die Old Mission of the Sacred Heart wurde im Jahr 1853 von Jesuitenpriestern errichtet und ist das älteste Gebäude Idahos. Selbst nach heutigen Maßstäben ist es ein eindrucksvolles Bauwerk, und es fällt schwer zu glauben, dass dieser massive Bau an einem solch abgelegenen Ort ohne einen Holzplatz oder schwere Maschinen errichtet wurde. Was den Jesuiten an Technik fehlte, das machten sie durch Hingabe wett.

Der Park war für Besucher geöffnet, und Kailamai und ich schlenderten etwa eine Stunde lang durch das Besucherzentrum. An diesem Vormittag lernte ich zwei Dinge über Kailamai. Erstens, dass sie witzig war.

»Wie viele Psychiater braucht man, um eine Glühbirne zu wechseln?«, fragte sie.

»Keine Ahnung«, sagte ich.

»Nur einen. Aber die Glühbirne muss gewechselt werden *wollen.*«

Ich grinste. »Das ist ziemlich witzig.«

Sie fuhr fort: »Ein paar Typen mit Gorillamasken überfallen eine Bank. Als sie flüchten wollen, zieht ein Kunde einem der Männer die Maske herunter, um zu sehen, wie er aussieht. Der Bankräuber sagt: ›Jetzt, wo du mich gesehen hast, musst du sterben‹, und erschießt den Mann. Der Bankräuber sieht sich in dem Raum um. Alle sehen entweder weg oder halten sich die Hände vor die Augen. ›Hat sonst noch irgendwer mein Gesicht gesehen?‹, fragt er. Ein Ire in der Ecke hebt langsam die Hand. ›Du hast mein Gesicht gesehen?‹, fragt der Bankräuber. ›Nein, aber ich glaube, meine Frau könnte ein kleinen Blick erhascht haben.‹«

Ich musste sehr lachen.

Das Zweite, was ich feststellte, war, dass Kailamai mehr essen konnte als ich. Ich machte wieder Salamisandwichs und gab ihr einen Apfel und ein paar Energieriegel. Sie verschlang alles. Wir liefen den ganzen Tag und erreichten die Stadtgrenze von Kellogg, als die Sonne gerade unterging. Kailamai war erschöpft, und ich verlangsamte mein Tempo deutlich, damit sie mit mir mithalten konnte. Sie beklagte sich nie über die weite Strecke, entschuldigte sich jedoch mehrmals dafür, dass sie mich aufhielt, und sagte, dass ich sie einfach zurücklassen sollte, wenn ich wollte. Aber das wollte ich nicht. Ich mochte ihre Gesellschaft. In mancher Hinsicht erinnerte sie mich an McKale, als sie jünger war: fröhlich, witzig und ein bisschen ironisch.

Kellogg ist eine merkwürdige Stadt, die durch den Interstate in einen alten und einen neuen Teil getrennt wird – wobei der neue Teil ein Skiresort mit einer der größten Gondeln in der westlichen Hemisphäre ist.

Der Legende nach genießt die Stadt Kellogg die besondere Ehre, von einem Esel gegründet worden zu sein, und zwar im wahrsten Sinne des Wortes. Die Stadt verdankt ihren Namen einem Goldsucher namens Noah Kellogg. Eines Morgens im Jahr 1885 entfernte sich Kelloggs Esel von seinem Lagerplatz. Ein paar Stunden später fand Kellogg das Tier neben einem großen Felsvorsprung aus Bleiglanz, einem Bleierzmineral, das beträchtliche Silberablagerungen enthielt.

Die Entdeckung führte zur Errichtung der Mine und Schmelzhütte Bunker Hill, die über einhundert Jahre in Betrieb war, bis sie im Jahr 1981 geschlossen wurde. Auf einem Schild vor der Stadt stand:

Dies ist die Stadt, die von einem Esel gegründet wurde und von seinen Nachfahren bewohnt wird.

Kailamai versicherte mir, dass das stimmte. »Ich weiß es«, sagte sie. »Ich habe früher hier gelebt.«

Wir überquerten den Interstate Highway zum alten Teil der Stadt und kehrten im Silverhorn Motor Inn & Silver Spoon Restaurant ein. Der Eingangsbereich war klein und vollgestopft mit allerlei Dingen, die zum Verkauf oder Verleih feilgeboten wurden: Zahnpasta, Zahnbürsten, Shampoo, Rasiercreme und eine ganze Wand mit uralten VHS-Videokassetten.

Ich fragte nach zwei Zimmern, aber Kailamai meinte: »Das ist zu teuer. Nehmen wir einfach ein Zimmer mit zwei Betten.«

»Ich weiß nicht, ob das so eine gute Idee ist«, sagte ich.

»Im Zelt lagen Sie ungefähr fünf Zentimeter von mir entfernt«, entgegnete sie.

Da hatte sie recht. Ich fragte nach einem Zimmer.

Die Frau reichte mir den Schlüssel zu Zimmer 255 und erklärte uns, dass es in allen Zimmern Videorekorder gäbe und die Videokassetten alle kostenlos ausgeliehen werden könnten. Außerdem warnte sie uns, auf den Straßen vorsichtig zu sein, denn eine der Kellnerinnen des Restaurants sei in der Nacht zuvor, als sie mit dem Auto unterwegs war, von einem Bären angegriffen worden.

»Er ist einfach von der Seite gegen ihren Wagen gerannt. Das arme Mädchen hat gezittert wie Espenlaub«, sagte sie.

Ich schickte Kailamai schon einmal vor ins Restaurant und trug unsere beiden Rucksäcke ins Zimmer. Dann ging ich wieder herunter und setzte mich zu ihr.

»Ich habe nicht viel Geld«, sagte Kailamai zu mir, während sie die Speisekarte studierte. Sie hatte bereits ein Brötchen gegessen und bestrich gerade ein zweites mit Butter.

»Keine Sorge, du bist eingeladen.«

Sie sah erleichtert aus. »Danke.«

»Gern geschehen.«

Ich bestellte uns zwei »Nancy Melts« – einen Burger nach Art des Hauses auf gegrilltem Sauerteig mit Speck, gegrillten Zwiebeln, Schweizer Käse und sautierten Champignons, und zum Nachtisch aßen wir Heidelbeerkuchen mit Eiscreme.

Als wir in jener Nacht in unseren Betten lagen, fragte Kailamai: »Was meinen Sie, wie weit wir heute gelaufen sind?«

»Etwa sechsundzwanzig Meilen«, sagte ich.

»Ich bin noch nie so weit gelaufen.« Sie schwieg einen Augenblick. »Und wie weit werden wir morgen laufen?«

»Ungefähr dasselbe«, sagte ich.

»Okay«, sagte sie. »Gute Nacht.«

»Du warst toll heute, Kailamai. Ich bin stolz auf dich.«

»Danke.« Sie kniete sich neben ihr Bett und sprach ihr Gebet.

Vierzigstes Kapitel

Heute haben wir Montana erreicht. Unterwegs trafen wir einen sehr interessanten Menschen – Pete den Minenarbeiter. Der Himmel hält in der Tat viele Sterne bereit, nach denen man steuern kann.

Alan Christoffersens Tagebuch

Am nächsten Morgen frühstückten wir im Restaurant des Hotels Pfannkuchen und Rühreier mit Speck. Wir verließen das Hotel und kauften uns gleich nebenan in einem kleinen Lebensmittelladen ein paar Flaschen Wasser, Studentenfutter und Dörrfleisch. Ums Abendessen machten wir uns keine Sorgen. Es waren genug Städte in der Nähe, um am Abend in einem Restaurant essen zu können.

Wir überquerten die Interstate-Brücke und setzten unseren Weg fort. Nach ein paar Meilen sagte Kailamai: »Die Frage klingt vielleicht dumm, aber wissen Sie eigentlich, wie Sie nach Key West kommen?«

Ich verbarg mein Lächeln. »So ungefähr. Ich habe Karten.«

»Müssten wir nicht eher nach Süden laufen?«

»Hinter Butte, Montana, will ich südostwärts gehen. Ich habe vor, durch den Yellowstone Park zu laufen.«

»Wir kommen durch den Yellowstone Park?«

Mir fiel auf, dass sie sich selbst in meine Reise mit einbezogen hatte. »Das hatte ich vor.«

»Ich habe gehört, dort soll es viele Büffel geben. Ich wollte schon immer mal einen echten Büffel sehen.«

»Das wäre cool«, sagte ich.

Ungefähr eine Stunde später fragte sie: »Glauben Sie an UFOs und Außerirdische und solche Sachen?«

»Nein. Aber ich weiß, wo es einen Kornkreis gibt«, sagte ich. »In Wilbur, Washington. Ich bin dran vorbeigekommen.«

»Ich glaube, ich weiß, woher Außerirdische kommen.«

»Woher denn?«, fragte ich, aufrichtig gespannt auf ihre Theorie.

»Von der Erde.«

»Das musst du mir erklären«, sagte ich.

»Meine Theorie ist, dass die Außerirdischen nicht in fliegenden Untertassen kommen, sondern in Zeitmaschinen.«

»Was meinst du damit?«

»Denken Sie mal darüber nach. Wenn Zeitreisen möglich sind ...«

»Ein großes *Wenn*«, sagte ich.

»Ja, aber das haben die Leute übers Fliegen auch gesagt. Und jetzt tun es alle. Sagen wir also, es gibt Dinge im Zusammenhang mit der Zeit, die wir noch nicht verstehen. Das wäre doch logisch oder zumindest möglich, oder?«

»Da gebe ich dir recht.«

»Wenn es nun aber möglich ist, durch die Zeit zu reisen, dann bedeutet das doch, dass es hier schon Leute gibt, die uns beobachten.«

»Warum sollten sie das tun wollen?«

»Aus demselben Grund, aus dem wir Geschichte studieren. Außerdem: Würden Sie nicht gern die Vergangenheit sehen, wenn Sie könnten? Zusehen, wie Lincoln die Gettysburg-Rede hält, oder der Bergpredigt zuhören?«

»Aber dann würden wir sie um uns herum doch sehen. Der Physiker Stephen Hawking sagt: ›Die Abwesenheit von Touristen aus der Zukunft ist ein Argument gegen die Existenz von Zeitreisen.‹«

»Haben Sie denn noch nie ein Buch über Zeitreisen gelesen?«, fragte Kailamai. »Die Leute aus der Zukunft können sich nicht zeigen oder in unsere Angelegenheiten verwickelt werden, sonst könnten sie alles durcheinanderbringen und die Geschichte verändern.«

»Die Geschichte *ist* ein einziges Durcheinander.«

»Ja, aber wenn sie das tun würden, dann könnten sie verschwinden. Sie wissen schon, wie in den ganzen Science-Fiction-Filmen.«

»Du glaubst also, die Außerirdischen sind wir?«

»Das wäre doch logisch, oder nicht? So, wie die Leute Außerirdische beschreiben, mit zwei Augen, unserer Körperform, kleineren Körpern. Es wäre doch logisch, dass unsere Gehirne größer und unsere Körper kleiner werden, wenn die Technologie übernimmt.«

»Du bist eine sehr interessante junge Frau«, sagte ich.

»Danke«, sagte sie.

Nahe der Stadtgrenze von Kellogg deutete Kailamai auf ein Autohaus nördlich des Freeways. »Das ist Dave Smith Motors. Das ist eines der größten Autohäuser der Welt.«

Ich fand es seltsam, dass ein so großes Autohaus so weit entfernt von jeder Metropole lag.

»Dort drüben bin ich zur Schule gegangen, gleich neben dem Gebrauchtwagenplatz. Dave Smith hat meine Grundschule abgerissen, um sein Autohaus zu errichten. Wir waren die Sunshine Unicorns.«

»Die Sunshine Unicorns?«

»Ich weiß, ziemlich lahm, was? Vermutlich ein Glück, dass sie abgerissen wurde.«

Viereinhalb Meilen später sahen wir Schilder für das sogenannte Sunshine Miners Memorial, was mir ein seltsam fröhlicher Name für den Schauplatz einer Katastrophe zu sein schien. Wir hielten nicht an.

Am Nachmittag kamen wir durch Silverton und die Ausläufer der Bitterroot Mountains. Wir verließen den Highway nahe der Stadt Wallace, die sich selbst die »Silberhauptstadt der Welt« nannte. Wir aßen im Brooks Hotel Restaurant & Lounge zu Mittag.

Das Restaurant behauptete, eine »berühmte« Salatbar zu haben, bot tatsächlich aber den gewöhnlichsten Salat an, der mir je begegnet war. Ich nehme an, sie meinten berühmt in dem Sinn, dass Kopfsalat berühmt ist.

Ehrlich gesagt, war ihr Anspruch auf Ruhm ungewöhnlich. Denn während in Washington praktisch alles als »weltberühmt« angepriesen wurde, hatte ich in Idaho bislang noch keinen einzigen weltberühmten Shake oder Burger gesehen. Stattdessen war in Idaho alles »historisch«. Bäume, Straßen, Kirchen, Felsen, Minen – so ziemlich alles, woran man ein Schild befestigen konnte.

Nach dem Mittagessen gingen wir zum Harvest Grocery Store, um unsere Vorräte an Wasser, Obst und Gatorade aufzufüllen. Als wir die Auffahrt zum Highway hochliefen, sahen wir einen Mann mit ausgestrecktem Daumen am Straßenrand stehen. Er war ein älterer Mann mit einem buschigen grauen Bart, der ihm bis auf die Brust reichte. Er trug eine Schaffnermütze, eine Sonnenbrille mit leuchtend gelben Gläsern und einen gestreiften Overall, wie die alten Seersucker-Anzüge.

Er winkte uns zu. »Wie geht's?«

»Guten Tag«, sagte ich.

»Morgen«, sagte Kailamai mit etwas ängstlicher Miene.

»Wie klappt es denn mit dem Fischen?«, fragte ich.

»Fischen?«

»Das Trampen«, sagte ich.

»Ach so«, sagte er blinzelnd. »Um die Tageszeit kommen nicht allzu viele Autos aus Wallace vorbei. Habt ihr was dagegen, wenn ich ein Stück mit euch gehe?«

»Überhaupt nicht.«

Er ging zum Straßenrand und hob einen kleinen Leinenrucksack vom Boden hoch, dann kam er zurück, um sich uns anzuschließen. Er war weitaus beweglicher, als ich es von einem Mann seines Alters erwartet hätte.

»Ich heiße Pete«, sagte er.

»Ich bin Alan. Das ist Kailamai.«

Er tippte sich an die Mütze. »Ma'am.«

»Hey«, sagte sie.

»Wohin wollt ihr?«

»Osten«, sagte ich. »Ganz nach Osten.«

Obwohl er mit uns ging, blieb sein Daumen ausgestreckt an seiner Seite. »Ich will nicht sehr weit. Ich gehe jede Woche nach Mullan, um meine Freunde zu besuchen.«

»Sie sind aus Wallace?«

»Die meisten Tage meines Lebens ja. Siebzig Jahre insgesamt.«

Kailamai lief mit gesenktem Kopf, ohne an der Unterhaltung teilzunehmen.

»Was machen Sie in Wallace?«, fragte ich. »Beruflich, meine ich?«

»Schürfen hauptsächlich. Ein bisschen Holzfällen, aber hauptsächlich Schürfen.«

»Nach Gold?«

»Immer Gold. Na ja, das stimmt nicht ganz. Ich habe auch schon nach Silber geschürft, aber hauptsächlich nach Gold.«

»Haben Sie viel Glück gehabt?«

»Ich habe immer Glück«, sagte er mit einem leisen Kichern. »Nur manchmal Glück von der guten Art, und manchmal von der schlechten. Na ja, meistens eher Letzteres.«

»Haben Sie Familie?«

»Ja, ich habe das ganze Programm durchgezogen. Meine Kinder wohnen nicht weit von hier. Sie melden sich manchmal.«

»Und Ihre Frau?«

Sein Blick genügte als Antwort. »Ich bin fertig mit ihr. Oder sie mit mir. Manchmal weiß ich nicht mehr, was von beidem.«

»Und haben Sie in all den Jahren, die Sie nun schon schürfen, je die Hauptader gefunden?«

Er hob bedauernd die Hände. »Nein. Dachte ein paarmal, ich hätte sie gefunden, aber die Milch war immer schon versiegt.«

»Wie viele Jahre suchen Sie denn schon?«

»Ungefähr, seit ich alt genug war, einen Topf zu halten. Ich suche noch immer.«

»Wie machen Sie das?«, fragte ich. »Siebzig Jahre dranbleiben, ohne Erfolg?«

»Erfolg?«, sagte er. »Ich hab's nicht schlecht getroffen. Ich bin relativ gesund, ich habe gute Freunde und keine Kinder im Knast. Ich weiß ja nicht, was Ihre Definition von Erfolg ist, aber das ist meine.«

»Natürlich.« Ich hörte den Tadel heraus. »Ich meinte nur, all die Jahre, ohne zu finden, was Sie suchten ...«

»Ach«, sagte er. »Die Frage ist doch, was passiert wäre, wenn ich die Hauptader gefunden hätte?« Er deutete mit einem knochigen Finger auf mich. »Das Schlimmste, was man einem Mann geben kann, ist das, was er will. Es geht ums Suchen. Wenn ein Mann bekommt, was er gesucht hat, dann ist die Straße zu Ende, oder?« Er lächelte. »Aber Sie sind ja noch jung. Sie werden schon noch dahinterkommen.«

Während ich über seine Worte nachgrübelte, fuhr ein alter Dodge-Truck vor uns auf den Seitenstreifen und hielt an. »Das müsste meine Mitfahrgelegenheit sein. Wollt ihr mitkommen?«

»Nein, wir laufen lieber.«

»Ist'n schöner Tag dafür. Aber passt auf, manchmal fahren die Holzlaster ein bisschen zu nah an den Seitenstreifen heran.« Er öffnete die Beifahrertür und stieg ein. Der Truck schoss davon.

Den Großteil des Tages war unser Weg leicht. Die Straße hatte breite Seitenstreifen, und es gab reichlich Schatten. Kailamai und ich redeten über alle möglichen Themen von der Religion bis hin zu der Frage, warum ich nie einen Hund gehabt hatte. Und dann gab es noch Kailamais Witze.

»Ein Arzt ruft seinen Patienten an und sagt: ›Ich habe eine schlechte und eine schreckliche Neuigkeit für Sie.‹ Der Patient fragt: ›Was ist die schlechte Neuigkeit?‹ Der Arzt sagt: ›Sie haben nur noch vierundzwanzig Stunden zu leben.‹ Der Patient sagt: ›Oh nein! Was für eine Neuigkeit könnte noch schlimmer sein als das?‹ Der Arzt sagt: ›Ich habe seit gestern versucht, Sie zu erreichen.‹«

Etwa zwanzig Meilen später erreichten wir den Nationalforst von Cœur d'Alene, und die Straßen führten wieder bergauf. Der Straßenrand war überall abschüssig und nicht geeignet zum Zelten, und es wurde bereits dunkel, als wir das Skiresort am Lookout Pass und damit die Grenze nach Montana erreichten.

Wir gingen hoch zum Eingang des Resorts, aber obwohl noch immer etwas Schnee lag, war die Hütte bereits für die Saison geschlossen. Der Ort sah verlassen aus, daher bauten wir unser Zelt gleich hinter dem Hauptgebäude auf. Ich hatte gerade die letzten Hering in die Erde geschlagen, als Kailamai flüsterte: »Alan.«

Sie deutete auf einen Mann, der in der Nähe der Hütte stand und uns beobachtete.

»Was glauben Sie, was Sie hier tun?«, fragte er.

Ich stand auf. »Guten Abend«, sagte ich.

»Sie können hier nicht zelten«, sagte er schroff. »Das ist ein Privatgrundstück.«

Ich ging auf ihn zu. »Es tut mir leid, aber es gibt hier keinen anderen Platz, und es wird schon dunkel. Aber ich verspreche Ihnen, dass wir verschwunden sein werden, bevor morgen Früh irgendjemand anders hier hochkommt.«

Er sah hinüber zu Kailamai und sah dann wieder mich an. »Sie haben doch keinen Ärger mit der Polizei, oder?«, fragte er.

Kailamai trat an meine Seite. »Nein«, sagte sie.

»Sie wissen natürlich, dass wir es Ihnen nicht sagen würden, wenn es so wäre, aber es ist nicht so, nein. Es tut mir leid, dass wir Ihr Grundstück unbefugt betreten haben. Wir hätten ja ein Zimmer gemietet, aber es war niemand hier.«

»Wir schließen am Fünfzehnten«, sagte der Mann.

»Bitte lassen Sie uns hier zelten«, sagte Kailamai. »Ich bin wirklich müde. Wir werden früh wieder aufbrechen.«

Der Mann atmete hörbar aus, dann schüttelte er den Kopf. »Schnappt euch eure Rucksäcke, und kommt mit.«

Wir verließen unser Zelt und folgten ihm zur Rückseite der Hütte. Er zückte einen großen Schlüsselbund und sperrte die Tür auf. »Ihr könnt hier drinnen bleiben. Die Betten sind nicht bezogen, aber ihr habt ja sicher Schlafsäcke. Das Bett ist bestimmt weicher als der Boden. Ihr könnt die Heizung anmachen, aber macht sie wieder aus, wenn ihr geht.«

»Darf ich Ihnen für die Übernachtung etwas bezahlen?«, fragte ich.

Er schüttelte den Kopf. »Nein. Macht nur nichts kaputt, und seid spätestens um zehn verschwunden.«

»Geht klar.«

»Danke«, sagte Kailamai. Der Mann drehte sich um und ging. Eine unerwartete Freundlichkeit. Den Namen des Mannes habe ich nie erfahren.

Einundvierzigstes Kapitel

Napoleon hat gesagt: »Mein Leben änderte sich an dem Tag, an dem ich erfuhr, dass ein Mann für ein blaues Band sterben würde.«

Mein Leben änderte sich an dem Tag, an dem ich das las.

Alan Christoffersens Tagebuch

Wir verließen die Hütte um halb neun am nächsten Morgen. Die Straße nach Montana führte steil bergab. Um Mittag legten wir einen Zwischenstopp beim Mangold's General Store & Motel in Haugan ein. Nachdem wir unsere Vorräte aufgestockt hatten, gingen wir weiter zur Montana Bar & Grill. Ein großer schwarzer Labrador lag vor dem Eingang der Bar. Er rührte sich nicht, daher stiegen wir einfach über ihn hinweg.

Das Innere der Bar war mit Bären- und Pumafellen und ein paar Schafbock-, Elch- und Hirschköpfen sowie einer bizarren Sammlung ausrangierter Schneemobile dekoriert. Als wir eintraten, warf Kailamai einen Blick auf die Tiere und sagte: »Willkommen in der Kammer des Todes.«

Countrymusik kam aus den Lautsprechern und konkurrierte mit surrenden elektronischen Geräuschen, die aus einer Reihe mit Video-Pokermaschinen ertönten. Ein Feuer knisterte in einem großen steinernen Kamin, und an der Wand hinter einem grünen Filz-Billardtisch hing ein handgeschriebenes Schild:

Kugel-8-Pause. Versenken Sie Kugel 8 in Ihrer Pause und gewinnen Sie den Pot. Der Barmann muss Zeuge sein. 1 Dollar pro Spiel.

An der Bar saß ein Mann, und ein anderer spielte Video-Poker. Als wir eintraten, rief der Mann hinter der Bar uns zu: »Setzt euch irgendwohin.«

Wir setzten uns an einen Tisch in der Nähe des Eingangs, und der Mann brachte uns die Speisekarten.

»Was können Sie denn empfehlen?«, fragte ich.

»Die Spezialität des Hauses sind Muscheln. Sie werden in einem Sud aus Weißwein und Knoblauch gekocht. Kann ich euch schon mal ein Bier bringen, während ihr euch die Speisekarte anseht?«

»Nein. Ich nehme nur ein Wasser.«

»Ich auch«, sagte Kailamai.

Muscheln sind nicht unbedingt das, was man in einer Cowboybar in Nordmontana erwarten würde, aber die Muscheln schmeckten richtig gut, und ich aß einen ganzen Teller davon. Kailamai bestellte sich eine Tomatensuppe und einen Käsetoast.

Als wir fast aufgegessen hatten, sagte Kailamai: »Ich wollte Sie etwas fragen.«

»Schieß los.«

»An dem Abend neulich, warum haben Sie die Pistole da auf den mageren Jungen gerichtet? Er war der Einzige, der mir nichts getan hat.«

»Psychologie«, sagte ich.

Sie kniff die Augen zusammen. »Psychologie?«

»Es ist so: Ein Mann wird für seine Ehre sterben. Wenn ich auf den Anführer ziele, dann steht er entweder wie ein Feigling da, oder er geht ein Risiko ein und bringt mich dazu, ihn zu erschießen – beides schlimme Szenarien. Wenn ich die Waffe auf die anderen beiden Typen richte, empfinden sie unter den Augen ihres Anführers einen enormen Gruppendruck. Das heißt, auch sie könnten leicht irgendetwas Dummes tun, und ich müsste sie erschießen. Der magere Junge hatte bereits bewiesen, dass er nichts mit der Sache zu tun haben wollte. Das heißt, wenn ich ihn auswähle, können die anderen drei ihr Gesicht wahren und sich wie Helden vorkommen, da sie ihren Freund gerettet haben, und anschließend verschwinden. Du musst den Leuten einen Ausweg bieten, sonst übernehmen die Umstände die Kontrolle.«

»Mann, Sie sind echt schlau. Haben Sie in der kurzen Zeit wirklich an all das gedacht?«

»Nein. Ehrlich gesagt, stand der magere Junge am nächsten. Ich dachte, ihn würde ich vermutlich nicht verfehlen.«

Kailamai lachte. »Sie sind ein solcher Trottel.«

Wir aßen auf und stiegen auf dem Weg nach draußen wieder über den Hund.

»Montana erinnert mich daran, dass der Wilde Westen noch immer existiert«, sagte ich.

Kailamai sagte: »Warten Sie, bis Sie Wyoming sehen.«

An jenem Tag legten wir 27 Meilen zurück. Wir liefen durch eine wunderschöne, unberührte Landschaft.

Etwa fünf Meilen hinter Haugan kamen wir an einem

Schild vorbei, auf dem HISTORISCHE BAUMSCHULE stand. Es war nicht so sehr das historische Element, das ich seltsam fand, als vielmehr die Vorstellung, dass es mitten in einem Wald eine Baumschule gab. Eine Baumschule in diesem Land endloser Wälder war dasselbe wie ein Salzwassersee mitten im Ozean.

»Vielleicht ist das der Grund, weshalb sie historisch ist«, sagte Kailamai. »Habe ich Ihnen schon den mit der Ziege erzählt?«

Ich schüttelte den Kopf. »Ich glaube nicht.«

»Eine Ziege trifft eine andere und sagt: ›Kommst du mit tanzen?‹ Die andere Ziege sagt: ›Nein, hab keinen Bock.‹«

Ich glaube, ich lachte ungefähr fünf Minuten lang.

Zweiundvierzigstes Kapitel

Es gibt zwei Arten Leiden in diesem Leben. Das, das uns verfolgt, und das, das wir hartnäckig verfolgen.

Alan Christoffersens Tagebuch

In der nächsten Woche führte uns unser Weg nach Butte durch St. Regis, Clark Fork, Missoula, Drummond und Phosphate.

Mit jedem Tag, den wir zusammen verbrachten, verstanden Kailamai und ich uns besser, aber obwohl sie sich mir öffnete, redete sie noch immer nicht von ihrer Vergangenheit, auf die ich von Tag zu Tag ein bisschen neugieriger wurde.

Auf diesem Streckenabschnitt gab es nicht viele Übernachtungsmöglichkeiten, und wir verbrachten jede Nacht in unserem Zelt, bis auf die Nacht in Clark Fork, wo wir an einem Fluss in einem Angelgebiet namens St. John's eine unerwartete Einladung zum Abendessen bekamen. Auf einem Schild dort stand:

ZELTEN ÜBER NACHT VERBOTEN

Auf dem Schild darunter waren die Fische, die man in dem Fluss finden konnte, aufgelistet und abgebildet:

Stierforelle, Regenbogenforelle, Bachforelle,
Westslope-Cutthroat-Forelle

Als der Abend dämmerte, machten wir einen kleinen Abstecher von der Straße und gingen am Fluss entlang, als auf einmal ein Mann den Kopf aus der Hintertür eines Wohnwagens streckte.

»Habt ihr schon gegessen?«

Ich sah zu ihm hinüber. »Wie bitte?«

»Habt ihr schon gegessen?«

»Nein.«

»Na, dann kommt. Ich fange gerade an zu kochen.«

Kailamai sah mich an. Ich zuckte die Schultern. »Ich nehme an, es ist Essenszeit«, sagte ich.

Der Mann öffnete die Tür seines Wohnwagens, um uns hereinzulassen. »Vorsicht, Stufe«, sagte er. Er nahm Kailamais Hand und half ihr hinauf.

Ich folgte ihr und schloss die schmale Tür hinter mir. Der Wohnwagen war gemütlich. Er war nicht alt, aber gebraucht und hing an einem Ford-Pick-up-Truck. Zur Einrichtung gehörten ein Kühlschrank und eine Stereoanlage, ein Fernseher, ein Gasherd und ein Ofen, einen Resopaltisch und mehrere Kissen, auf denen man sitzen oder schlafen konnte.

Unser Gastgeber war hochgewachsen, vielleicht etwas über eins achtzig groß und hatte schütteres rötlich braunes Haar. Er war wie ein Naturbursche angezogen und trug ein Flanellhemd und eine Anglerweste, an der verschiedene Köderfliegen befestigt waren.

»Ich bin gerade dabei, ein paar Regenbogen- und Bachforellen in die Pfanne zu werfen«, sagte er. »Heute Nachmittag habe ich mich mächtig ins Zeug gelegt. Das heißt, es gibt genug zu essen. Macht es euch gemütlich. Am Tisch ist genug Platz.«

»Klingt gut«, sagte ich und bemühte mich um eine freundliche Miene. Ich konnte sehen, dass Kailamai nicht recht wusste, was sie von der Situation oder unserem Gastgeber halten sollte.

Der Mann kannte sich aus mit Fischen. Er entgrätete sie mit seinem Taschenmesser so geschickt, dass er es vermutlich auch mit verbundenen Augen gekonnt hätte.

Als ich ihm zusah erinnerte ich mich an den Tag, an dem McKale einmal eine Forelle aus dem örtlichen Supermarkt mitgebracht hatte. Mein Vater war kein Naturbursche, und er war mit mir nie fischen oder jagen gegangen, daher wusste ich nicht so recht, was ich mit dem Fisch anfangen sollte.

»Ich dachte, du warst bei den Pfadfindern«, sagte McKale.

»Vor einer Ewigkeit«, antwortete ich und fügte hinzu: »In einer weit, weit entfernten Galaxie. Und ich musste nie einen Fisch entgräten.«

»Habt ihr denn nicht in der Wildnis gezeltet?«, fragte sie.

»Doch.«

»Und was habt ihr da gegessen?«

»Hauptsächlich Pop-Tarts«, antwortete ich.

»Das hätte ich mir denken können«, sagte sie.

Der Mann schlitzte einem rohen Fisch der Länge nach den Bauch auf, klappte dann eine Seite auf und schälte das Rückgrat heraus, wobei jede Gräte intakt blieb. Er warf den Abfall in eine Plastiktüte, die an einem Schrankknopf hing. Dann schnitt er Kopf und Schwanz des Fischs ab, warf beides in eine andere Tüte und nahm den nächsten Fisch in Angriff.

»Was haben Sie damit vor?« Kailamai deutete auf die zweite Tüte.

»Das ist für die Katzen«, sagte er.

Nachdem er die Fische filetiert hatte, steckte er alle zusammen in eine braune Tüte, die mit Pfannkuchenteig gefüllt war, schüttelte sie kräftig und legte dann immer zwei Fische auf einmal in eine Pfanne mit blubberndem Öl, bis sie hellbraun und knusprig waren. Er verteilte sie auf Pappteller und stellte sie uns mit etwas Schweinefleisch und Bohnen hin.

»Ihr könnt gern hier drinnen essen«, sagte der Mann, während er die Wohnwagentür öffnete. »Ich selbst esse lieber im Freien.«

Ich sah Kailamai an. »Mir ist kalt«, sagte sie.

»Du kannst drinnen bleiben«, sagte ich. »Ich gehe mit nach draußen.«

Ich nahm meinen Teller und folgte dem Mann aus dem Wohnwagen. Er saß bereits auf einem Klappstuhl mit Blick auf den Fluss.

»Nehmen Sie sich einen Stuhl.« Er deutete auf einen zweiten Klappstuhl, der an dem Truck lehnte. Ich klappte ihn mit einer Hand auf und setzte mich neben den Mann. Ich zerteilte die Forelle mit meiner Gabel und nahm einen Bissen. Sie war innen ganz zart und schmeckte süß. »Es schmeckt köstlich«, sagte ich.

»Alles schmeckt im Freien besser.«

Ich nahm noch einen Bissen. Da ich in Seattle gelebt hatte, hatte ich schon in einigen der besten Fischrestaurants Amerikas gegessen, aber ich hatte noch nie einen so guten Fisch gekostet. »Ich habe Ihren Namen gar nicht mitbekommen.«

»Es ist doch toll, gar nichts mit Namen und Marken zu tun zu haben, oder? Einfach nur zu sein. Hier draußen sind Namen überflüssig. Es ist genau so, wie es sein sollte.«

Offen gestanden fand ich immer, dass Namen eine ziemlich gute Idee waren, aber nach seiner Tirade wagte ich nicht mehr, ihn nach seinem Namen zu fragen oder meinen zu nennen.

Er zog eine Pfeife und eine Schachtel Streichhölzer aus seiner Weste. Dann zündete er ein Streichholz an, hielt es über den Pfeifenkopf und zog an der Flamme. Als die Pfeife entfacht war, warf er das Streichholz auf die Erde, atmete tief ein und stieß dann langsam den Rauch aus. »Wie lange sind Sie schon unterwegs?«, fragte er.

»Eine ganze Weile. Ich bin in Seattle gestartet.«

»Das ist ein gutes Stück. Wohin wollen Sie?«

»Nach Key West.«

Er sah mich skeptisch an. »Wirklich?«

»Ja, Sir.«

Er zog an seiner Pfeife. »Ich habe eine Zeit lang auf den Keys gelebt, wie Papa Hemingway, Tennessee Williams und Jimmy Buffet. Ich habe dort Marline gefischt.«

»Sie scheinen viel zu fischen«, sagte ich.

»Das könnte man sagen.«

»Woher kommen Sie?«

»In meinem früheren Leben war ich aus Queens.«

»Queens, New York?«, fragte ich.

Er nickte. »Wann haben Sie geheiratet?«

»Vor sieben Jahren«, antwortete ich und fragte mich, woher er wusste, dass ich verheiratet gewesen war.

»Vor sieben Jahren? Gibt es in Seattle kein Gesetz dagegen, Minderjährige zu heiraten?«

Ich grinste. »Sie meinen ...« Da wir keine Namen benutzten, deutete ich mit dem Daumen auf den Wohnwagen. »Wir laufen nur zusammen. Ich habe sie unterwegs kennengelernt. Meine Frau ist vor ungefähr einem halben Jahr gestorben.«

»Das tut mir leid.« Er zog einmal tief an seiner Pfeife. »Ich hatte auch einmal eine Frau. Ich habe sie auch verloren.«

Das war alles, was er sagte. Nach einer Weile fragte ich: »Ist sie gestorben?«

»Unsere Ehe ist gestorben.« Er sah mich an. »Ich habe sie mit meiner Arbeit ermordet.«

»Wo haben Sie denn gearbeitet?«

»Ich habe für eine Firma namens Young and Rubicam gearbeitet.«

Das hatte ich nicht erwartet. Young and Rubicam ist eine der größten und angesehensten Werbeagenturen der Welt. »Sie waren in der Werbung?«

»Dann kennen Sie die Firma?«, fragte er, offenbar nicht allzu erfreut darüber.

»Ich war früher selbst in der Werbung«, sagte ich. »Was haben Sie gemacht?«

»Kundenbetreuung, Account-Management, wie immer man das heutzutage nennt. Ich hatte den Chanel-Account.«

»Das ist ein Riesen-Account.«

»Hundertfünfzig Millionen Dollar«, sagte er langsam. »Einen Account wie Chanel hast du nicht, er hat dich. Jubiläen, Nachbarschaftspartys, Geburtstage, die Beerdigung meines Schwiegervaters – ich war nie da. Meine Frau wurde zu einer Fremden. Ich wusste genau, welches Parfüm die Frauen der einzelnen Altersklassen in jeder Stadt Amerikas trugen. Aber ich wusste nicht, welche Blumen meine Frau mochte. Ich wusste nicht einmal, welches Parfüm sie mochte.

Eines Tages kam ich etwas früher von einer Geschäftsreise nach Hause und überraschte sie mit einem anderen Mann. Er war zu Tode erschrocken. Ich bin sicher, er hatte Angst, dass ich ihn in einem Anfall von Eifersucht umbringen würde. Er sagte: ›Ich wusste nicht, dass sie verheiratet ist. Ehrlich.‹ Meine Frau sagte: ›Dann hast du etwas mit meinem Mann gemeinsam.‹« Er schüttelte den Kopf. »Eines muss man ihr lassen, schlagfertig war sie schon immer.«

Ich wusste nicht, was ich sagen sollte.

»Wir haben uns natürlich scheiden lassen. Ich habe meinen Job gekündigt, habe mir diesen Truck gekauft und angefangen zu fischen.« Er stellte seinen Teller auf dem Boden ab. »Ich nehme an, Ihre Frau wollte nicht gehen.«

Ich sah auf den Fluss hinaus. »Nein, sie wäre gern geblieben.« Ich wandte mich wieder zu ihm um. »Haben Sie versucht, Ihre Ehe noch zu retten?«

»Nachdem meine Wut verraucht war, habe ich meine Frau gebeten, zu bleiben. Ich habe ihr sogar versprochen, dass ich meinen Job kündigen würde. Aber es war zu spät.«

»Ich hatte eine kleine Agentur in Seattle. Ich habe auch viel gearbeitet, aber ich habe meine Frau in die Arbeit einbezogen. Zumindest in dem Maße, in dem sie es gern wollte.«

»Das wäre in einer großen Agentur nicht möglich«, sagte er.

»Nein, das wäre es nicht«, gab ich ihm recht.

Er stieß eine Rauchwolke aus. »Ich glaube, ich war süchtig nach dem Stress.«

»Das kenne ich«, sagte ich. »Stress ist wie eine Droge. Und sie bringt einen auch um.« Ich sah ihn an. »Deswegen fischen Sie.«

»Deswegen fische ich.« Er zog an seiner Pfeife, dann stieß er den Rauch langsam aus. »Was werden Sie tun, wenn Sie in Key West angekommen sind?«

»Ich weiß nicht. Ein bisschen Key Lime Pie essen.«

Er begann zu lachen, anfangs fast unmerklich, dann immer

lauter, bis er sich schließlich fast krümmte. »Key Lime Pie«, sagte er. »Ein bisschen Key Lime Pie essen.«

Als wir mit dem Essen fertig waren, war es dunkel.

»Danke für das Essen«, sagte ich. »Wir sollten uns besser wieder auf den Weg machen. Wir müssen noch unser Lager aufschlagen.«

»Wo zeltet ihr heute Nacht?«, fragte er.

»Keine Ahnung. Auf dem ersten Zeltplatz, den wir erreichen.«

»Das ist noch ein ganzes Stück«, sagte er. »Hier in der Gegend gibt es keine Campingplätze. Ihr könnt gern bei mir bleiben. Da hinten sind ein paar Schlafkojen. Ich kann im Führerhaus schlafen.«

»Ich dachte, hier darf man nicht zelten.«

»Ich zelte nicht«, sagte er. »Ich parke.«

Ein echter Werbetyp, dachte ich.

Ich schlief in einer Koje über dem Führerhaus des Trucks und Kailamai auf Kissen, die über den Tisch gelegt werden konnten. Sie war noch immer ein wenig besorgt wegen unseres Gastgebers, und nachdem ich das Licht gelöscht hatte, flüsterte sie mir zu: »Meinen Sie nicht, er könnte ein Serienkiller sein oder so?«

»Nein«, flüsterte ich zurück. »Schlimmer.«

»Wieso?«

»Er ist ein Werbetyp.«

Ich war schon fast eingeschlafen, als Kailamai sagte: »Zwei Muffins sind in einem Ofen, und einer sagt zu dem anderen: ›Hier drinnen ist es aber ganz schön heiß.‹ Der andere brüllt: ›Ach du heilige Scheiße, ein sprechender Muffin.‹«

Dreiundvierzigstes Kapitel

Offenbar wurde ein beträchtlicher Teil des Staatsbudgets von Montana in die Aufstellung historischer Gedenkschilder investiert.

Alan Christoffersens Tagebuch

Der Werbetyp (er verriet uns nie seinen Namen) machte uns Frühstück, ein selbst gemachtes Durcheinander, das er buntes Allerlei nannte. Es war ein Potpourri aus gewürfelten Kartoffeln, Eiern, Cheddarkäse, Forelle, Zwiebeln und Speck und schmeckte ziemlich gut.

Wir bedankten uns bei ihm, wünschten ihm alles Gute und machten uns auf den Weg nach Missoula.

»Der Typ hat ja wirklich gern gefischt«, bemerkte Kailamai.

»Jeder braucht einen Grund, um morgens aufzustehen«, sagte ich.

Der Verkehr wurde dichter, je näher wir Missoula kamen, und ich rechnete fest damit, bald von der Highwaypolizei angehalten zu werden, aber das passierte nicht. Als wir die Abfahrt in Richtung Stadt nahmen, kamen wir an einem Schild vorbei, das das »Hoden-Festival« ankündigte.

»Was glauben Sie, was das ist?«, fragte Kailamai.

»Das will ich lieber nicht wissen«, sagte ich.

Etwas später an diesem Nachmittag hielten wir an einem Tankstellenshop, um eine Flasche Wasser und eine Hostess-

Apfeltasche für Kailamai zu kaufen. Als wir den Laden verließen, stand ein riesiger Schwerlaster an der Zapfsäule und tankte. Der Trucker saß auf der vorderen Stoßstange seines Trucks.

»Hi«, sagte er und tippte sich kurz an die Mütze. Er trug ein Flanellhemd und eine Gürtelschnalle, die ungefähr so groß wie ein Pfannkuchen war.

»Können Sie uns sagen, wo hier das nächste Hotel ist?«, fragte ich.

»Kommt drauf an, in welche Richtung Sie wollen? Osten oder Westen?«

»Osten.«

»Vielleicht dreißig Meilen.«

Ich stöhnte auf. »Danke.« Ich wandte mich ab.

»Soll ich euch mitnehmen? Ich fahre in die Richtung.«

»Nein, danke. Wir laufen lieber.«

»Okay. Aber seid vorsichtig.«

Die Trucker waren immer hilfsbereit.

Ein paar Stunden später sagte ich: »Ich habe eine Entdeckung gemacht.«

»Was denn?«, fragte Kailamai.

»Es gibt ein Geheimnis für die Benennung von Städten in Montana. Man nimmt ein Tier, dazu eines seiner Körperteile und kombiniert die beiden.«

Sie sah mich an, als hätte ich den Verstand verloren.

»Nein, im Ernst, denk mal darüber nach: Wir sind durch Beaver Tail, Bearmouth und Bull's Eye gekommen. Es gibt endlose Möglichkeiten.«

»Das könnte Spaß machen«, sagte Kailamai. »Vielleicht heißt die nächste Stadt ja Moose Antler.«

»Sehr überzeugend«, sagte ich. »Oder Otter Tail.«

»Rabbit's Foot.«

»Badger Paw.«

»Warten Sie«, sagte Kailamai. »Hier ist der Beste: Monkey Butt, Montana.«

Wir prusteten beide los. Ich mochte dieses Mädchen.

Der Name der nächsten Stadt, in die wir kamen – Drummond –, entsprach nicht meiner Namensformel, aber der Name des ersten Restaurants, an dem wir vorbeikamen, tat es wieder. Es war das Bull's End Café. Ein Schild vor dem Lokal verkündete: PAULINES BARBECUE-SAUCE WIRD HIER GEMACHT. Darunter sah man das anatomisch völlig korrekt dargestellte Hinterteil eines Bullen. Kein Wunder, dass das Geschäft dichtgemacht hatte.

»Das ist eklig«, sagte Kailamai. »Wie soll man dabei denn Lust aufs Essen bekommen?«

»Genau dafür gibt es Werbeagenturen«, sagte ich.

Ein Stück weiter die Straße hinunter lag das Frosty Freeze, ein verwittertes, A-förmiges Gebäude mit einem Schiebefenster, das als Take-away-Schalter diente. Vor dem Gebäude stand ein bemaltes Sperrholzschwein, das eine amerikanische Flagge und ein Schild hielt, auf dem ITALIENISCHE SLOPPY JOES – SIE WERDEN BEGEISTERT SEIN stand.

Der Laden sah verlassen aus, aber im Fenster hing ein Blatt Papier mit der Aufschrift WIR HABEN GEÖFFNET. Als wir uns dem Gebäude näherten, tauchte eine Frau am Fenster auf.

»Was kann ich Ihnen bringen?«, fragte sie. Ihr Atem roch noch beißend nach der Zigarette, die ich hinter ihr brennen sah.

»Ich werde Ihren italienischen Sloppy Joe probieren«, sagte ich. »Und du, Kailamai?«

»Ich nehme dasselbe. Kann ich Kartoffelrösti dazu haben?«

»Wir nehmen zu beidem Rösti und für mich eine Cola light.«

»Wir haben Pepsi-Produkte«, sagte sie.

»Na schön, dann eine Pepsi light und für sie ein Sprite.«

»Wir haben kein Sprite, wir haben Pepsi-Produkte.«

»Was immer wie Sprite aussieht«, sagte ich.

»Sierra Mist«, sagte sie und entfernte sich von dem Fenster, um unser Essen zuzubereiten.

Das Tagesgericht war, wie sich herausstellte, ein Sloppy Joe mit Provolonekäse, Zwiebeln und Knoblauch. Es schmeckte erstaunlich gut, auch wenn Kailamai die Zwiebeln herauspickte.

An jenem Abend schlugen wir unser Zelt in der Nähe eines Golfplatzes auf.

»Spielen Sie Golf?«, fragte Kailamai.

»Früher schon«, sagte ich, während ich meinen Schlafsack ausrollte.

»Ein Mann geht mit seinen Kumpeln Golf spielen. Er will eben putten, als ein Leichenwagen vorbeikommt, dem eine Trauerprozession folgt. Der Mann stellt seinen Schläger hin, nimmt den Hut ab und hält ihn über sein Herz, bis der Trauerzug vorbei ist. ›Das war das Anständigste, was ich dich je habe tun sehen‹, sagt einer seiner Freunde. ›Das ist das Mindeste, was ich tun konnte‹, erwidert er. ›Schließlich waren wir zweiunddreißig Jahre verheiratet.‹«

Vierundvierzigstes Kapitel

Heute habe ich Kailamais Geschichte erfahren. Es ist fast ebenso schwer zu glauben, dass jemand nach so vielen Schicksalsschlägen noch so viel Hoffnung haben kann, wie zu glauben, dass es Leute gibt, mit denen es das Schicksal so gut gemeint hat und die doch so viel Hoffnungslosigkeit ausstrahlen.

Alan Christoffersens Tagebuch

Am nächsten Morgen verlief der Fluss, der uns auf unserem Weg immer wieder für eine Weile begleitet hatte, wieder neben uns. Ich weiß nicht, warum mir das Rauschen des Flusses ein solches Gefühl von Frieden gab, aber nur wenige Dinge sind so beruhigend wie das Geräusch von plätscherndem Wasser. Ich habe einmal gehört, es hätte irgendetwas mit unserer Erfahrung im Mutterleib zu tun

Vielleicht war das einer der Gründe, weshalb Kailamai mir ausgerechnet hier, an jenem öden Highway-Abschnitt, schließlich ihre Geschichte erzählte. Wir waren schon eine Zeit lang schweigend unterwegs, als sie plötzlich sagte: »Sie haben mir noch gar nichts von Ihrer Mutter erzählt.«

»Sie starb, als ich acht war.«

»Können Sie sich noch daran erinnern, wie sie war?«

»Sie war wunderbar«, sagte ich. »Sie war der freundlichste Mensch, den ich je gekannt habe. Einmal habe ich gesehen, wie sie einem Typen Geld gegeben hat, der auf der Straße gebettelt hat. Mein Dad war deshalb stocksauer. Er sagte: ›Du weißt doch, dass er sich davon nur Alkohol kaufen wird.‹ Meine Mutter sagte: ›Vielleicht ist es das, was er im Augenblick am dringendsten braucht.‹ Wenn die Welt mit Leuten wie ihr bevölkert wäre, dann gäbe es keine Kriege und keinen Mangel.« Ich legte die Stirn in Falten. »Ich vermisse sie. Nach all den Jahren vermisse ich sie noch immer.«

»Ich wünschte, ich hätte eine solche Mutter gehabt«, sagte Kailamai. Sie ließ den Kopf hängen, und wir gingen wieder schweigend weiter. Dann fragte sie: »Wollen Sie wissen, warum ich in Pflege gegeben wurde?«

»Wenn du es mir erzählen willst.«

»Es ist eine lange Geschichte.«

»Wir haben einen langen Weg vor uns«, sagte ich.

»Okay.« Sie holte einmal tief Luft. »Meine Mutter war das Gegenteil von Ihrer. Sie war richtig gewalttätig. Und nicht nur sie – meine ältere Schwester war genauso. Als Kind dachte ich, verprügelt zu werden, gehört einfach zum Leben. Meine Schwester hat mich fast jeden Tag geprügelt, und meine Mutter hat mich mindestens einmal die Woche grün und blau geschlagen. Einmal hat sie mich so schlimm verprügelt, dass ich über eine Stunde gebraucht habe, um auch nur in mein Zimmer zurückzukriechen.«

Jetzt verstand ich, warum es ihr nicht leidtat, dass ihre Mutter tot war. »Was war denn los mit den beiden, dass sie dachten, sie könnten dich verprügeln?«, fragte ich.

»Ich weiß nicht.« Sie strich sich das Haar aus dem Gesicht. »Vermutlich taten sie es nur, weil sie es konnten. Ich war kleiner als sie, und sie waren einfach gemein. Sie haben nie ›Entschuldigung‹ oder so gesagt, sie haben mich einfach aus dem Weg geschubst oder an den Haaren gezogen. Erst in der vierten Klasse begriff ich, dass nicht jeder so ein Zuhause hatte wie ich. Ich konnte gar nicht glauben, dass manche meiner Klassenkameraden ihre Eltern tatsächlich mochten.«

»Das ist wirklich unglaublich traurig«, sagte ich.

»Meine Mom war Alkoholikerin. Sie lebte von Sozialhilfe und Lebensmittelmarken und dem, was Männer ihr gaben. Als ich älter wurde, wurden die Männer, die meine Mutter mit nach Hause brachte, auf mich aufmerksam. Alle paar Monate fiel einer von ihnen über mich her. Ich wusste, dass meine Mutter wusste, was sie taten, aber sie tat einfach, als sei nichts dabei. Dann heiratete meine Mutter einen von ihnen, und er zog bei uns ein. Kurt«, sagte sie. Ihr Mund zuckte leicht, als sie seinen Namen sagte.

»Kurt war methadonabhängig, und er hat meine Mom und meine Schwester auch abhängig gemacht. Ich wollte mit Drogen nichts zu tun haben, deshalb hat er mich gehasst. Einmal hat meine Schwester mich verprügelt, und er saß nur da und hat sie auch noch angefeuert. Das war die schlimmste Tracht Prügel, die ich von ihr je bekommen habe. Er selbst hat mich auch geschlagen. Aber er tat es nicht, weil er sauer auf mich war, es war eher so, dass es ihn anmachte oder so. Er wurde wegen Kleinigkeiten sauer. Er behauptete zum Beispiel, dass ich die Toilettenpapierrolle nicht ersetzt hätte, und sagte, dass ich dafür büßen müsste. Und er hat es gern lange hinausgezögert. Einmal hat er mich gezwungen, mich in die Garage zu setzen und eine ganze Stunde darauf zu warten, dass er kommt und mich verprügelt. Normalerweise musste ich die Hose herunterlassen, damit er mich auf den nackten Po schlagen konnte.«

»Warum hast du niemandem etwas davon gesagt?«

Sie trat nach einem Stein. »Das ist nicht so leicht«, sagte sie. »Wenn man nichts anderes kennt, akzeptiert man es einfach.«

Ich runzelte die Stirn.

»Aber in der Schule war es schön. Als ich in die Mittelschule kam, änderte sich mein Leben. Ich hatte eine richtig tolle Geschichtslehrerin, die mich mochte: Mrs. Duncan. Sie sagte mir, dass ich klug sei. Einmal bekam ich in einem Test die höchste Punktzahl, und sie hielt meinen Test hoch und sagte es der ganzen Klasse. Sie gab mir sogar ihre Handynummer und sagte, ich könne sie jederzeit anrufen, wenn ich eine Frage hätte. Ich habe es nie getan, aber es war cool, dass ich es hätte tun können.

Eines Tages rief mich dann die Schulkrankenschwester kurz vor Schulschluss in ihr Büro. Sie fragte mich nach den blauen Flecken an meinem Arm. Ich sagte ihr, ich sei die Treppe heruntergefallen.

Dann fragte sie mich nach meiner Mutter. Ich hatte richtig Angst und sagte, dass zu Hause alles in Ordnung sei, aber sie wusste, dass ich log. Nachdem sie mich eine ganze Stunde lang ausgefragt hatte, brach ich schließlich zusammen und erzählte ihr alles. Sie hörte zu und machte sich Notizen. Nachdem ich alles erzählt hatte, sagte sie: ›Ich will, dass du nach Hause gehst und einen Koffer packst. Jemand wird kommen und dich abholen.‹

Sie sagte mir nie, *wer* kommen würde. Also ging ich nach Hause und fragte mich, was jetzt wohl passieren würde. Als ich nach Hause kam, war meine Mutter wütend. Sie sagte, ich hätte die Küche unordentlich hinterlassen, und lief mir nach. Ich rannte inzwischen sowieso nicht mehr vor ihr weg, denn das machte sie nur noch wütender. Daher stand ich einfach nur da, während sie mich schlug.

Als sie fertig war, hatte ich eine blutige Nase und lag auf dem Boden. Sie gab mir einen Tritt ins Gesäß und sagte, ich solle das Blut wegputzen, das ich auf den Teppich gespritzt hätte, und dann in mein Zimmer gehen. Ich wischte mein Blut auf und dann, als ich eben in mein Zimmer gehen wollte, sagte sie etwas, das noch mehr wehtat als die Schläge. Sie sagte: ›Warum habe ich dich nicht abgetrieben?‹

Ich flippte aus und sagte: ›Du musst dir keine Sorgen mehr um mich machen. Jemand kommt und holt mich ab.‹

Sie fing an zu lachen und sagte: ›Wer würde ein kleines Stück Scheiße wie dich schon wollen?‹

Es war wie ein Wunder, dass genau in dem Augenblick jemand an der Haustür klingelte. Meine Mutter sah zur Tür, dann sah sie mich an, dann wieder zur Tür. Sie erstarrte. Es hämmerte an der Tür, und dann rief ein Mann: ›Aufmachen, Polizei.‹ Meine Mutter öffnete die Tür. Sechs Polizisten standen da. Es war richtig unheimlich. Zwei von ihnen bauten sich vor meiner Mutter auf und brüllten sie an. Ein anderer kam auf mich zu. Ich dachte, er würde mich auch anbrüllen, aber das tat er nicht. Er fragte: ›Bist du Kailamai?‹ Ich sagte: ›Ja.‹ Er sagte: ›Geh nach oben, und pack deine Sachen.‹

Ich rannte hoch und warf alles, was ich hatte, in einen Kopfkissenbezug und trug es herunter.

Als ich wieder herunterkam, sagte der Polizist: ›Wenn du willst, kannst du dich von deiner Mutter verabschieden.‹ Ich ging auf sie zu, um sie zu umarmen, aber sie wollte das nicht. Da wurde der Polizist richtig wütend und sagte: ›Umarmen Sie Ihre Tochter.‹ Sie tat es, aber nur weil sie Angst hatte. Als wir gingen, musste ich weinen, und ich sah noch einmal zu ihr zurück. Doch sie sagte nur: ›Du bist ein Kind des Teufels.‹ Einer der Polizisten sagte: ›Dann sind Sie der Teufel. Um Sie werden wir uns später kümmern.‹ Dann setzten sie mich auf die Rückbank des Streifenwagens.«

»Das muss furchtbar gewesen sein«, sagte ich.

»Das war es auch. Ich meine, der Polizist war nett und alles. Er fragte mich, welchen Radiosender ich hören wollte. Aber ich hatte noch immer schreckliche Angst. Ich dachte, ich würde ins Gefängnis kommen. Stattdessen fuhr er mit mir hoch in die Berge. Dort warteten zwei andere Wagen. Eine große, rothaarige Frau stieg aus einem der Wagen. Sie war meine Fallbetreuerin. Aus dem anderen Wagen stiegen eine Frau und ihre Tochter: Lois und Mabel Thompson. Sie waren meine erste Pflegefamilie. Ich war ungefähr ihr zwanzigstes Kind, daher wussten sie, was auf sie zukam. Sie waren richtig nett.

Nach eineinhalb Jahren schickte mich der Staat zurück zu meiner Mom. Die Gerichte zwangen sie, Kurse zu besuchen, wie man eine anständige Mutter ist, und sie war zuckersüß, als sie mich zu ihr zurückbrachten. Das hielt sie ungefähr zwei Stunden durch, dann war sie wieder ganz die Alte. Kurz bevor ich zu Bett ging, schlug sie mich auf den Kopf und sagte, dass sie meinetwegen allen möglichen Ärger bekommen hätte und dass ich dafür büßen würde.

Am nächsten Tag schleifte mich ihr Mann in die Garage und zwang mich, meine Hose auszuziehen. Dann peitschte er mich mit seinem Gürtel aus. Ein Nachbar hörte mich schreien und rief die Polizei. Sie kam sofort und holte mich ab. Ich wurde in dieses Kinderdorf gebracht. Dort blieb ich ein paar Monate, bis ich dann in eine psychiatrische Klinik gesteckt wurde.«

»Warum wurdest du denn in eine psychiatrische Klinik gesteckt?«, fragte ich.

»Weil ich meinem Richter einen Brief geschrieben hatte, in dem ich erklärte, dass ich mir das Leben nehmen würde, wenn er mich zurück zu meiner Mutter schicken würde. Das gefiel ihm nicht sehr gut.«

Ich sah sie ernst an. »Hättest du das denn getan?«

»Vielleicht. Ich habe mit dem Gedanken gespielt. Nach der psychiatrischen Klinik haben sie mich zu diesem Paar geschickt, David und Karlynne. Sie waren nett. Ich war ihr erstes Pflegekind, daher war für sie alles irgendwie schwieriger. Karlynne war berufstätig und musste viel reisen, was hieß, dass ich mit ihrem Mann allein zu Hause bleiben musste. David hat mir nie etwas Schlimmes angetan, aber ich habe Männern nie richtig vertraut, daher sagte ich ihr, ich hätte Angst davor, eine ganze Woche mit ihm allein gelassen zu werden. Aber sie musste arbeiten, daher fuhr sie weg, und am zweiten Tag flippte ich aus. Ich rief meine Fallbetreuerin an, und sie kam und holte mich ab.«

»Mit mir scheinst du dich nicht unwohl zu fühlen«, bemerkte ich.

»Sie sind anders.«

»Wie anders?«

»Ich weiß nicht. Ich mag Sie einfach.«

»Ich mag dich auch«, sagte ich. »Und was ist dann passiert?«

»Danach bekam ich eine andere Fallbetreuerin. Meine neue Fallbetreuerin war fürchterlich. Sie glaubte nicht, dass meine Mutter so schlimm war, wie ich allen erzählte, daher beantragte sie, dass ich wieder nach Hause geschickt wurde. Ich sagte ihr, ich würde mir das Leben nehmen, doch sie sagte nur, ich sei manipulativ und wüsste, wie man das System ausnutzt. Ich konnte sie einfach nicht leiden. Ich rief ihre Vorgesetzte an, und ich bekam eine neue Fallbetreuerin.«

Ich fragte: »Wie alt warst du damals?«

»Das ist noch nicht lange her. Vielleicht ein halbes Jahr. Während der Staat überlegte, was er mit mir anfangen sollte, trat meine Mutter das Sorgerecht für mich an ihn ab. Das Seltsame ist, dass sie eine Woche später starb.« Sie sah mich an. »Das ist die Wahrheit.«

»Woran ist sie gestorben?«

»Ich weiß es nicht. Sie war ziemlich dick und hatte Diabetes und hohen Blutdruck. Daher hieß es, dass sie eines natürlichen Todes gestorben sei. Aber ehrlich gesagt, glaube ich, dass ihr Mann sie getötet hat. Niemand weiß es – es wurde keine von diesen Untersuchungen vorgenommen, die man macht, um zu sehen, warum jemand gestorben ist.«

»Eine Autopsie?«

»Ja«, sagte sie. »Eine Autopsie.« Sie steckte die Hände in die Hosentaschen. »Eine Zeit lang haben sie mich wieder ins Heim gesteckt. Dann kam ich zu einer neuen Pflegefamilie, den Brysons. Aber die waren richtig streng und abweisend, und damit kam ich einfach nicht klar. Daher bin ich eines Tages, als Mrs. Bryson einkaufen war, einfach weggelaufen. Seitdem lebe ich auf der Straße.«

»Und dort habe ich dich getroffen«, sagte ich.

Sie nickte. »Ganz schön unglaublich, so ein Leben, was?«

»Unglaublich ist für mich nur, wie du es geschafft hast, so positiv zu bleiben. Ich bin seit über einer Woche mit dir unterwegs, und du hast dich nicht ein einziges Mal beklagt.«

Sie lächelte. »Ich habe mal jemanden sagen hören: ›Nichts ist so schlimm, dass es durch Jammern nicht noch schlimmer würde.‹«

Ich lachte.

»Ich sehe es so«, sagte sie, »jeder hat Probleme. Es kommt

darauf an, wie man damit umgeht. Manche Leute entscheiden sich, Jammerlappen zu sein, manche entscheiden sich, Gewinner zu sein. Manche entscheiden sich, Opfer zu sein, und manche, Sieger zu sein.«

Ich legte ihr eine Hand auf die Schulter. »Du bist der Typ, für den das Glas halb voll und nicht halb leer aussieht.«

»Nein«, sagte sie. »Ich bin einfach dankbar für das Glas.«

Ich lächelte. »Kindermund tut Wahrheit kund«, sagte ich.

Fünfundvierzigstes Kapitel

Es gibt Zeiten, da gewährt uns der große Architekt des Kosmos einen kurzen Blick auf den Entwurf, damit wir unseren Teil dazu beitragen können.

Alan Christoffersens Tagebuch

Zwei Tage später erreichten wir Butte, Montana. Die Stadt hatte das coolste Ortsschild, das ich je gesehen hatte – ein altes Minenbohrgerät, das mit weißen Lichtern behängt war.

Butte ist eine erstklassige Stadt, mit Kinos und Einkaufspassagen und mindestens einem Dutzend Hotels, aus denen man auswählen kann. Ich wählte den Hampton Inn, und auf Empfehlung des Hotelangestellten aßen Kailamai und ich in einem nahe gelegenen Steakhaus namens Montana Club zu Abend.

Während wir auf unsere Vorspeisen warteten, hatte ich auf einmal einen genialen Einfall. Kailamai schien es mir anzusehen, denn sie sah mich irritiert an und fragte. »Was ist denn?«

»Ach, nichts«, sagte ich.

»Warum sehen Sie mich so an?«

»Ich habe nur nachgedacht«, sagte ich vage. »Ich möchte dich etwas fragen: Wenn du dir ein x-beliebiges Leben wünschen könntest, wie würde es aussehen?«

»Sie meinen, wenn ich die Königin der Welt oder Britney Spears oder so sein könnte?«

Ich grinste. »Ich dachte eher an etwas, das ein bisschen realistischer ist.«

Sie dachte über meine Frage nach. »Na ja, da es nur eine Fantasie ist und ich mir alles wünschen kann, würde ich gern in einem schönen Zuhause in der Nähe eines College leben, wo ich studieren könnte, um Anwältin zu werden. Das Haus müsste keine Villa sein, nur ein netter Ort, an dem es gut riecht.

Ich würde nicht mehr wie ein Pflegekind behandelt werden wollen, aber ich würde trotzdem gern mit jemandem zusammenleben, der ein bisschen älter ist als ich, mit einer Frau vielleicht, die mir Dinge beibringt, die Leute mit einem normalen Leben längst wissen. Aber sie wäre trotzdem lustig und witzig und so und würde mir nicht ständig sagen, was ich tun soll. Jemand wie Sie.«

»Ich bin nicht witzig«, sagte ich.

»Sehen Sie, Sie machen ständig Witze«, gab sie zurück. »Ab und zu würden wir ins Kino gehen oder bowlen oder wandern. Ich würde aufs College gehen und jobben. Und ich würde im Haushalt mithelfen, denn ich würde nicht wollen, dass meine Mitbewohnerin denkt, ich sei ein Schnorrer.«

»Bist du sicher, dass du das wirklich willst?«, fragte ich.

»Das wäre himmlisch.«

»Und was wäre, wenn ich das wahr machen könnte?«

Sie sah mich neugierig an. »Dann würde ich sagen, Sie wären ein Engel oder so.«

»Ein Engel, ja?« Ich stand vom Tisch auf. »Ich muss kurz telefonieren.«

Am nächsten Morgen schliefen wir aus, ein seltener Luxus.

Wir duschten und zogen uns an, dann gingen wir zum Frühstück hinunter.

»Yellowstone wartet«, sagte Kailamai, während sie einen Bagel mit Frischkäse bestrich. »Wann wollen wir wieder los?«

»Heute bleiben wir hier.«

»Wieso denn?«

»Wir haben in letzter Zeit viele Meilen zurückgelegt. Ich dachte, wir sollten uns einen Tag frei nehmen und einen Spieltag einlegen.«

Auf ihrem Gesicht erschien ein Lächeln. Kailamai war freudig überrascht. »Wirklich?«

»Ich finde, wir haben es uns verdient. Wir sollten bowlen gehen, schön zu Mittag essen und dann vielleicht ein bisschen shoppen gehen.«

Ihr Lächeln wurde noch breiter. »Das klingt super.«

»Ich hoffe, du hast nichts dagegen, wenn eine Freundin von mir noch zu uns stößt.«

»Sie haben eine Freundin in Butte?«

»Nein, eigentlich lebt sie in Spokane. Sie kommt mit dem Auto her.«

»Ist sie Ihre feste Freundin?«

»Nein, sie ist nur eine gute Freundin.«

»Wann kommt sie?«

»Sie müsste jeden Augenblick hier sein.«

Ich stand gerade an der Rezeption des Hotels und ließ mir den Weg zur nächsten Bowlingbahn beschreiben, als Nicole in die Lobby kam. Sie lächelte, als sie mich sah. »Alan!«

Wir umarmten uns. »Schön, dich zu sehen«, sagte ich. Es war erst achtzehn Tage her, aber es kam mir vor, als hätte ich Spokane schon vor einem Jahr verlassen.

Nicole sah sich in der Hotellobby um. »Wo ist sie?«

»Kailamai, komm her.« Ich winkte sie zu uns herüber. »Ich stelle dir meine Freundin vor.«

Kailamai, die unser Wiedersehen beobachtet hatte, stellte ihre Pfannkuchen hin und kam herüber.

»Das ist meine Freundin Nicole«, sagte ich.

»Hallo«, sagte Kailamai ungewöhnlich förmlich. »Freut mich, Sie kennenzulernen.«

»Freut mich, dich kennenzulernen«, sagte Nicole. »Alan hat mir viel von dir erzählt.«

»Gutes, hoffe ich.«

»Nur Gutes«, sagte Nicole. »Hast du etwas dagegen, wenn ich den Tag heute mit euch beiden verbringe?«

»Kein Problem.«

Nicole wandte sich an mich. »Und? Was steht auf dem Programm?«

»Ich dachte, ein bisschen Bowlen könnte ganz nett sein«, schlug ich vor.

»Gehst du gern bowlen?«, fragte Nicole Kailamai.

»Wer tut das nicht?«, sagte Kailamai.

»Dann lasst uns bowlen gehen«, sagte Nicole.

Kailamai blickte zwischen Nicole und mir hin und her. »Wenn ihr zwei lieber allein sein wollt ...«

»Auf gar keinen Fall«, sagte ich.

Nicole schüttelte den Kopf. »Tut mir leid, du hast uns am Hals.«

Kailamai lächelte. »Gut, das klingt nach Spaß.«

Wir stiegen in Nicoles Malibu und fuhren ein paar Meilen zu einer Bowlingbahn namens Kingpin Lanes. Wir waren alle erbärmliche Bowlingspieler. Unsere gemeinsame Punktzahl würde noch nicht einmal einen anständigen IQ ergeben, aber das machte es nur umso lustiger.

Nach einem Wurf sagte Kailamai: »Was haben eine meiner Bowlingkugeln und ein Betrunkener gemeinsam?«

»Was denn?«, sagte ich.

»Beide haben gute Chancen, in der Gosse zu enden.«

Danach besuchten wir eine Shopping-Mall, und Nicole und Kailamai zogen los, um Kleider zu kaufen. Ich stöberte unterdessen in einer Buchhandlung und setzte mich dann in den Innenhof, um eine Zeitschrift zu lesen und einen Orange Julius zu trinken. Eine Stunde später fanden sie mich.

»Sehen Sie mal, was Nicole mir gekauft hat.« Kailamai hielt aufgeregt eine Jeansjacke mit weißem Stickmuster und Strasssteinen hoch. »Diese coole Jacke.«

»Sie hat sie selbst ausgewählt«, sagte Nicole. »Kailamai hat einen tollen Geschmack. Sie hat mir geholfen, die perfekte Jeans zu finden.«

Ich lächelte. Die beiden verstanden sich schon jetzt. Nach dem Einkaufen fuhren wir zurück zum Montana Club zum Mittagessen.

Auf dem Weg ins Restaurant bekam Nicole einen Anruf. Sie blieb draußen in der Lobby des Restaurants, während Kailamai und ich uns schon einmal an unseren Tisch setzten.

»Und? Wie findest du Nicole?«, fragte ich.

»Ich finde, ihr zwei solltet heiraten.«

Ich lächelte ironisch. »Das habe ich nicht gemeint.«

»Ich finde, sie ist echt cool. Sie sollte mit uns nach Yellowstone kommen.«

»Nein, sie muss zurück zur Uni.«

Kailamai sah enttäuscht aus.

Ein paar Minuten später kam Nicole in den Speiseraum und nahm neben Kailamai Platz.

»Alles okay?«, fragte ich.

»Das war meine Schwester.« Sie verdrehte die Augen. »Sie ruft in letzter Zeit oft an.« Sie wandte sich an Kailamai. »Und was gibt's hier Gutes?«

»Ich hatte gestern Abend süße Pommes frites und den French Dip«, sagte Kailamai. »Beides war super. Irgendwann werde ich versuchen, diese Pommes frites selbst zu machen.«

»Du kannst kochen?«, fragte Nicole.

»Ein bisschen. Ich kann einen erbärmlichen Käsetoast machen, und ich kann Pizzateig machen. Ich wollte mal Köchin werden. Entweder das oder Richterin.«

Nicole lachte. »Du hast sehr unterschiedliche Interessen.«

»Na ja, in beiden Fällen muss man dafür sorgen, dass alles richtig gemacht wird.«

»Da hast du völlig recht«, sagte Nicole.«

Nachdem die Kellnerin unsere Bestellung aufgenommen hatte, ging Kailamai auf die Toilette. Als sie gegangen war, sagte ich: »Und? Was meinst du?«

Nicole lächelte. »Ich finde, sie ist toll. Ich finde, das ist eine tolle Idee.«

»Was ist, wenn es nicht klappt?«

Nicole nickte. »Damit befassen wir uns, wenn es so weit ist – falls das überhaupt je nötig sein wird. Ich mache mir keine Sorgen. Ich habe ein gutes Gefühl bei ihr. Es wird schön sein, wieder Gesellschaft zu haben.«

»Willst du sie selbst fragen, oder soll ich es tun?«

»Vielleicht besser du.«

Ein paar Minuten später kam Kailamai zurück. Nachdem sie Platz genommen hatte, sagte ich zu ihr: »Weißt du noch, wie du mir gestern Abend von deiner perfekten Welt erzählt hast?«

Sie legte ihre Serviette in den Schoß. »Ja.«

»Hast du das ernst gemeint?«

Sie sah mich fragend an. »Ja. Ich meine, es war nur Wunschdenken, aber ich hoffe, dass etwas Ähnliches irgendwann passiert.«

»Na ja, heute ist irgendwann.«

Sie sah erst mich und dann Nicole an. »Was meinen Sie damit?«

»Nicole ist nicht die ganze Strecke hierher gefahren, nur um bowlen zu gehen. Sie ist gekommen, um dich kennenzulernen.«

Kailamai sah Nicole an. »Wieso das denn?«

»Weil Nicole deine perfekte Welt ist«, sagte ich. »Sie ist schlau und witzig, sie wohnt nicht weit von der Gonzaga-Universität entfernt, und sie ist bereit, dich als Mitbewohnerin bei sich aufzunehmen, dein Zimmer zu bezahlen und dir zu helfen, auf die Uni zu kommen, solange du gute Noten bekommst, im Haushalt mithilfst und Respekt zeigst.«

Kailamais Augen huschten zwischen Nicole und mir hin und her. »Macht ihr Witze?«

»Was hältst du davon?«, fragte Nicole.

Einen Augenblick später sagte Kailamai: »Es ist, als ob ein Traum wahr geworden ist.« Sie wandte sich an Nicole. »Aber warum sollten Sie das tun? Sie kennen mich doch gar nicht.«

»Nein, aber ich kenne Alan, und ich vertraue ihm.«

Kailamais Augen füllten sich mit Tränen. »Ich kann es nicht glauben.«

Der Kellner brachte unser Essen. Nachdem er gegangen war, sagte ich: »Die Sache hat nur einen Haken.«

»Was denn?«, fragte Kailamai.

»Du musst heute Nachmittag abreisen. Nicole muss gleich nach dem Mittagessen zurück nach Spokane.«

Kailamai blickte verblüfft. »Aber ... Yellowstone.«

»Yellowstone läuft dir nicht davon«, sagte ich.

Sie betrachtete ihr Essen. »Wow, ausnahmsweise habe ich einmal keinen Hunger.«

»Und? Wie sieht deine Entscheidung aus?«, fragte Nicole.

Ein breites Lächeln zog sich über Kailamais Gesicht. »Ja. Danke. Ja.«

Wir aßen auf, und dann fuhr uns Nicole zurück zum Hotel. Ich blieb mit Nicole in der Lobby, während Kailamai hochlief, um ihre Sachen zu holen.

»Weißt du noch, was ich am Tag deiner Abreise zu dir gesagt habe?«, fragte Nicole. »Am glücklichsten war ich immer, wenn ich mich um jemanden kümmern konnte.« Sie lächelte mich an. »Du hast mein Leben wieder einmal verändert.«

»Na ja, niemand hat eine Chance mehr verdient als Kailamai. Sie kann sich glücklich schätzen, eine Mentorin wie dich zu bekommen. Sie wird es noch weit bringen.«

Ein breites Lächeln zog sich über Nicoles Gesicht. »Danke.«

Ein paar Minuten später kam Kailamai mit ihrem Rucksack in die Lobby.

»Fertig?«, fragte ich.

»Ja.«

Wir gingen hinaus, und ich legte ihren Rucksack in den Kofferraum des Malibu.

»Ich werde es vermissen, mit Ihnen unterwegs zu sein«, sagte Kailamai.

Ich sah sie liebevoll an. »Das geht mir genauso. Sei eine gute Mitbewohnerin. Und eine gute Richterin oder Köchin. Mach mich stolz.«

»Das werde ich, versprochen.« Sie sah zu Boden. »Werde ich Sie je wiedersehen?«

»Auf jeden Fall.«

Sie umarmte mich. Dann wandte sie sich an Nicole.

»Gehen wir, Mitbewohnerin«, sagte sie und stieg in den Wagen.

Nicole trat auf mich zu und umarmte mich. »Schon wieder ein Abschied. Es war schon beim ersten Mal schwer genug.«

»Ich hasse Abschiede«, sagte ich. »Wie wär's, wenn ich einfach sage: ›Bis später‹?«

»Versprochen?«

»Versprochen. Ich werde anrufen, um zu hören, wie's läuft.«

»Ich freue mich schon darauf.« Tränen traten ihr in die Augen, daher küsste sie mich auf die Wange und stieg dann rasch in den Wagen. Sie ließ ihn an. »Auf Wiedersehen«, sagte sie leise.

»Auf Wiedersehen«, sagte ich.

Kailamai winkte, während sie davonfuhren.

»Wieder allein«, sagte ich. Ich holte einmal tief Luft, dann ging ich hoch in mein Zimmer und nahm ein langes, heißes Bad.

Sechsundvierzigstes Kapitel

Ich bin wieder allein. Es ist nicht so, dass ich Gesellschaft nicht mag, es ist nur so, dass ich die ganzen Geschichten schon einmal gehört habe.

Alan Christoffersens Tagebuch

Am nächsten Morgen ging ich zum Frühstück hinunter. Ich aß Raisin Bran mit Magermilch und eine Banane und trank dazu ein Glas Orangensaft. Am Nebentisch saß ein Mann, der ein Schlüsselband um den Hals trug, auf dem mit blauem Marker HI, MEIN NAME IST TONY geschrieben stand. Sein Blick war auf den Fernseher gerichtet, der im Frühstücksraum an die Wand montiert war.

»Entschuldigen Sie«, sagte ich. »Wissen Sie zufällig, wie man von hier am schnellsten zum Highway 2 kommt?«

Er drehte sich zu mir um. »Na klar. Gehen Sie vor dem Hotel einfach nach rechts und dann immer weiter nach Süden, etwa zwei Meilen weit bis zu dem MT2-Schild. Sie können es nicht verfehlen.«

»Danke.«

»Wohin wollen Sie?«

»Ich gehe nach Yellowstone.«

»Sie gehen den ganzen Weg nach Yellowstone zu Fuß?«

»Um genau zu sein, gehe ich nach Key West.«

»Florida?«

»Ja.«

Er sah mich einen Moment an, dann sagte er: »Mann, ich wünschte, ich würde das tun.«

Um acht Uhr war ich wieder unterwegs. Ich vermisste Kailamai schon jetzt. Ich vermisste ihren Geist. Ich vermisste sogar ihre Witze.

Hinter Butte stieß ich auf den Highway 2 nach Whitehall. Die nächsten drei Tage führten mich durch die Städte Silver Star, Twin Bridges und Sheridan. Silver Star war eine typische Kleinstadt. Es gab dort einen Schrottplatz, einen Tierpräparator und einen Laden namens Granny's Country Store. Vor dem Laden stand ein Schild, auf dem KOSTENLOSER KAFFEE, MITTWOCHS BIS SAMSTAGS 10–18 UHR stand.

Ich betrat das Geschäft und kaufte mir ein Überlebensbuch für die Wildnis und eine Broschüre, die mir angeblich half, das Wetter mithilfe der Weisheit unserer Vorfahren vorherzusagen. Das kleine Buch steckte voller Weisheiten wie dieser:

Wenn der Tau liegt auf dem Gras,
wird es heute nicht vom Regen nass.
Ist das Gras trocken am Morgen,
bringt Regen bald Sorgen.

Der (dem Buch zufolge) nützlichste Wetterspruch von allen war:

Abendrot,
Gutwetterbote,
Morgenrot,
schlecht Wetter droht.

Ich füllte meine Feldflasche am Waschbecken in der Toilette auf, kaufte mir ein Stück Honigbrot und wählte zwei in Zellophan verpackte Sandwichs aus dem Kühlschrank aus. Ich erfuhr, dass die Frau, die den Laden führte, die Eigentümerin war, sodass sie, eigentlich die »Granny« sein musste. Sie war ungefähr Ende dreißig und hatte langes, braunes Haar, das ihr bis zur Taille reichte. Sie lief barfuß.

Ich kam am Jefferson Camp vorbei (wo die Lewis-und-Clark-Expedition ihr Lager aufgeschlagen hatte), überquerte ein paar Meilen später den Jefferson River und folgte dem Lewis-und-Clark-Weg bis zur Stadt Twin Bridges.

Twin Bridges präsentierte sich als »die Kleinstadt, die sich kümmert«. In den meisten Schaufenstern der Stadt hingen »GO FALCON«-Plakate. Ich aß im Wagon Wheel Restaurant, in dem es verblüffend voll war, und stockte im Main Street Market meine Lebensmittelvorräte auf.

Ich übernachtete im King's Motel, vor dem ein Schild PREISGEKRÖNTE ZIMMER versprach, was deutlich besser klang als »weltberühmt« oder »historisch«. Ich war skeptisch, was diese Behauptung betraf, bis der Eigentümer – ein Händler für Angelbedarf namens Don, der wie Ernest Hemingway in Shorts aussah – mir das Motel zeigte. Die Zimmer waren gemütliche, holzgetäfelte Kammern mit kleinen Kochnischen. Sie kosteten nur 73 Dollar die Nacht, und als zusätzliches Gimmick bot Don mir an, mich am nächsten Morgen zum Fliegenfischen mitzunehmen. Ich erklärte ihm, dass ich auf das Fischen verzichten müsste, nahm aber eines seiner Zimmer.

Sheridan lag nur acht Meilen hinter Twin Bridges, und die Gegend dazwischen bestand hauptsächlich aus grünen Wiesen mit grasenden Schafen. Sheridan war größer als die letzten drei Städte, die ich durchquert hatte, und es gab dort eine

Bank und einen Napa-Autoersatzteilhandel neben dem Ruby Saloon.

Ich ging in eine Bäckerei und bestellte mir ein Schinken-Käse-Sandwich und ein Zimtbrötchen. Neben meinem Tisch stand auf einem Schild an der Wand:

Wir haben das Recht, den Service
jedermann und jederzeit zu verweigern.
Ohne Ausnahme. Steve, Joe und Allen

Auf einer Tafel an der Wand gegenüber von meinem Tisch stand:

PREISFRAGE:
Wo liegt der Trevi-Brunnen?

Irgendjemand hatte daruntergekritzelt: »Trevi?«

Wer die Frage korrekt beantwortete, erhielt einen kostenlosen Ahorndonut, der, wie ich hoffte, nicht eigens für den Wettbewerb gebacken worden war, denn das Schild war einen Monat zuvor aufgehängt worden, und noch immer hatte niemand gewonnen. Ich fragte die Managerin, eine Frau namens Francie, ob ich einen Versuch wagen dürfte.

»Na klar, Süßer. Wo ist der Trevi-Brunnen?«, fragte sie so gebannt wie eine Spielshow-Moderatorin.

McKale und ich waren zweimal im Rahmen von Werbe-Incentive-Reisen in Rom gewesen, und der schöne Neptunbrunnen, der den Endpunkt der alten römischen Aquädukte bildete, war mir durchaus ein Begriff.

»Der Trevi-Brunnen befindet sich etwas östlich der Via Veneto und liegt etwa eine halbe Meile von der Spanischen Treppe entfernt.«

Sie schüttelte den Kopf. »Nein«, sagte sie bedauernd. »Er ist in Italien.«

Ich lächelte nur. »Na ja, ich habe es versucht.«

Am nächsten Tag ging ich am Ruby River entlang, den die Minenarbeiter in den 1860er-Jahren ursprünglich »Stinkendes Wasser« getauft hatten. Später wurde er irgendwann in Ruby River umbenannt, nach den Edelsteinen, die man an seinen Ufern fand. Wie sich herausstellte, handelte es sich allerdings nicht um Rubine, sondern um Granatsteine.

Ein Schild in der Nähe des Flusses wartete mit mehreren interessanten Fakten auf: Erstens wurde das Gold, das dort einst mithilfe von Baggern geschürft wurde, im frühen zwanzigsten Jahrhundert verwendet, um die Harvard-Universität zu finanzieren. Zweitens war der Ruby River Teil des Vigilante-Wegs, und drittens waren die gefürchteten Zahlen 3–7–77 von historischer Bedeutung, auch wenn nicht erklärt wurde, weshalb.

Die nächste Stadt, in die ich kam, Nevada City, war geschlossen. Im wahrsten Sinne des Wortes. Nevada City war eine authentische alte Westernstadt mit einer Musikhalle, einer Schmiede, einer Barbierstube, Saloons und einer Sattlerei. Die Stadt sah aus wie ein Filmset – was sie auch war –, und am Ortseingang stand ein Schild mit der langen Liste aller Filme, die dort gedreht worden waren. Auch hier standen die Zahlen 3–7–77 an einem der Gebäude. *Vielleicht war es ein Datum*, dachte ich. 7. März 1877.

Acht Meilen die Straße hinunter lag Christine City, ebenfalls eine alte Westernstadt und noch authentischer als Nevada

City, wenn auch nicht ganz so bunt. Zu meinem Glück war sie nicht geschlossen. Ich machte bei einem kleinen Souvenirladen halt, um mich ein bisschen umzusehen, und fragte die Besitzerin des Ladens nach der Bedeutung der Zahlen 3–7–77. Sie schien sich über die Frage zu freuen.

»Wenn diese Zahl von der Bürgerwehr an Ihr Haus geschrieben wurde, dann hatten Sie drei Tage, sieben Stunden und 77 Minuten Zeit, um aus der Stadt zu verschwinden. Andernfalls würde man Sie in einem Grab beerdigen, das drei Fuß breit, sieben Fuß lang und 77 Zoll tief war. Manche Leute glauben allerdings, dass diese Zahlen etwas mit der hiesigen Freimaurerloge zu tun haben, die in den 1860er-Jahren drei Diakone, sieben Älteste und 77 Mitglieder hatte.«

Die Frau erzählte mir, ihre Stadt hätte auch einen »Stiefelhügel«, an dem die Opfer der Bürgerwehr in Gräbern beigesetzt wurden, und zwar so, dass ihre Stiefel nach Norden zeigten.

Ich aß in einem kleinen Restaurant namens Outlaw Café zu Mittag. Die Kellnerin hieß Cora, und als ich sie fragte, ob das Essen gut sei, antwortete sie: »Oh, und ob es gut ist. Bevor ich hier anfing, sah ich aus wie Twiggy, und sehen Sie mich jetzt an.« Sie drehte sich, sodass ich ihre pummelige Figur bewundern konnte.

Ich erzählte ihr von meiner Reise, und sie sagte, ein anderer Mann sei auf seinem Weg quer durchs Land auch durch Christine City gekommen. »Er heißt Tim und trägt ein Kreuz mit sich.« Sie hatte ihm ein paar Teebeutel und Zuckertütchen mitgegeben, damit er es im Winter warm haben würde.

Ich verließ die Stadt nur ungern. Ich setzte meinen Weg bis zum Einbruch der Dunkelheit fort und verbrachte die Nacht in der Stadt Ennis, deren Name, egal, wie oft ich ihn las, mir einfach nicht richtig vorkam.

Die nächsten beiden Tage waren die eintönigsten auf meinem bisherigen Weg. Es gab zweierlei Dinge zu sehen: flache, eintönige Landschaft mit Bäumen oder flache, eintönige Landschaft ohne. Die Straßen waren glatt. Sie hatten breite Seitenstreifen, die aber keinerlei Schutz vor den Elementen boten. Das einzig Aufregende war, dass mir jemand aus einem vorbeischießenden Wagen einen Plastikbecher mit Sodawasser vor die Füße warf.

Sieben Tage, nachdem ich Butte verlassen hatte, erreichte ich den Gallatin-Nationalforst, ein geologisch bedeutsames Gebiet, in dem ein Erdbebensee lag.

Der See sah irgendwie surreal aus. Er erinnerte an ein Moor. Denn das Wasser war dunkel, und die Wipfel toter Bäume ragten daraus hervor wie Stoppeln, manche befanden sich sogar mitten im See. Ein, zwei Meilen hinter dem Eingang stieß ich auf einen Aussichtspunkt mit einer Gedenktafel:

Am 17. August 1959 löste ein Erdbeben der Stärke 7,5 einen schweren Erdrutsch aus.

80 Millionen Tonnen Gestein – der halbe Berg – stürzten herab und schufen diesen See, der vier Meilen lang und 120 Fuß tief ist.

Das erklärte die Bäume mitten im See. Am nächsten Tag erreichte ich West-Yellowstone.

Siebenundvierzigstes Kapitel

Als ich das letzte Mal in Yellowstone war, trug ich Superman-Unterwäsche.

Alan Christoffersens Tagebuch

Als ich sieben Jahre alt war, unternahm meine Familie einen Ausflug zum Yellowstone National Park (den Ausflug, über den mein Vater und ich im IHOP gesprochen hatten). Das ist sehr lange her. Es war das Zeitalter, als die Amerikaner Autos noch genauso sehr liebten, wie sie piepsende russische Satelliten fürchteten. Unsere Wahrnehmung des Parks war von einer bemerkenswerten, wenn auch charmanten Naivität – die Realität war in dieser nationalen Fantasie fast vollständig ausgeblendet. Yellowstone war einfach eine riesige Freilicht-Bühnenshow – mit Tieren als Schauspielern, die praktischerweise zu unserer Unterhaltung dort untergebracht waren: Elche betrachteten wir als Bullwinkle-Geschöpfe, und Bären waren gezähmte Fellknäuel mit Namen wie Yogi und Boo-Boo, die Picknickkörbe und Touristen liebten und gern für Fotos posierten. Mehr als nur ein paar scheußliche Tierangriffe waren nötig, um dieses Yellowstone-Bild zu zerstören und uns begreifen zu lassen, dass wilde Tiere, na ja, eben wild sind.

Während meine Mutter in der Nähe des Old Faithful Inn vor den Toiletten anstand, sahen mein Vater und ich eine Touristin (ich weiß noch, dass sie wie eine größere Version von Lucille Ball aussah) auf einen wilden Büffel zugehen. Ihr Mann hatte sie durch die Linse seiner Brownie-Kamera im Visier und stachelte sie in Erwartung eines einmaligen Schnappschusses an: »Nur noch ein bisschen näher, Madge. Ja, nur noch ein paar Schritte. Ja! Genau so! Leg deine Hand auf ihn. Ja, reib ihm den Nacken.«

Der Büffel sah sie mit glasigen Augen an, die etwa so groß wie Tennisbälle waren, als sei sie das dämlichste Geschöpf auf Gottes weiter Erde (was sie vielleicht war), und versuchte zu entscheiden, ob er angewidert davonstapfen oder sie zum letztendlichen Wohl des menschlichen Genpools zertrampeln sollte.

Mein Dad beobachtete die Szene mit einer seltsamen Mischung aus Belustigung und Neid. Letztendlich entschied sich der Büffel, nichts zu tun, sondern einfach davonzustapfen. Manchmal hat die Natur eben Mitleid mit den Dummen.

Ich weiß nicht, welche Überlegungen der Büffel in diesem Augenblick anstellte, aber ich nehme fast an, dass sie in etwa wie folgt aussahen: »Stehen diese Leute wirklich an der Spitze der Nahrungskette?«

Wie so oft im Leben war die Vorfreude auf diesen Ausflug sogar noch schöner gewesen als der Ausflug selbst. Ein paar Wochen vor unserem Urlaub ging meine Mutter mit mir zum Buster-Brown-Schuhgeschäft, um mir ein paar neue Keds – grüne Segelschuhe aus Leinen mit weiß umrandeten Sohlen – und ein neues T-Shirt mit einem Bild von Charlie Brown zu kaufen, wie er auf einen Football zuläuft, den Lucy hält. (Nebenbemerkung: Warum, oh warum nur ließ Charles Schulz bei seinem letzten Comic Charlie Brown den Football nicht treten – er hätte der Menschheit solche Hoffnung geben können!)

Wir saßen eine Ewigkeit im Auto (meinem jungen Verstand kam es ungefähr so lange vor wie mein ganzes zweites Schuljahr), aber letztendlich lohnte sich die Fahrt. Als Einzelkind blieb mir das Vergnügen versagt, mit einem Bruder oder einer Schwester zu streiten (er ist auf meiner Seite des Wagens; sie hat mir die Zunge herausgestreckt; er hat mich zuerst berührt), dafür hatte ich die ganze Rückbank, um mich auszustrecken.

Wir besaßen einen feuerroten Ford Galaxy 500. Er war kaum größer als ein Sandlastkahn, hatte aber einen deutlich höheren Spritverbrauch. Ich weiß noch, wie wir einmal einen Hügel hinauffuhren und mein Vater auf die Tankuhr deutete und sagte: »Seht euch das an.« Er drückte aufs Gaspedal, und die Nadel der Tankanzeige fiel deutlich um ein, zwei Punkte.

Mein Vater war ungewöhnlich großzügig auf dieser Reise, und ich durfte mir nicht nur ein Souvenir kaufen, ich wurde sogar dazu ermuntert. Ich entschied mich für einen Keramikbären mit aufgemaltem Fell und ein Kästchen mit einer in Holz gebrannten Abbildung des Old Faithful. Ich erinnere mich, wie ich mit mir gerungen hatte, ob ich mich für eine echte handgenähte indianische Lederbrieftasche (made in Taiwan) oder das Kästchen entscheiden sollte. Letztendlich gewann das Kästchen, da es ein echtes Schloss mit einem Schlüssel hatte.

Meine Eltern und ich standen Schulter an Schulter in einer Gruppe von Touristen am Old Faithful, Yellowstones berühmtestem Geysir. Der Geysir machte seinem Namen alle Ehre und brach aus. Ich weiß noch genau, wie wir dort standen. Mein Vater hatte die Hände tief in den Gesäßtaschen vergraben, meine Mutter stand neben ihm und hielt meine Hand, falls ich einen plötzlichen Drang verspüren sollte, loszulaufen und in die Gischt zu springen.

Der Old Faithful ist weder der spektakulärste noch der höchste Geysir im Park. Was den Old Faithful so berühmt machte, das waren die Verlässlichkeit und das kurze Zeitfenster seiner Eruptionen. Der NASA zufolge (ich weiß nicht, wieso man sich dort um solche Dinge kümmerte) hatte sich von 1870 bis 1966 am Eruptionszyklus des Geysirs kaum etwas verändert.

Bevor die Regierung Gesetze zum Schutz dieses Ortes erließ, warfen die Leute allen Ernstes ihre schmutzige Wäsche in den Geysir, der (so wurde mir gesagt) einen besonders angenehmen Effekt auf Leinen- und Baumwollstoffe hatte, aber wollene Kleidungsstücke oft in Fetzen riss.

Tatsächlich ist der Ausbruch des Old Faithful nichts, wonach man die Uhr stellen sollte, da die Eruptionen in Intervallen von 45 bis 125 Minuten auftreten, sodass man zwei Stunden dort stehen könnte, um einen Strahl zu sehen, der vielleicht nur 90 Sekunden anhält – ein passendes Bild für das Leben. Ich weiß nicht mehr, wie lange unser Ausbruch dauerte, aber ich weiß noch, dass mein Vater ehrfurchtsvoll auf die Gischt starrte und murmelte: »Seht euch das bloß an …«

Ich kann Ihnen beim besten Willen nicht sagen, wieso Wasser, das aus einem Loch hochschießt, Millionen von Touristen anlockt. Es war, soweit ich mich erinnern kann, das einzige Mal, dass Wasser, das aus der Erde hochschoss, nicht dazu führte, dass mein Vater fluchend den Klempner rief.

Etwas später an diesem Tag machten wir am Morning Glory Pool halt. Heute ist dieser umwerfende blaue Pool abgezäunt, aber damals war er es noch nicht. Es gab nur einen kleinen Pfad aus Holzstegen, der sich um den Pool schlängelte. Der Weg über diesen Pfad machte mir schreckliche Angst. Das Wasser ist kristallklar, und die Felsformationen darunter sehen aus wie ein offener Schlund, sodass es schien, als würde er bis zur Mitte der Erde abfallen, obwohl der Pool nur sieben Meter tief ist.

Während wir den Pool umrundeten, klammerte ich mich an die Hand meiner Mutter, voller Angst, ins Wasser zu fallen und für immer verschlungen zu werden. Ich kam nie auf die Idee, dass ich bei 75 Grad Celsius heißem Wasser schon gekocht sein würde, bevor ich auf den Boden aufschlug.

Heute trägt der Pool den Spitznamen Fading Glory. Der Grund dafür, dass sein Ruhm verblasst, sind die Touristen, die *Tonnen* von Abfall (ja, Tonnen) hineinwerfen, der das einst glasklare Blau des Pools trübt, die natürlichen Abflüsse des Pools verstopft, seine Temperatur abgesenkt und sein Gleichgewicht gestört hat.

Ich kann mir nicht vorstellen, was Leute dazu treibt, Abfall in diesen wunderschönen Pool zu werfen, Tonnen von Abfall zumal. Es ist ja nicht so, dass Yellowstone nicht Tausende Hektar herkömmlicherer Müllhalden zu bieten hätte. »Clyde, Liebster, kannst du bitte den Müll wegbringen und ihn in diesen herrlichen klaren Pool werfen? Danke, Schatz.« Aber ich wäre auch nie auf die Idee gekommen, meine Kleider im Old Faithful zu waschen. Vielleicht stimmt mit mir irgendetwas nicht.

Als ich den Yellowstone Park damals verließ, war ich fest entschlossen, einmal ein Mann der Berge zu werden. Ich träumte davon, in einer zerschlissenen Lederkluft allein durch die Wildnis zu wandern und mich von Dörrfleisch und Wild zu ernähren, was abgesehen von der Kleidung ja ziemlich genau dem entsprach, was ich heute tat. Wir sollten aufpassen, wovon wir träumen, da das Leben – oder Gott – offenbar Sinn für Humor hat.

Mein Vater fuhr gern nachts, und auf der Rückfahrt schlief ich die meiste Zeit. Ich erinnere mich noch immer an das Gefühl und den Geruch von kaltem Vinyl auf meinem Gesicht. Irgendwie wachte ich in meinem eigenen Bett auf. Ich lag unter weißen, weichen Decken. Das vermisse ich. In dieser Hinsicht ist die Kindheit eine wunderbare Zeit.

Ich war seitdem nicht mehr in Yellowstone gewesen.

Achtundvierzigstes Kapitel

Nichts reinigt den Verstand (oder den Dickdarm) so sehr wie eine Begegnung mit einem Grizzlybären.

Alan Christoffersens Tagebuch

Bevor ich mich auf den Weg in den Park machte, übernachtete ich im Brandin' Iron Inn, wo eine riesige Nachbildung einer Bärenfalle über dem Eingang hing. Am nächsten Morgen aß ich zum Frühstück einen Eier-McMuffin, dann betrat ich den Yellowstone Park.

Fußgänger müssen, genau wie Autos, Eintritt bezahlen, und ich löste für zwölf Dollar ein Ticket, das sieben Tage gültig war. Keine hundert Meter hinter dem Eingang informierte mich ein großes Schild darüber, dass ich jetzt in Wyoming war.

Ein paar Meilen weiter kam ich an zwei Trompeterschwänen in einem Teich vorbei, der von Bäumen umgeben war, die in einem 30-Grad-Winkel wuchsen. Ich war froh, wieder in der Natur zu sein, und spürte ihre heilenden Kräfte. An jenem Abend schlug ich mein Zelt an einem Ort namens Whiskey Flats auf.

Am nächsten Morgen führte mich mein Weg an zwei Geysirbecken vorbei, nämlich am Midway Geyser Basin und am Biscuit Basin, wo ich zusah, wie das dampfende Wasser des Geysirs durch geriffelte Sandsteinfurchen ablief, um im Fluss abzukühlen.

Eine Stunde später informierte mich ein Schild, dass der Old Faithful nur noch eine Meile entfernt war. Nach einer Meile nahm ich die Abzweigung zum Old Faithful, wo ich seinen Ausbruch um ein paar Minuten verpasste, weil ich zuvor noch die Toilette aufgesucht hatte. Ich überlegte, ob ich auf den nächsten Ausbruch warten sollte, doch dann ging ich stattdessen zurück zur Hauptstraße und lief in südwestlicher Richtung weiter zur West Thumb Junction.

Ich war seit etwa vier Stunden unterwegs, als ich die Kontinentale Wasserscheide erreichte, die auf einer Höhe von 2518 Metern lag. Was ich über die Kontinentale Wasserscheide wusste, war: Das Wasser auf der Westseite der Scheide fließt in den Pazifischen Ozean, das Wasser auf der Ostseite in den Atlantischen Ozean.

Nicht bewusst war mir hingegen, dass die Kontinentale Wasserscheide nicht irgendein großer, gerader Kamm war, sondern vielmehr kreuz und quer verlief. Ich kam auf meinem Weg an zwei weiteren Schildern vorbei, die die Kontinentale Wasserscheide ankündigten. An jenem Abend zeltete ich illegal, nur 50 Meter abseits der Straße versteckt im dichten Wald.

An meinem dritten Tag in Yellowstone erreichte ich das West-Thumb-Geysirbecken, das seinen Namen seiner Daumenform verdankt und ein Ausläufer des Yellowstone Lake ist, und begann meinen Weg um das Westufer des Sees. Die Landschaft war wunderschön, und die Luft frisch und süßlich. Ich fühlte mich an meinen Weg durch Washington auf dem Highway 2 erinnert.

Der Tag verlief ohne Zwischenfälle, bis ich eine Erfahrung machte, von der jeder Tourist, der mit dem Auto durch Yellowstone fährt, träumt, die man aber, wenn man zu Fuß in der

Wildnis unterwegs ist, auf keinen Fall machen will: Ich begegnete einem Grizzly. Es war gegen Mittag und ich hatte gerade eine Pause eingelegt, um etwas zu essen, als der Bär etwa dreißig Meter vor mir auf eine Lichtung trat. Ich griff langsam nach der Pistole in meinem Rucksack, während ich betete, ich möge sie nicht benötigen, da der Bär eindeutig im Vorteil war.

Im Fernsehen hatte ich einmal einen Dokumentarfilm über einen Bärenangriff gesehen, daher verfügte ich über Informationen, die in diesem Augenblick durchaus beunruhigend waren: Der Stoffwechsel eines Bären ist so langsam, dass er nach einem Schuss genau durchs Herz noch immer zwei- bis dreihundert Meter weit laufen kann. Bei einer kleinkalibrigen Handfeuerwaffe tendierte die Chance, eines der lebenswichtigen Organe eines Bären in Bewegung zu treffen, gegen null – vor allem für meine ungeübte Hand –, und eine kleine 9-mm-Kugel würde das Tier vielleicht nur noch wütender machen.

Ich war mir nicht sicher, ob der Bär mich überhaupt sah, aber ich nahm an, dass er meine Anwesenheit zumindest gerochen hatte. Er blieb ein paar unendlich lange Minuten in meiner Nähe, kratzte an einem Baum und tapste dann davon. Ich glaube, bis zu diesem Augenblick tat ich keinen Atemzug. Ich wartete noch zehn Minuten, um ganz sicher zu sein, dass er verschwunden war, dann ging ich zurück zur Straße und setzte meinen Weg fort.

An jenem Nachmittag kam ich durch weitläufige Waldgebiete, die man abgebrannt hatte, sodass schwarze Asche auf den Bäumen lag und ein schwerer Schwefelgeruch die Luft erfüllte. Erst nach Einbruch der Dunkelheit wurde die Welt um mich herum wieder grüner. Dank der Straßenschilder wusste ich, dass ich in der Nähe des Osteingangs des Parks war, aber ich war zu erschöpft, um ihn heute noch zu verlassen. Daher suchte ich mir im Wald einen Platz, um mein Lager aufzuschlagen. Der Bär wollte mir noch immer nicht aus dem Kopf gehen, und ich verbrachte eine unruhige Nacht, in der ich bei jedem Knacken eines Zweiges oder Kojotengeheul aufwachte.

Wie sich herausstellte, hatte ich weniger als eine Meile vom Osteingang entfernt gezeltet. Ich überquerte den Yellowstone River auf der Fishing Bridge, auf der passenderweise einige Angler standen, dann stattete ich dem Yellowstone General Store einen Besuch ab.

Obwohl ich den Park offiziell verlassen hatte, hätte ich es ohne die Ausschilderung gar nicht mitbekommen, da die Straße gleich in den Shoshone National Park überging. Mittags machte ich eine Pause, aß ein Sandwich und studierte meine Karte. Wenn ich ab jetzt jeden Tag ein paar Meilen mehr zurücklegte, konnte ich mein nächstes Ziel in drei Tagen erreichen: Cody, Wyoming.

Neunundvierzigstes Kapitel

Wenn ein Mensch in der Wildnis weint und niemand ihn hört, macht er dann überhaupt ein Geräusch?

Alan Christoffersens Tagebuch

Cody, Wyoming, ist nach dem berühmten (oder berüchtigten, je nachdem, welche Biografie man liest) William »Buffalo Bill« Cody benannt. Cody war ein Pionier und Showman, der die Romantik eines sterbenden Wilden Westens den Bewohnern des wilden Ostens nahebrachte und sie auch über die Grenzen Amerikas hinaus bekannt machte, bis hin zu den gekrönten Häuptern Europas. Seine Wild-West-Show war so populär, dass es hieß, sie hätte sogar die Beziehungen zwischen den Vereinigten Staaten und England verbessert.

Nachdem der Verleger Prentiss Ingraham den unersättlichen Appetit seiner Zeitgenossen auf alles Westernmäßige erkannt hatte, begann Cody, ein Abenteurer und geborener Selbstdarsteller, seine Karriere als fiktive Gestalt in den Groschenromanen jener Zeit. Es war eine Rolle, in die der echte William Cody hinschlüpfte wie in ein Paar bequeme Cowboystiefel.

Ich erreichte Cody gegen neun Uhr abends. Die letzten zweieinhalb Stunden war ich im Dunkeln unterwegs gewesen, was ich im Allgemeinen vermied, da sich auf dem warmen Asphalt nachts gern Schlangen ausstreckten. Ich hatte an jenem Tag über 30 Meilen zurückgelegt – beflügelt von den Lichtern der Großstadt. Ich sehnte mich nach einem warmen Zimmer, einem weichen Bett, einer langen, heißen Dusche und einer Mahlzeit, die ich nicht auswickeln musste.

Der Freeway ging in die Sheridan Avenue über, die Hauptstraße durch die Stadt. Cody ist eine echte Cowboystadt. Wir halten die Cowboys manchmal für Relikte der großen Vergangenheit unserer Nation vor und vergessen leicht, dass sie munter und lebendig sind – oder zumindest lebendig. Cowboys sind die eigenartigste Rasse, die mir auf meinen Reisen je begegnet ist. Sie haben ihre eigene Sprache, Kultur, Geschichte, Literatur und Kleidung – Hut, Wrangler-Jeans, Stiefel und große Gürtelschnallen, je größer, desto besser. Und sie haben ihren eigenen Gang, ein bisschen o-beinig und gebeugt, als hätten sie Rückenschmerzen.

Etwa eineinhalb Meilen hinter dem Ortseingang kehrte ich zum Abendessen ins Rib & Chop House ein. Meine Mahlzeit war reichhaltig und äußerst köstlich. Die Kellnerin hieß Kari und war eine junge, gut aussehende Krankenschwester in der Ausbildung, die unter der Bevölkerung von Cody ebenso fehl am Platz zu sein schien wie ich. Sie war seit Tagen der erste Mensch, mit dem ich redete.

Ich ließ mir Zeit beim Essen, und als ich schließlich aufstand, hatte ich einen Krampf in den Oberschenkeln. Ich ging (humpelte) ein paar Blocks weit bis zum Marriott und nahm mir ein Zimmer. In der Stadt fand ein Quilter-Kongress statt, und das Hotel war voller Quilter, die mir kulturell die passende Ergänzung zu den ganzen Cowboys zu sein schienen.

An jenem Abend nahm ich ein langes, heißes Bad im Whirlpool des Hotels. Als ich ankam, war zunächst noch ein anderer Mann im Pool. Es war, oh Wunder, ein Cowboy, und er trug seinen Hut. Er tippte ihn kurz an, als ich mich dem Pool näherte. Ich zog mein T-Shirt aus und warf es auf einen Plastikstuhl in der Nähe, dann stieg ich in das blubbernde Wasser.

»Hi«, sagte der Cowboy.

»Hi«, erwiderte ich, ohne zu wissen, wieso ich eigentlich wie ein Cowboy redete.

Er deutete auf die Narben auf meinem Bauch. »Sieht nach einem kleinen Kampf aus.«

»Nicht der Rede wert«, sagte ich, während ich mich ins Wasser gleiten ließ.

»Ich hab auch eine«, sagte er. Er erhob sich ein wenig aus dem Wasser, um mir seine Narbe zu zeigen. Sie verlief quer über das Brustbein und stammte ebenfalls von einem Messer. »Du hättest den anderen Burschen sehen sollen«, lachte er.

Ich schloss die Augen, in der Hoffnung, er würde mich einfach entspannen lassen.

»Wo bist'n du her?«

»Seattle.«

»Fischen oder Durchreise?«

Ich sah ihn einen Moment an, dann erwiderte ich: »Ich bin wegen des Quilting-Kongresses hier.«

»Oh«, sagte er. Er zog seine Hutkrempe herunter und ließ sich bis zum Kinn ins Wasser gleiten. Eine Minute später verließ er den Pool und das Spa.

In jener Nacht schlief ich gut, auch wenn ich einen beunruhigenden Traum hatte. Ich ging ein langes Stück Highway hinunter und fühlte mich so verloren wie auf vielen Etappen meines bisherigen Wegs, als ich auf einmal eine Frau vor mir gehen sah. Es war McKale. Ich rief ihren Namen. Sie wandte sich kurz um, sagte aber nichts. Dann ging sie weiter. Ich ging schneller, bis ich rannte, aber sie beschleunigte ihre Schritte ebenfalls, um sie meinen anzupassen. Sie war immer knapp in Sichtweite und knapp außer Reichweite. Ich wachte auf; die Laken waren durchnässt von Schweiß.

Fünfzigstes Kapitel

Der Wilde Westen war noch nie so trostlos.

Alan Christoffersens Tagebuch

Am nächsten Tag legte ich eine Ruhepause ein. Ich frühstückte ausgiebig im Hotelrestaurant, dann sah ich mir einen Film im Pay-per-View an – einen der *Bourne*-Filme. Mit Matt Damon kann man eigentlich nichts falsch machen.

Als ich meinem Rucksack ausleerte, erfüllte ein schaler, ranziger Geruch das Zimmer. Ich entdeckte eine völlig schwarze, matschige Banane, ein verschimmeltes Sandwichbrötchen und ein paar angebissene Energieriegel.

Ich wusch meinen Rucksack im Duschbad aus, dann stellte ich ihn zum Auslüften ans Fenster. Ich breitete meine Karte aus und erstellte dann auf Basis meiner weiteren Route eine Einkaufsliste auf einem Notizblock des Hotels. Ich war noch immer mehrere Wochen entfernt von Rapid City. Ich hatte Meilen noch zu gehen.

Ich zog meine Route mit der Plastikspitze eines Hotelstifts nach. Ich würde auf dem I-90 bleiben, bis ich etwa 280 Meilen östlich von Cody zu einer Gabelung kam. Ich konnte entweder auf dem Interstate Highway 90 durch Spearfish und Sturgis, South Dakota, weiter nach Norden laufen oder die kleinere Straße in Richtung Süden nach Custer, South Dakota, nehmen. Die Entfernung war etwa dieselbe. Der Vorteil der Südroute war, dass die Straßen kleiner und weniger befahren waren. Der Nachteil war, dass es weniger Campingplätze, Motels und Restaurants entlang des Wegs gab. Ich entschied mich für die Südroute, legte meine Karte beiseite und ging einkaufen.

Als ich Cody am nächsten Tag verließ, fühlte ich mich niedergedrückt, und das nicht nur, weil die vielen Vorräte so schwer auf meinen Schultern lasteten, sondern weil so manches auf meiner Seele lastete. Der zweispurige Highway schien sich, genau wie mein Leben, ins Nichts auszudehnen. Ich war umgeben von großen, brachliegenden Feldern und Viehweiden – in meinem früheren Leben hatte ich vom Flugzeug auf dieses Patchwork hinuntergesehen.

Die nächsten beiden Wochen führten mich durch Südost-Wyoming, und ich fühlte mich so schlecht, dass es schien, als hätte ich in emotionaler Hinsicht einen gewaltigen Rückwärtsschritt getan. Ich könnte Ihnen meine verschiedenen Zwischenstopps in allen Einzelheiten schildern, aber das würde Sie nur langweilen – das weiß ich, da es mich gelangweilt hat. Ich hörte auf, Tagebuch zu führen. Ich hörte auf, mich zu rasieren. Ich hörte auf, mir um irgendetwas Gedanken zu machen.

Auf meinem Weg lagen nur wenige Städte, die größte davon war Gillette. Die Stadt, die etwa 20 000 Einwohner hat, nennt sich selbst die »Energie-Hauptstadt der Nation« und verfügt über reichlich Bodenschätze: Kohle, Öl und Methangas. Gilette war schmutzig und grau, und ich war kaum angekommen, da konnte ich es schon nicht mehr erwarten, sie wieder zu verlassen. Die trostlose Atmosphäre mochte ich ebenso wenig wie den Zigarettengestank in jedem Restaurant, das ich betrat. Wyoming ist einer der letzten Staaten, die sich gegen den Nichtraucherschutz wehren, und zu rauchen gehört dort ebenso zur Kultur wie die nummernschildgroßen Gürtelschnallen. Einfach ausgedrückt, jeder öffentliche Ort in der Stadt stinkt nach zehntausend Zigaretten.

Ich habe Leute aus Wyoming kennengelernt (darunter einer der Medienvertreter meiner Agentur), und ich habe von seiner wilden Schönheit und dem freundlichen, leutseligen Wesen der Menschen, die dort leben, gehört, aber ehrlich gesagt, in diesem Teil des Bundesstaates merkte ich davon nichts. Wyoming deprimierte mich zutiefst, auch wenn ich mir sicher bin, dass es weniger an dem Bundesstaat lag als an meinem Gemütszustand. Die Ursache meines Schmerzes war eine Mischung aus Einsamkeit, physischem Unbehagen und der stets gleichbleibenden Landschaft.

An jedem neuen Tag schien diese nachwinterliche, graugelbe Gegend, die den Highway umgab, kaum anders auszusehen als am Tag zuvor, und meine Mühsal kam mir vor wie die des Griechen Sisyphus, der jeden Tag einen Stein einen Berg hinaufrollte, nur um ihn wieder hinunterrollen zu sehen.

Nicoles ehemaliger Vermieter, Bill, hatte ein paar Tage vor seinem Tod etwas zu mir gesagt, an das ich mich jetzt mit gutem Grund erinnerte. Ohne seine Frau, hatte er gesagt, fühle sich sein Leben an wie ein Weg durch eine trostlose und verlorene Wildnis. Jeder Tag sei ein sinnloser Marsch, denn es gebe niemandem, der sich um ihn kümmerte, niemandem, der ihn nach seinem Tag, seinen Gedanken, seiner Kolitis fragte.

Genauso fühlte ich mich. Vielleicht war dieser Weg durch Wyoming die perfekte Metapher dafür, wie mein Leben ohne McKale aussah. Wie ich schon einmal schrieb, war ich einsam, aber nicht allein – meine Weggefährten waren die Verzweiflung, die Einsamkeit und die Angst. Und sie waren ein redseliger Haufen.

In diesen schweren Tagen rief ich einmal meinen Vater und zweimal Falene an. Mein Vater erzählte mir eine halbe Stunde lang von seinem letzten Golfspiel, und zum ersten Mal in meinem Leben genoss ich jedes Wort davon. Falene konnte meine Ernüchterung spüren, und sie baute mich sehr auf. Sie bot sogar an, mit dem Auto herzukommen, eine Einladung, die ich beinahe angenommen hätte. Aber eine innere Stimme befahl mir, mich weiter allein durch das Schattenland zu kämpfen, das ich irgendwann ohnehin durchqueren musste – wenn nicht jetzt, dann später.

Daher trottete ich weiter, und je weiter ich ging, desto schwieriger wurde es. Mein Verstand begann, gegen mich zu arbeiten, sich auf die Härte und die Hoffnungslosigkeit zu konzentrieren, nur noch die Schatten und nicht die Sonne zu sehen. Tausendmal durchlebte ich noch einmal die letzten Tage und Minuten vor McKales Tod. Und was am schlimmsten war, ich begann zu zweifeln.

Was tat ich hier draußen eigentlich? Es war eine irrsinnige Idee, dieses Land zu Fuß zu durchqueren – hier gab es nichts, und an meinem Ziel wartete nichts auf mich. Mein Körper litt unter der Verzweiflung ebenso wie unter den Elementen, aber er tat nicht annähernd so weh wie mein Herz. Ich wusste, dass es mir schlecht ging, aber in düsteren Momenten wie diesen geht es nicht darum, was man weiß, sondern darum, was man fühlt. Und ich fühlte Hoffnungslosigkeit. Ich zweifelte an meinen Motiven. Ich bezweifelte, dass ich meinen Weg zu Ende gehen würde. In einem besonders düsteren Augenblick, bezweifelte ich sogar, ob es wirklich so klug gewesen war, die

Pillen aus diesem Fläschchen nicht zu schlucken. Ich weiß nicht, wie lange ich noch durchgehalten hätte, wenn ich nicht wenig später in South Dakota etwas sehr Wichtiges erkannt hätte.

Einundfünfzigstes Kapitel

Ich habe in Custer, South Dakota, übernachtet. Ich hoffe, ich habe hier mehr Glück, als er es hatte.

Alan Christoffersens Tagebuch

Dreizehn Tage, nachdem ich Cody verlassen hatte, erreichte ich die Ostgrenze von Wyoming. Als ich die Grenze nach South Dakota überschritt, fühlte ich mich wie Dorothy, als sie aus ihrem Zuhause in Kansas in die magische Technicolor-Welt von Oz trat.

Die Straßen, auf denen ich ging, waren nicht mehr rauer Asphalt voller Schlaglöcher, sondern glatter, gepflasterter Beton mit einem rosigen Schimmer. In Ost-Wyoming waren die schäbigen Fertighäuser, an denen ich vorbeikam, von ihren eigenen unkrautüberwucherten Müllkippen voller rostiger Autos und weggeworfener Haushaltsgeräte umgeben, während das Land gleich hinter der Grenze grün und saftig war. Ich sah gepflegte Farmen und entzückende rote Scheunen.

Gegen Abend erreichte ich die Stadt Custer, und meine Stimmung hellte sich etwas auf. Ich aß in einer Pizzeria zu Abend (wo ich eine mittelgroße Pizza ganz allein verdrückte) und fand ein warmes, helles Hotel voller Touristen, die es kaum erwarten konnten, Mount Rushmore und die zahlreichen Sehenswürdigkeiten, die die Gegend zu bieten hatte, zu besichtigen.

Eine lange Reihe Harley-Davidson-Motorräder parkte vor dem Hotel. Ihre Fahrer waren vermutlich auf dem Weg nach Sturgis, auch wenn das Harley-Treffen offiziell erst in hundert Tagen begann.

Ich verbrachte den ganzen nächsten Tag im Bett. Ich war in einer melancholischen Stimmung und fühlte mich besiegt. Ich war über eintausend Meilen weit gelaufen, und wofür? Was hatte es mir gebracht? McKale war noch immer fort – und mein Herz noch immer gebrochen.

An jenem Tag aß ich nichts. Ich verließ mein Zimmer nicht und benahm mich ganz wie der Einsiedler, nach dem ich aussah. Mein Bart war mehrere Zentimeter gewachsen und sah zottelig aus.

Am zweiten Tag bekam ich Hunger, und mir war langweilig, daher zwang ich mich gegen Mittag aufzustehen. Ich aß in einer Subway-Sandwichbar zu Mittag, dann nahm ich einen Shuttlebus, um mir den nahe gelegenen Mount Rushmore und das Crazy-Horse-Monument anzusehen.

Als ich Mount Rushmore erreichte, war das Monument von Wolken verhangen, was zu meiner Stimmung passte. Da der Shuttlebus erst eine Stunde später zurückfuhr, wartete ich im Besucherzentrum und sah mir den Souvenirladen an: Von Spielkarten bis hin zu Essstäbchen, man hatte die Köpfe der vier Präsidenten auf alle nur erdenklichen Gegenstände geklebt.

Dann hörte ich jemanden rufen: »Guckt mal, man kann sie sehen!« Und ich trat ins Freie, wo sich die Wolken auflösten und die Köpfe sichtbar wurden: zuerst Washington, dann Jefferson, Roosevelt und Lincoln.

Man hört es ständig: Mount Rushmore ist nicht so groß, wie man erwartet, aber selbst in meiner seelischen Verfassung war das Denkmal ein Erlebnis.

Kunst faszinierte mich ohnehin, aber angesichts der Größenordnung dieser Skulptur war ich ganz besonders beeindruckt. Daher schlenderte ich über die Wanderwege unterhalb des Berges und sah mich im Besucherzentrum und im Museum um, bis es allmählich dunkel wurde. Zu dieser späten Stunde überlegte ich, ob ich einfach zum Hotel zurückkehren oder noch hinüber zum Crazy Horse Memorial fahren sollte.

Offen gestanden, spielte das Crazy Horse für mich keine besonders große Rolle. Ich wusste kaum etwas über das Monument, außer dass es sich um eine unvollendete Statue des Indianerhäuptlings Crazy Horse handelte – jemand, den ich nicht kannte und für den ich mich nicht interessierte. Mit der Erhabenheit von Mount Rushmore konnte es das Crazy Horse Memorial ganz sicher nicht aufnehmen. Dennoch siegte am Ende meine Neugier, und ich nahm den Shuttlebus hinüber zu dem Denkmal. Ich ahnte nicht, welch tief greifende Wirkung es auf mich, mein Leben und meinen Weg haben würde.

Zweiundfünfzigstes Kapitel

Manche Menschen sehen Berge als Hindernisse. Andere betrachten sie als Leinwand.

Alan Christoffersens Tagebuch

Das Crazy-Horse-Monument wurde im Jahr 1948 von dem polnisch-amerikanischen Bildhauer Korczak Ziolkowski begonnen. Ziolkowski wurde im Jahr 1908 als Kind polnischer Eltern in Boston geboren. Schon im Alter von einem Jahr wurde er zur Waise, und fortan wurde er zwischen verschiedenen Pflegefamilien in schlechten Wohngegenden hin- und hergeschubst. Er erhielt nie eine formale künstlerische Ausbildung, ging jedoch als Jugendlicher bei einem Schiffbauer in die Lehre und begann, sein künstlerisches Geschick beim Holzschnitzen unter Beweis zu stellen.

Seine erste Marmorskulptur schuf er im Alter von vierundzwanzig Jahren: eine Büste des Richters Frederick Pickering Cabot. Cabot, ein Held der Pflegekinder im Großraum Boston, war der Mann, der Ziolkowskis Interesse an Kunst förderte. Im Jahr 1939 zog Ziolkowski in die Black Hills von South Dakota, um bei der Arbeit an Mount Rushmore mitzuhelfen.

Kaum ein Jahr später gewann Ziolkowskis Marmorskulptur des Pianisten, Komponisten und Ministerpräsidenten Polens Ignacy Jan Paderewski den ersten Preis auf der New Yorker Weltausstellung. Wenig später wandten sich mehrere Häuptlinge der Lakota-Indianer mit der Bitte an Korczak Ziolkowski, ein Monument zu Ehren der amerikanischen Ureinwohner zu errichten. Häuptling Henry Standing Bear schrieb an Ziolkowski: »Meine Mithäuptlinge und ich würden den weißen Mann gern wissen lassen, dass auch der rote Mann große Helden hat.«

Ziolkowski übernahm das Projekt und begann mit Recherchen und Plänen für die Skulptur. Als Ziolkowski drei Jahre später in die US-Armee eintrat, wurde das Projekt auf Eis gelegt. Korczak Ziolkowski wurde bei der Invasion der Normandie am Omaha Beach verwundet.

Nach dem Krieg zog Ziolkowski zurück in die Black Hills und begann mit der Suche nach einem passenden Berg. Er hielt die Teton-Berge in Wyoming für besser geeignet als die Black Hills, da der dortige Fels besser zu behauen war, aber die Lakota-Indianer betrachteten die Black Hills als geheiligte Stätte und wollten, dass das Denkmal dort errichtet wurde.

»Die Lakota hatten kein Geld und keinen Berg«, sagte Ziolkowski. »Aber ich fand immer, [die Indianer] seien schlecht behandelt worden, daher erklärte ich mich dazu bereit.«

Wenn es einmal fertig ist, wird das Monument – eine dreidimensionale Skulptur des Indianerhäuptlings Crazy Horse auf einem heranstürmenden Pferd – die größte Skulptur der Welt sein: 170 Meter hoch – höher als das Washington-Monument – und 195 Meter lang. Um Ihnen einen Eindruck von der Größe zu vermitteln: Allein der Federschmuck von Crazy Horse wäre so groß, dass alle Präsidentenköpfe von Mount Rushmore darin Platz hätten.

Als Korczak Ziolkowski vierunddreißig Jahre nach Beginn der Arbeit an dem Berg starb, war das Monument noch lange nicht vollendet. Die letzten Worte, die er an seine Frau richtete, waren: »Du musst den Berg zu Ende bringen. Aber geh langsam dabei vor, damit es richtig gemacht wird.«

Ich starrte fast zwanzig Minuten auf den Berg. Es begann zu regnen, aber ich bemerkte es kaum. Diese ganze Geschichte war absurd. Völlig absurd. Ein Mann ohne Geld, ohne Ausbildung und ohne geeignete Ausrüstung beschließt, einen Berg zu behauen. Es war herrlich absurd. In Korczaks Ziolkowskis unmöglichem Trachten lag die Antwort auf meine Fragen.

Dreiundfünfzigstes Kapitel

Ich habe mich gefragt, was McKale sagen würde, dass ich tun sollte. Dabei wusste ich genau, was sie sagen würde: »Setz deinen Hintern in Bewegung, schnapp dir deinen Rucksack und mach dich auf den Weg.«

Alan Christoffersens Tagebuch

Am nächsten Morgen lag ich in meinem Hotelbett und betrachtete die Decke. Zum ersten Mal, seit ich zu meiner Reise aufgebrochen war, wusste ich genau, warum ich unterwegs war. Meine Reise war keine Flucht vor meiner Vergangenheit; sie war eine Brücke zu meiner Zukunft, und jeder kleine Schritt war ein Akt des Glaubens und der Hoffnung, der mir bestätigte, dass das Leben lebenswert war.

Und mit dieser schlichten Erkenntnis war das Gewicht verschwunden – die Schwere meiner Verzweiflung und meines Selbstmitleids. Es war Zeit, mit dem weiterzumachen, was ich mir vorgenommen hatte, und aufzuhören, mich selbst zu bemitleiden. Es war Zeit, mich nicht mehr zu fragen, was ich vom Leben bekommen konnte, sondern zu lernen, was das Leben von mir verlangte.

Ich schlug meine Landkarte auf dem Bett auf und zog mit dem Finger einen Weg. Es war Zeit, irgendwohin zu gehen, wo es warm war. Zeit, nach Süden zu gehen. Mein nächstes Ziel war Memphis, Tennessee.

Ich rasierte mich, schnappte mir meinen Rucksack und verließ das Hotel. Ich hatte wieder ein Ziel vor Augen.

Während ich durch die Hotellobby ging, bemerkte ich eine ältere Frau, die in einem der Sessel in der Nähe der Rezeption saß. Sie hatte graue Haare und trug einen langen Wollmantel und einen burgunderroten Seidenschal. Sie war eine schöne Frau – zumindest war sie einmal eine gewesen –, und irgendetwas an ihr fesselte meinen Blick. Sie beobachtete mich ebenfalls, und unsere Blicke trafen sich. Als ich an ihr vorbeiging, sagte sie: »Alan.«

Ich blieb stehen. »Entschuldigung?«

»Sind Sie Alan Christoffersen?«

Ich sah sie verblüfft an. »Ja.«

»Wissen Sie, wer ich bin?«

Sie kam mir irgendwie bekannt vor. Nach kurzer Überlegung sagte ich: »Nein.«

»Sind Sie sicher?«

Aber dann sah ich ihr in die Augen und begriff, wer sie war. Bevor ich etwas sagen konnte, sagte sie: »Ich habe Sie wochenlang gesucht.«

Epilog

Wir sind alle in Bewegung. Immer. Die, die nicht zu irgendetwas hinaufsteigen, steigen hinunter ins Nichts.

Alan Christoffersens Tagebuch

Was mein Vater über Berge sagte, stimmt. Wir steigen auf Berge, weil die Täler voller Friedhöfe sind. Das Geheimnis des Überlebens ist der Aufstieg, selbst im Dunkeln und selbst wenn er sinnlos erscheint. Der Aufstieg, nicht der Gipfel, ist das Entscheidende. Und die Großen steigen nicht nur auf Berge, sie behauen sie dabei auch noch.

Ziolkowskis Traum war ein unmöglicher – dass ein einzelner Mann einen Berg behauen könnte. Ich kann mir die Sticheleien und Beleidigungen von Ziolkowskis Kritikern nur zu gut vorstellen, und Kritiker hatte er mehr als genug. »Sie sind verrückt, ein Narr, das schaffen Sie niemals«, schallte es ihm von allen Seiten entgegen. Sie riefen es von ihren niederen Plätzen und aus ihren halb ausgehobenen Gräbern. »Die Statue wird nie fertig werden.«

Aber Ziolkowski wusste es besser und hörte nicht auf die Geister auf den Friedhöfen. Jeden Tag stieg er auf seinen Berg, und mit einem Meißel hier, einer Sprengung da, bewegte er Tonnen von Stein, während sein Traum Gestalt annahm.

Ziolkowski wusste, dass er die Vollendung seines Werks nicht erleben würde, aber davon ließ er sich nicht abhalten.

Als er im Sterben lag, wurde er gefragt, ob er enttäuscht sei, dass er das fertige Monument niemals sehen würde. »Nein«, sagte er, »man muss nur lange genug leben, um andere zu inspirieren, Großes zu schaffen.«

Und genau das tat er. Während der Berg Gestalt annahm, begannen auch die Massen zu träumen. Und sie setzten sich in Bewegung. Heute kommen Millionen von Menschen aus der ganzen Welt, um Ziolkowskis Berg zu sehen, und ein professionelles Team arbeitet rund um die Uhr, um den Traum voranzubringen. Die Frage ist nicht mehr, *ob* die Statue fertig werden wird, sondern nur noch, *wann*.

Aber Ziolkowskis größtes Vermächtnis ist kein öffentliches, nicht der massive steinerne Berg, den er bezwang, sondern der Berg, den er zuallererst in sich selbst bezwang – einen Berg, den er ganz allein bestieg –, und was diese Leistung bedeutet, können wir alle nachvollziehen. Denn in jedem Leben, ob groß oder klein, gibt es Augenblicke, in denen wir allein über unsere verlassenen Straßen in unendliche Wildnis trotten müssen, um mitternächtliche Stunden von Schmerz und Leid zu erdulden – die Gethsemane-Augenblicke, in denen wir auf den Knien liegen, weinen und in ein Universum hinausschreien, das uns verlassen zu haben scheint.

Das sind die wirklich großen Augenblicke, in denen sich unsere Seelen offenbaren. Das sind unsere »schönsten Stunden«. Dass uns diese Augenblicke gewährt werden, ist weder Zufall noch Grausamkeit. Ohne große Berge können wir keine großen Höhen erklimmen. Und wir wurden geboren, um große Höhen zu erklimmen.

Jeder Einzelne von uns steht vor einer Aufgabe, die Ziolkowskis gleichkommt – eine ebenso herrlich absurde Aufgabe: am Stein unseres eigenen Geistes zu meißeln, ein Monument zu schaffen, das das Universum erhellt. Und genau wie Ziolkowskis Monument werden auch wir unsere Aufgabe zu unseren Lebzeiten niemals ganz erfüllen können. Doch letztendlich werden wir feststellen, dass wir nie allein gemeißelt haben.

Ziolkowski sagte: »Ich sage meinen Kindern, dass sie nie vergessen sollen, dass der Mensch allein kein vollständiges Wesen ist. Es gibt etwas Größeres als ihn, das ihn antreibt.«

Ich weiß beim besten Willen nicht, ob ich Key West je erreichen werde, aber ich weiß, dass ich niemals aufgeben werde. Und wenn ich meinen letzten Schritt tue, dann wird es keine Rolle spielen, ob ich mein Ziel erreicht habe oder nicht, denn am Ende werde ich ein anderer Mensch sein als der, der aus Seattle fortgegangen ist. Ich habe keinen Berg geformt, aber ich habe mich selbst geformt.

Lieber Leser,

wie Sie inzwischen vermutlich wissen, schreibe ich in der Hoffnung, die Welt zu verbessern. In *Miles to Go* habe ich die Figur der Kailamai aufgenommen, um die wichtige Problematik von Jugendlichen, die die Altersgrenze für Pflegekinder überschreiten, zu beleuchten. Das Vorbild für die Kailamai in meiner Geschichte ist eine junge Frau, die es tatsächlich gibt. Und wie die Kailamai in meiner Geschichte ist auch sie voller Hoffnung und Dankbarkeit. Meine Tochter Jenna hat Kailamai geholfen, ihre unglaubliche Geschichte aufzuschreiben. Um ihre wahre Geschichte herunterzuladen, gehen Sie auf www.richardpaulevans.com und klicken Sie den Kailamai-Link an. Alle Erlöse für diesen Download werden dafür verwendet, dieser jungen Frau zu helfen, ihre Träume zu verwirklichen.

Meine Leser sollen wissen, dass die Herausforderungen, vor denen Jugendliche stehen, die die Altersgrenze für Pflegekinder überschreiten, sehr real sind: Untersuchungen der Pew Charitable Trusts haben gezeigt, dass sechs von zehn Jugendlichen, die die Altersgrenze für das Pflegesystem überschritten haben, zwei Jahre später entweder obdachlos, im Gefängnis oder tot sind. Den meisten Jugendlichen, die die Altersgrenze für das Pflegesystem überschritten haben, mangelt es an den grundsätzlichen Fähigkeiten, Mitteln und Hilfen, um ein sicheres und selbstständiges Leben zu führen.

GO-Mentor ist ein Zusammenschluss mit dem Ziel, Programme und Hilfsangebote zu entwickeln, die diese schlimme Bilanz effektiv verbessern. GO-Mentor umfasst unter anderem das Youth Mentor Project, die School of Life Foundation und den National Crime Prevention Council, das Zuhause von McGruff the Crime Dog.

Um die spannende GO-Mentor-Initiative finanziell zu unterstützen, gehen Sie bitte auf www.ncpc.org oder schreiben Sie an den National Crime Prevention Council, 2001 Jefferson Davis Highway, Suite 901, Arlington, VA 22202. Um mehr über GO-Mentor zu erfahren oder sich ehrenamtlich zu engagieren, gehen Sie bitte auf www.go-mentor.org. Danke für Ihre Mithilfe dabei, eine bessere Zukunft für alle Jugendlichen aufzubauen, die die Altersgrenze für Pflegekinder überschreiten.

Richard Paul Evans ist der Autor des Nummer-eins-Bestsellers *Die wundersame Schatulle*. Jeder seiner Romane schaffte es auf die Bestsellerliste der *New York Times,* und mehrere wurden zu internationalen Bestsellern. Über 14 Millionen Exemplare seiner Bücher wurden bis heute gedruckt, und sie wurden in mehr als fünfundzwanzig Sprachen übersetzt. Richard Paul Evans hat zweimal den ersten Preis der *Storytelling World* für seine Kinderbücher gewonnen und den Best Women's Novel Award der *Romantic Times* erhalten. Außerdem wurde Evans für seinen Einsatz für missbrauchte Kinder mit dem Humanitarian of the Century Award der *Washington Times* und dem Volunteers of America National Empathy Award ausgezeichnet. Richard Paul Evans und seine Frau Keri leben mit ihren fünf Kindern in Salt Lake City.

Eine Amerikanerin in Paris – und ein Chocolatier zum Anbeißen …

Laura Florand
EIN SÜSSES STÜCK
VOM GLÜCK
Roman
Aus dem amerikanischen
Englisch von
Ingrid Exo, Katharina
Kramp
352 Seiten
ISBN 978-3-404-16839-2

„Sylvain Marquis wusste, was Frauen begehrten: Schokolade. Und so hatte er auf dem Weg ins Erwachsenenalter gelernt, die Begierden einer Frau zu befriedigen." Als Cade nach Paris reist, um den weltbesten Chocolatier für das Süßwaren-Imperium ihres Vaters zu gewinnen, rechnet sie nicht mit dessen arroganter Abfuhr. Doch Cade kann auch anders! Sie setzt alles daran, Sylvain das Geheimnis seiner Rezeptur zu entlocken – koste es, was es wolle. Wenn dieser eingebildete Fatzke nur nicht so unverschämt attraktiv wäre Witzig, sexy und unwiderstehlich schokoladig: Serotonin-Ausschüttung garantiert!

Grandios und unvergleichlich – das neue Neuseelandepos von Bestsellerautorin Sarah Lark

Sarah Lark
DIE ZEIT DER FEUERBLÜTEN
Roman
912 Seiten
ISBN 978-3-7857-6071-0

Mecklenburg, 1837: Der Traum von einem besseren Leben lässt Idas Familie die Auswanderung nach Neuseeland wagen. Auch Karl, der seit Langem für Ida schwärmt, will sein Glück dort machen. Doch als das Schiff *Sankt Pauli* endlich die Südinsel erreicht, erwartet die Siedler eine böse Überraschung. Das zugesagte Land steht nicht zur Verfügung ...
Idas Schicksal nimmt einen Lauf, den sie nicht erwartet hat, und ihre heimliche Liebe Karl wird für sie unerreichbar. Einzig bei der exotischen Außenseiterin Cat, die bei den Maori aufwuchs, findet sie Freundschaft und Unterstützung – bis die Nacht der großen Flut kommt ...